U0686539

青涩的期待

张须文 著

九州出版社
JIUZHOUPRESS

图书在版编目（CIP）数据

青涩的期待 / 张须文著 . -- 北京 ：九州出版社，
2022.10
ISBN 978-7-5225-1169-6

Ⅰ．①青… Ⅱ．①张… Ⅲ．①中国文学－当代文学－
作品综合集 Ⅳ．① I217.2

中国版本图书馆 CIP 数据核字（2022）第 172050 号

青涩的期待

作　　者	张须文　著	
责任编辑	刘　嘉	
出版发行	九州出版社	
地　　址	北京市西城区阜外大街甲 35 号（100037）	
发行电话	（010）68992190/3/5/6	
网　　址	www.jiuzhoupress.com	
印　　刷	成都市兴雅致印务有限责任公司	
开　　本	880 毫米 ×1230 毫米　32 开	
印　　张	11.25	
字　　数	283 千字	
版　　次	2023 年 1 月第 1 版	
印　　次	2023 年 1 月第 1 次印刷	
书　　号	ISBN 978-7-5225-1169-6	
定　　价	85.00 元	

★版权所有　侵权必究★

序言

　　"逝者如斯夫，不舍昼夜"，说的是时间像流水一样不停地流逝，一去不复返。孔老夫子这句名言，对于眼下迈过不惑之年的我来说，既惊悚慨叹光阴世事变化之快，又鞭策我行动起来，在人生这个大舞台上谢幕之前，为后人留下点什么。

　　刚参加工作时，我为自己能进入国有大型企业工作而自豪，设想自己的未来也能实现一幅宏大蓝图。然而，日复一日，自己的庸碌无为、工作中一成不变的四班三运转节奏，没有给我的奢望带来任何预期的惊喜。每感慨于此，心底一种窒息感萦绕不去；有时晚上做梦也感到自己像一片枯黄的、脱离树木的残叶，在寒风中一直往黑黢黢的山崖下坠落。

　　平淡的生活中，我想找一些方式把情绪释放出来。闲时的写作成了抒发情感的窗口。当工作和生活中遇到了形形色色的人和事，抑或怀念过往的点点滴滴，总禁不住把自己关在职工宿舍里直抒胸臆，成篇后投往一些报刊聊以自慰。每当看到自己的稚嫩之作在报刊上发表时，激动的心情油然而生，无形中为自己的工作与生活增添了新的动力。

二十年一晃而过，写作也成了我咀嚼反刍往事的习惯。闲暇时，我把自己发表过的文章拿出来审视和整理分类，并把一些具有时代特征的诗歌、散文和小说遴选出来——有些是我熟悉的、亲身经历的或值得怀念的人或物，有些是把自己生活片段打破揉碎，掺和进新的理念和期待创作出的作品。它记载了我的青春涌动，融入了我过往岁月中最柔软的情愫——虽说这些文章在大家眼中存在不同程度的幼稚，也有些粗糙。

如今，自己已迈过了中年的门槛，我把这些由生活中的坎坎坷坷积淀成的文字，汇成一本集子，也算敝帚自珍吧。

也许有一天，当我老得走不动路了，我会趁着独坐在家中阳台上晒太阳的工夫，细细品味它。毕竟这些记载着你我他的故事中的林林总总，曾伴着我度过了一生中最难忘的岁月。

是为序。

目 录

1

生活拾零——诗歌卷

3

灯下杂俎——散文卷

亦真亦幻——小说卷

艰难的抉择

1

彭祥怎么也不会想到，离婚后，走进自己生活的竟然会是程茵。

说起离婚，彭祥表现出更多的是困惑。虽然他和姜芸是通过相亲认识的，但结婚后他们的感情一直很好。可不知什么原因，半年前姜芸对他的态度直线下降，然后就是分居，紧接着姜芸就直截了当地提出了离婚。

他们的离婚协议非常简单。姜芸提出，家里所有的一切都归彭祥，当然也包括他们六岁的儿子彭小强。但姜芸有一个很小的要求，那就是无论什么时候提出见彭小强，彭祥都不得拒绝。

从这个协议上来看，姜芸非常大度，但姜芸却有着自己的打算。

插足姜芸家庭的男人，是她高中时期的同学，叫宗豪。当年他高考虽然落榜，但依靠家人的势力，迅速成为房产巨商。

因此，姜芸根本不会在乎家里那套二居室和那些不值钱的家具，儿子嘛，自己当然也不能提出抚养，如果那样，宗豪肯定不会同意。但不管怎么说，彭小强毕竟是自己身上掉下来的肉，所以她才提出不管什么时候自己只要想见彭小强，彭祥都不得拒绝的要求。

　　离婚后的彭祥，生活只有一个字可以形容：忙。他不但每天要早早地先把彭小强送进幼儿园再去上班，而且还要提前把工作做完再去幼儿园接儿子回家。

　　夏天的一个午后，彭祥刚到办公室，上司就说下午有个很重要的会议，估计不能正常下班，要大家有个思想准备。领导刚一说完，办公室里所有的工作人员几乎同时叹了一口气。

　　不过最着急的还是彭祥，因为下午他还要到幼儿园接彭小强回家。

　　彭祥急得像热锅上的蚂蚁，他拿出手机翻看着电话号码，希望找出一个能帮助自己接彭小强回家的人。可他几乎翻遍了所有的电话号码，也找不出一个合适的人，因为他所认识的人大部分都成了家，并且也都有了各自的孩子，即使有几个没有结婚的，也都忙着谈情说爱，哪里有工夫帮他接送孩子呢。就在这时，彭祥突然想起了一个人：程茵。

　　程茵和姜芸是大学同学，可以说程茵也算是一个在感情上受到过伤害的女人。

　　大学期间，她曾经喜欢过学校学生会副主席，可大学毕业后不久，那位学生会副主席就随父母一块儿去了加拿大。被初恋男友抛弃，程茵的心灵上被划了深深的一道痕。

　　工作后不久的程茵，厌倦了在别人看来很不错的铁饭碗。她辞去工作，利用自己仅有的一点积蓄开了一个小小的美发店，随着美发店的不断扩大，她已经拥有一个相当规模的美容院。

　　姜芸邀请程茵到家做客时，曾经对彭祥开玩笑地说："你们单位有没有合适的，给程茵介绍一个，程茵可是一个很不错的女孩儿。"彭祥也开玩笑地回答道："那些男人，程茵怎么看得上！"当然，后来程茵也见了彭祥的几个同事，也果然都不如意。彭祥曾问过程茵："在你的心目中，到底什么类型的男人才算是好男人呢？"程茵看似开玩笑但又很认真地说道："比如像你这样对姜芸关心体贴、知冷知热而又非常勇敢的男人。"彭祥笑了，他知道，程茵之所以说自己勇敢，是因为程茵和姜芸一次逛街时，遭遇一个假乞丐的无理取闹，自己挺身而出。在自己看来，这只是一件小事，没想到程茵却记在了心上。

不过对于彭祥来说，程茵是他极好极好的朋友。他们无话不说，自己有什么需要帮忙的，只要程茵能帮得上一定帮。而程茵需要帮助时，自己也会毫不犹豫地出手相助。但不知为什么，自从自己离婚后，程茵好像从他的视线中消失了。

带着一线希望，彭祥惴惴不安地拨通了程茵的手机号码。

电话那边传来一声懒洋洋的哈欠声，紧接着是带着一些责怪的语气说："……喂……谁呀？才睡着……""是我，彭祥，怎么，还在午睡吗？实在对不起，有件急事不知道能不能麻烦你一下……""噢，是彭祥啊，怎么，有什么事吗？"电话那边好像突然一下来了精神。

"是这样，下午公司有个很重要的会议，所以我不能去幼儿园接小强了，我打电话想问一下你下午有没有空，帮我去接一下小强。""我还以为什么大事呢。放心吧，下午我保证把你的宝贝儿子给你送回家。"程茵在电话里很爽快地答应了。

然而彭祥却犯了一个大错误：他只顾让程茵帮他把儿子接回家，但程茵根本没有他家的钥匙。忙得团团转的彭祥，上了回家的公交车后才想起了这件事。

彭祥到家，一眼就看到了楼下程茵那辆白色的本田轿车。

他有点不好意思地走过去轻轻地敲了敲车窗，车窗降下后，程茵转过身小声地对他说："你宝贝儿子睡着好大一会了。""对不起，我忘了给你家里的钥匙，害得你在这里等了这么久。"彭祥十分内疚地说。

"没事。我原本是想到你们公司向你要的，但又怕影响你开会，所以就在车里和小强一块玩着等你回来。"程茵怕吵醒彭小强轻声地说道。

接着，程茵推开车门，然后轻轻地抱起了孩子，"哎哟，这么重。""可不，都六岁了。"彭祥随口说道。

程茵把孩子递给彭祥说："如果没其他的事，那我就走了。""吃了饭再走吧！"彭祥接过儿子后十分感谢地挽留道。

"不用了，又不是什么大事。对了，以后如果你没空接小强的话可以给我打电话，反正我的美容院也不是很忙。"程茵说完就起动了车子。

这本来是一句很客套的话，但彭祥听后却有一种很强烈的感动。

2

离婚后的第二个月，姜芸提出要见彭小强一面，顺便也一块儿吃顿饭。

彭祥在酒店等待姜芸的时候对儿子说："等妈妈来了，可不要发脾气，千万不能说'妈妈你不要我了吗'之类的话。"小强听后似乎很懂事地点了点头。

说话间姜芸来了。她身边还有一个挺着大啤酒肚的男人。不用问，他就是姜芸的新欢宗豪。

走到彭祥身旁，宗豪似乎很神气地打了声招呼："你好，我叫宗豪。"彭祥听后连眼皮都没抬一下。

"你怎么这么没礼貌？"姜芸说话了。

"我怎么没礼貌？你难道想让我向一个抢走我妻子的男人也说一声你好？"彭祥也有点不服气。

"但你至少……"姜芸还想说什么，但被宗豪拉了一把："算了，你是来看儿子的，又不是和他来吵架的，别和他一般见识。"

彭祥一听来气了："你说别和谁一般见识？这里没有你说话的份儿！""怎么会没有我说话的份儿？现在我至少是姜芸的丈夫。"宗豪摆出一副胜利者的姿态。

"是她的丈夫怎么了，在我面前耍什么威风！"彭祥也没有丝毫让步。

"嘿，你小子是不是……""算了，别吵了！"姜芸大声地吼了一句，接着她从提包里掏出一架遥控直升机玩具对儿子说，"小强，你看妈妈给你带什么来了——进口的遥控直升机。"小强看了看姜芸，又扭过头望了望彭祥没有说话。尽管他只有六岁，但家庭的破裂已经在他幼小的心灵上蒙上了一层阴影，他现在已经变得很少说话了。

姜芸把遥控玩具直升机硬塞到孩子手中说："小强乖，等妈妈有了空再来看你。"说完就对宗豪使了一个眼色，"我们走。"其实这种场面宗豪本就不应该来！姜芸刚一走出饭店，彭祥就从儿子手中夺过那架遥控玩具直升机狠狠地扔在了一边，并且还添了一句："什么东西！"

3

双休日，彭祥在家和儿子玩骑大马，等到小强玩累了，彭祥准备做饭的时候，突然听到儿子说："爸，我的头有点疼。"听到彭小强说头疼，彭祥急忙摸了一下彭小强的额头："该不会是又感冒了吧，也不算很热啊，刚才还好好的。"他一边自言自语地说着，一边从沙发上拿起彭小强的一件外套给他穿上。

彭祥很吃力地抱着彭小强下了楼准备去医院。

人们常说，人要是倒了霉喝口凉水都塞牙，又急又累的彭祥到了小区门口招手多次竟然没拦下一辆出租车。

望着儿子越来越痛苦的表情，无奈之下，彭祥只好又拨通了程茵的电话。电话里，他只是简单地说："程茵，现在忙吗？小强病了，能不能来我这里一趟？"

令他想不到的是，不到十分钟，程茵就开车来到了住宅小区的大门口。

打完电话后，彭祥也自觉奇怪：为什么自己有了事情，第一时间想到的不是别人而是程茵？像这种情况，完全可以直接向医院求助。

从医院回到家，彭祥极力挽留程茵吃了饭再走，尽管程茵一再推辞，彭祥仍诚恳地说："你看小强病了，我还不知道给他做点什么饭好。就算我想再请你帮我做顿饭还不行吗？"于是，程茵决定留下。

不大工夫，程茵就做了好几个菜，吃饭的时候，彭祥还拿了一瓶葡萄酒。

彭祥的酒量实在太差，刚喝了两杯话就多了起来。

"你和姜芸是同学，你分析分析，姜芸为啥离开我而去喜欢一个大啤酒肚的男人呢？"彭祥问正在喂小强吃饭的程茵。

"这怎么说呢？感情这事情很难讲。"程茵不想在这个时候说出自己的观点，因为她知道无论她偏向哪一方都不好。

她知道，姜芸是个心气极高的女人，她绝对不会平平淡淡地过一辈子。她所需要的是那种大富大贵的生活，而这一切，彭祥是永远也不可能给她的。

"姜芸该不会是嫌弃我没有钱吧？"彭祥自言自语。

彭祥猜对了，姜芸对他不满的正是这一点，尽管结婚几年来她从没表现出来。不过彭祥一辈子都想不到，他们离婚的导火线竟是一道广东菜。

有天姜芸下班回家，在大街上遇到了开着宝马轿车的同学宗豪。宗豪其实高二时就喜欢上了姜芸。姜芸是学校有名的校花，对于才貌平平的宗豪，她是看不到眼里的，更何况那时宗豪的家境还很一般。自从她考上大学后，他们再也没有见过面。

宗豪看到姜芸，极力地邀请她要到酒店坐一坐，宗豪说老同学这么多年不见，碰上一次也不容易。

在一家五星级大酒店，宗豪点菜的时候，一道广东菜让姜芸大吃一惊，因为她清楚地看到那道佛跳墙的标价是两千多元。

从小到大她还从来没有到五星级酒店吃过饭，也从来没有见到过甚至听说过这么昂贵的菜。他们前一段才刚刚还清住房贷款，想想和丈夫以前过的那些抠抠搜搜的日子，姜芸觉得太窝囊了。

望着随后上来的那道佛跳墙，姜芸从心里说，这才是自己想要的生活啊。

宗豪是个情场高手，他当然清楚姜芸的性格。越是得不到的东西越是觉得珍贵，所以尽管他知道姜芸已经结了婚并且有了孩子，他还是趁机又一次向姜芸表达了自己对她的爱慕之心。这一次，他成功了。

4

以后的日子里，彭祥工作忙的时候就让程茵帮他照顾一下小强，而程茵也乐于和小强在一起，特别是小强一口一个"程阿姨"，让她高兴不已。每次听到小强这样喊自己，程茵都会狠狠地往彭小强脸上亲一口，"小强真乖！"

一次全市的评选活动中，程茵的美容院被评为消费者信得过单位。评选活动结束后，程茵做的第一件事就是打电话告诉彭祥。"是彭祥吗？告诉你个好消息，我的美容院被市里评为消费者信得过单位了！不错吧，今天我请客，五星级酒店！"彭祥在电话里犹豫了一下，说："算了，你挣钱也不容易，不用那么浪费。"程茵听后没有说话。

彭祥连忙又补充道:"这样吧,不管怎样,你的美容院得到这样的荣誉也不容易,要不你上街买点儿菜到我家,这样又经济又实惠,正好我现在有点忙没空做饭,也算是帮我做一顿饭。""再说小强这几天也非常地想你。"彭祥接着又补充了一句。

"那好吧,等一会儿我就过去。"程茵挂断电话后,心里很畅快。不知为什么,她觉得彭祥这句话正是她想要的。挂断电话后,程茵也有了和彭祥同样的疑问:为什么自己有了事情,第一时间想到的不是别人而是彭祥呢?程茵在菜市场上买了很多菜。到了彭祥家后,打了声招呼就很熟门熟路地下了厨房,就好像回了自己家一样。

这时彭祥则坐在沙发上很悠闲地看电视。不过与其说是他在看电视,倒不如说他是在看程茵做饭更为贴切些。他望着厨房里忙碌的程茵,突然觉得她是一个很不错的女人。

按理说,像程茵这样有钱的女人应该会很娇贵,应该属于那种饭来张口的女人,没想到她做起饭来竟然比前妻还要老练,就连哄起自己的儿子来也是一套一套的。应该说,程茵是非常标准的贤妻良母型的女人。如今有钱的女人能这样那是相当难得了。

正想着,彭祥突然听到程茵在厨房里喊:"电话。"在他还没有回过神来,程茵打开厨房门又对他说:"接电话!想什么呢,电话都响了好几遍了。"彭祥这时才听到客厅里的电话嘀嘀嘀地响个不停,他连忙关掉电视拿起电话。

电话那边响起了一个令他十分厌恶的声音:"是彭祥同志吧。你好,我是宗豪,上次是我的态度不好,我向你道歉。"听到宗豪的声音,彭祥真想摔掉电话,但他很快镇定了下来,说道:"怎么,有什么事吗?"

"是这样,姜芸明天想带小强出去玩上一天。"

"想见儿子,她自己就不能打电话吗?"

"她没有空。"电话那边显然有些不耐烦。

"怎么，连个打电话的空也没有吗？"

电话那边急了，"说没空就没空，我打电话还不一样，你啰唆个啥。"

"想见儿子就让她亲自打电话来，不就是傍了一个大款，摆什么臭架子。"

宗豪一听火一下子上来了，这不是分明冲着自己来的吗！他十分恼火地说道："别不识抬举，老子打电话是看得起你。"

"请你说话尊重点！"彭祥也急了。

"跟你说话还用尊重？你算什么东西！"

彭祥火了，"你算什么东西！不就是有几个臭钱！"

"老子有钱怎么了，老子有钱就能睡你老婆！"

"有几个臭钱在老子面前逞什么能，还不是穿老子穿过的破鞋！"

这一句话彻底把宗豪激怒了，"你有种出来！老子宰了你！"

"你有种就别走，老子还怕你不成！"彭祥摔掉电话怒气冲冲地冲进厨房，他觉得几个月的怨气和窝囊，现在终于可以做一个了断了，他拿起一把水果刀就要杀出门。

这时，程茵箭一般地冲上去拽住了他："彭祥，不要这样！""放手！"彭祥大声地说道。"不要这样，不要这样！"程茵苦苦地哀求道。

"我让你放手！"彭祥又一次大声怒吼。

"彭祥，不要这样，何必呢？"程茵小声地哀求道。

彭祥已然丧失了理智，突然觉得以往美丽善良的程茵其实是和宗豪一条心，否则她怎么会阻止自己去向夺走自己妻子的流氓报仇。

想到这里，彭祥恼怒地把程茵狠狠地往旁边一甩，程茵一下子倒在了客厅的沙发上，但她很快又起来拽住彭祥。

程茵毕竟是女人，力量自然比不上彭祥。拉扯中，程茵又一次倒在了地上。可这一次，彭祥的脚下绊了一下，同时也倒下了。但他不是倒在地上，而是倒在了程茵身上。手中的水果刀也被甩在了一边，发出清脆的一声响。

倒在程茵身上的彭祥感到身上好像有一股电流通过，已经很久没有这感觉了，他趴在程茵身上哭了起来。

程茵知道，像彭祥这种性格的男人，是不会轻易在一个女人面前流泪的，家庭的破裂对他的打击实在是太大了。

被彭祥压在身下的程茵慢慢地伸出手，抚摸着彭祥的头发，然后轻轻地把他从身上推开。她站起来整理了一下身上的衣服，然后拿起地上的水果刀又走回厨房。

做完饭后，程茵对彭祥说："吃饭吧。"坐在客厅沙发上低着头吸烟的彭祥，此时看上去冷静了许多。

"彭祥，不要做傻事，你斗不过他。"程茵坐在彭祥身边安慰道。

"怎么，你认识他？"彭祥把手中的烟头狠狠地往茶几上的烟灰缸里摁了一下。

"嗯。"程茵点点头接着说，"他曾经在我们美容院做过美容，因为对一名服务员动手动脚和我发生了口角。后来我才知道他的底细，并且知道他和姜芸是高中同学，还追求过姜芸。"程茵接着又轻轻地对彭祥说："彭祥，过去的事就让它过去吧，那些伤感事只会让你颓废……""别说了，我们吃饭。"彭祥拿起桌子上的筷子对程茵说。这时他望了程茵一眼，发现她的眼圈红红的。彭祥看到后心里更加难受，他很艰难地咽下刚刚塞入口中的大米。

5

自从和彭祥有些来往后，程茵一直躲着姜芸。虽然她们在大学时期是最好的朋友，可不知为什么，现在她只要远远地看见姜芸，马上就会躲开。

这一天，是程茵的生日。程茵邀请了几个很要好的朋友，在家里举办了一个小型的生日宴会。当然，也邀请了彭祥，当然，没有邀请姜芸。

宴会上，大家一致要求程茵唱首歌，因为他们知道程茵在大学里是一个好歌手，在学校举行的歌会上还得过第一名。

程茵不好意思拒绝。她准备开唱的时候，无意中望了彭祥一眼，没想到那个时候彭祥也正在看她。在他们目光对接的那一瞬间，彭祥迅速躲开程茵的目光，假装低头去喝一杯啤酒。

音乐响起，程茵唱了一首张韶涵的《隐形的翅膀》。程茵唱得很投入，彭祥听得也很入迷，特别是听到那句"我终于看到所有梦想都开花"时，彭祥忽然心想，这个三十岁还没有出嫁的女人，她的梦想什么时候能开花呢？他望着正在唱歌的程茵，心中涌出了一丝爱怜。同时他也想到了自己的处境：自己的梦想呢？离婚后的生活又该走向何方？彭祥突然感到他和程茵同是天涯沦落人。他举起一杯啤酒一饮而尽，紧接着又倒了一杯，又是一饮而尽，接着又倒上。正在唱歌的程茵当然注意到了彭祥的举动，她望着彭祥，好像有很多话要对他说。

6

转眼圣诞节到了，程茵早早地买好了送给小强的圣诞礼物。在程茵与小强嬉闹玩耍的时候，坐在沙发上一直沉默不语的彭祥突然很严肃地对程茵说："有件事……想和你商量一下……""什么事，说吧。"程茵一边继续和彭小强玩一边回答。

"小强，你先到自己屋里玩一会儿，爸爸有事要和程阿姨谈。"打发走孩子后，程茵微笑地对彭祥说："什么事这么重要，连自己的儿子都不让听！""是这样，你看我离婚后一个人带着孩子也不容易，这一段多亏了你帮我照顾着小强。可一直这样下去也不是个办法，前几天一个朋友说要给我介绍一个女孩，她虽然没有工作但长得……"

彭祥还没说完，程茵就回话了："别人给你介绍对象你就应该去，用不着和我商量！"

"那你同意了？"彭祥问。

"这是你自己的事，和我又有什么关系呢？"程茵扭过头望向窗外。

彭祥"噢"了一声之后，又深深地叹了一口气。事实上，彭祥根本没有心思再去相什么亲。离婚对他的伤害太深了，他不想再付出任何感情，他只是觉得孩子需要有人照顾，自己工作又忙。即便是考虑再婚，他也只是出于一种现实需要，其实他真的怕再次受到伤害。

程茵是能看到这一点的。

一个星期后，程茵打电话装着闲谈，问彭祥与朋友给他介绍的女孩进展得怎么样了。彭祥很无奈地说道："人家对我好像不满意。"但随即彭祥就转变了话题："你说你们女人到底需要男人的哪些东西呢？"

"这个么，我这样对你说吧，如果两个人交往后，女方主动提出分手，我想可能有男女之间最重要的三个方面中男方不能满足她。"

"停、停，你说的最重要的三个方面是指哪些？"彭祥问。

程茵回答道："物质方面，精神方面，另外还有生理方面。"

"可姜芸提出和我离婚，到底是我哪一方面不能满足她呢？物质方面，我工资也不算低啊；精神方面，也没什么问题，至于生理方面，更不会……"

程茵接过话，说："你听我说彭祥，不要灰心，好事多磨，等有机会你到我美容院……"

彭祥正听着，突然电话里没有了声音，然后就隐约地听到另外一个女孩的声音："程总，外面客人已经来了，正等着您呢。""好吧，我马上就过去。"紧接着彭祥就又清晰地听到程茵说："彭祥，真对不起，我这里还有点事要处理，就这样吧，有机会我们再聊。"尽管彭祥还有很多的话要说，但电话里已经传出了嘟嘟声。

7

灾难降临时谁都不会料到。那年冬天快要结束的时候，中国南方大部分地区遭受到了百年不遇的冰雪灾害，严重性超乎了人们的想象，低温、冰冻、暴雪、断电、停水，公路、铁路、航空几乎全部中断。就连一年一度的春节联欢晚会，那年也几乎变成了赈灾晚会。

彭祥所在的城市也未能幸免，因为冰雪灾，交通不便，儿子所在的幼儿园放了假。

彭小强放假后，彭祥本来想请程茵帮助他照顾一下儿子，但因为断电，程茵的美容院也面临停业，生意上受到了巨大的损失。彭祥觉得这个时候程茵心里也不好受，自己再让人家帮助照顾儿子非常不妥。

放假那几天，彭祥上班的时候就把儿子寄托在了对楼儿子的同学家。

那天下班后，彭祥把儿子接回家像往常一样帮助孩子复习功课。突然，接到了民警的电话："喂，你好，我是市公安局民警，请问您是彭祥同志吗？""是啊，怎么，你找我有什么事吗？"彭祥感到很奇怪，因为他还从来没有和公安局打过交道。

"您听我说，是这样，我们在西环路一家美容院附近，发现了一辆严重受损的白色本田轿车。女车主受了伤，昏迷不醒，现在还未能从轿车里解救出来，我们正在想办法。从她的手机上，我们看到了通话次数最多电话号码，所以就给您打了过去，如果你是她的家属，希望您能过来配合一下我们。"挂断电话后，彭祥以最快的速度向楼下跑去。

到了事故现场，程茵已从轿车里被成功解救出来。一位民警问满头大汗匆匆赶来的彭祥："你是她的家属吗？""对……我是她的……家属……"上气不接下气的彭祥说道。

"好吧，请跟随救护车一块去医院。"悲剧命中注定就是悲剧。救护车快要到医院的时候，由于路上冰太多抛了锚，就在护士和彭祥要将刚刚苏醒的程茵抬下车步行去医院的时候，悲剧又发生了。

一辆富康出租车在离救护车不远处刹车失去了效力，像猛兽一般向他们撞来。首先发现险情的是彭来。情急之中，彭祥猛地推开其中一位护士和抬着程茵的担架，而用自己的身体像黄继光堵枪口那样挡住了滑行的富康出租车。

程茵平安无事，但彭祥却被那辆出租车撞成了跛子。

8

彭祥的事迹经过媒体报道，很快在社会上引起了强烈反响。但彭祥出院后决定不再见程茵，因为他觉得自己离了婚，现在又成了一个跛子，已经没有资格再和程茵来往了。

程茵是个很不错的女人，人生的路还很长，他不想因为自己而对程茵造成一些不好的影响。

冰雪灾过后，天气格外晴朗。

一个星期天，彭祥甩去了拐杖，带着孩子到公园玩。对于彭祥来说，他现在唯一的精神支柱就是儿子彭小强了。

中午准备吃饭的时候，彭祥的手机响了，不过不是电话，而是短信。

"彭祥，真的谢谢你！这是我们相识以来，我第一次对你说谢谢这两个字。之所以给你发短信，是因为我一直给你打电话你不接。彭祥，你这样躲着我，难道想让我背着你这个人情债的包袱过一辈子？这么长时间以来，我能体会到你离婚后的心情。确实，离婚就等于拆散一个家，就像拆掉一座住了很久的老房子，即便是有天大的理由，可看到朝夕相处的一砖一瓦顷刻之间土崩瓦解，心里还是会很难受。你的个性，我很清楚，离婚后你宁肯让第一个伤口裂着、痛着，也不想再添另一个新伤口。不过彭祥，你现在更应该考虑是小强和你乡下年迈的父母。这些你自己也说过。

"不知道你还记不记得，过去你常常问我到底什么是爱情。我也曾开玩笑地问你，我们之间究竟会不会碰出爱情的火花？其实关于爱情这个概念，有时很难说清楚，就像韩剧《婚礼》中男主人公所说的：没人能说清爱情到底是什么，反正有时它会让人幸福，有时它会让人痛苦。就拿姜芸和你来说，我现在还搞不清楚的一点是，是你用爱情去寻找婚姻呢，还是姜芸在婚姻外找爱情？但是有一点是肯定的，在这个世界上，我的爱情就是找一个彼此忠诚可以依托的人做终身伴侣——那就是你。

"不经历风雨，不会见彩虹。我在生活中未必就能成为一个很好的妻子和妈妈，但我愿咱们在锅碗瓢勺的碰撞中迎接新的生活，我愿意尽心尽力、无怨无悔。

"不知道你会做出怎样的选择，在我心中，那个善良而又勇敢的人依然是你。"

短信很长，彭祥看了又看，许久缓缓地抬起头。午后温暖的阳光轻轻地抚摸着他那憔悴的脸庞，一瞬间打破了他眼中的屏障，泪水夺眶而出，奔涌过他的脸颊，飞速地洒落到了地上。

他拿出手机，迟疑良久，小心地拨出了一串珍藏的号码……

父女俩

　　她和父亲终于闹翻了，以往都是小吵小闹，但这次，她终于忍无可忍，冲着父亲喊："我这一辈子除了他谁都不嫁！"

　　"嫁给他你就别认我这个父亲！"

　　"不让我嫁给他，你也别认我这个女儿！"

　　"你……"老父亲气得捂着胸口颤颤巍巍地倒在了沙发上，而她头也不回地摔门而去。

　　终于，她和他结婚了。她一直认为，在这个恋爱自由、婚姻自由的年代，还能有几个家长干涉儿女的婚姻？老父亲的所作所为真的让她太伤心了，她甚至觉得父亲从来就没有爱过她。

　　而更让她伤心的是，老父亲最终没有参加她的婚礼，这不但让男方的父母很不满意，而且让参加她婚礼的宾客也感到很意外。父女俩的关系闹到如此地步，对于她的婚姻，别人似乎并不看好。

　　事情果然如此，结婚后的第二年，他们就开始闹起了矛盾。她虽然在一家效益挺不错的国企工作，但说真的，每月的房贷就压得她喘不过气来。而他却什么都不做，除了喝酒就是出去打麻将，而且常常输得一塌糊涂。她终于看清了他的面目，但一切都太晚了，她开始恨自己当初没有听父亲的话。

　　离婚虽然是唯一的选择，但离婚后的日子并不好过，一个还在休产假的弱女子，带着刚出生不久的女儿，日子过得如何可想而知。她每月的工资根本不够花。她开始向朋友借钱。由于营养跟不上，她和女儿的体重都迅速下降。

这一切的一切，老父亲其实早就知道了。直到有一天，听说她买菜只买了三块钱的肉时，老父亲对老伴开口了："孩子她妈，把闺女接回来住一段儿吧，她一个人带着孩子实在太难了。"

"她是不会回来的，她那个脾气你又不是不知道。"老伴叹了一口气说道。

"这个我考虑过了，她是不愿见我，你让闺女白天来晚上回去，我白天出去转悠，晚上回来。闺女问起，你就说我在外边找了个门卫工作。"

为了把戏演得更真实些，或者说不让女儿怀疑，老父亲还不知道从哪里找了一套旧保安服晾在阳台上。待这一切都准备完毕后，老母亲拨通了她的电话。在电话里，老母亲不停地重复说自己一个人在家实在孤独，让她回来陪陪她，而这正是她所需要的。

事实上，她离娘家并不远，也就不到一千米的距离。

抱着孩子回到娘家的第一天，老母亲就做了满满一桌子的菜，看着她狼吞虎咽的样子，老母亲不停地抹眼泪。

就这样，白天她在娘家看着孩子，老母亲做着合她口的饭菜，当然孩子睡着了，她也帮着老母亲一块做。在老父亲回来之前，她回到自己家。而老父亲则为了她，白天在外面转悠一整天。

日子就这样一天天过着。

有一天，她的一个很要好的同事和她开玩笑说："你父亲是不是发财了，怎么每天去逛大商场？"她愣了，老父亲不是在做门卫吗，怎么会天天有空逛商场？

直到有一次，老母亲和孩子都睡着了，她去商场买奶粉的时候，在商场里的一个长凳上，看到了一个熟悉的身影，是父亲，真的是父亲！父亲不是在做门卫吗？怎么……

老父亲显然发现了她，急忙站起来朝人群中挤去。

全都明白了，老父亲是为了自己才……那一刻，她眼眶湿润了，模糊的视线中闪动着老父亲消瘦的身影。

"爸！"她大喊。

老父亲没有应声，倒是把周围的人吓了一跳，齐齐把目光聚集在她身上。

"爸！"她又喊了一声，泪水夺眶而出。

这一次老父亲转过了身。老父亲的确老了，望着满头白发的父亲，她多么想像电视剧中演的那样冲上去，紧紧地抱住父亲，说一句对不起，紧接着周围的人会鼓起热烈的掌声。

只是这种感人的情景并没有发生，因为她两脚发软，像踩在棉花上，怎么也迈不开步。倒是老父亲走到她跟前，拉起她的手："哭啥？走，回家。"她记得小时候逛商场，父亲不给她买想要的东西时，也是这样。

老父亲紧紧拽着她向人群外走，她第一次感到父亲粗糙的手竟是那样温暖，第一次感到父爱像潮水一样向她涌来……

爱是不会忘记的

　　他是全班学习成绩最差的一个学生，由于学习成绩差，他经常受到其他同学的排挤和嘲笑，而且还被安排到了教室的最后一排。

　　学习成绩差也就罢了，糟糕的是他的家庭条件也差，父亲是捏犁耕田的半百老汉，母亲是卧床的半残老妪。更为不幸的是，家里的顶梁柱——父亲在春耕时被受惊的老黄牛撞成了残废。

　　家里所有的负担一下子落在了这个只有十五岁的他身上。他不但要照顾着家里卧病在床的父母，而且还得挑起地里所有的农活。过重的家庭负担使他三天两头旷课，于是学习成绩本来就差的他不得不考虑辍学。然而就在他准备向班主任提出退学的时候，班里来了一位主动到贫困地区执教的女教师。

　　这名女教师被班主任带到他所在的班级后，开始了她的第一堂政治课。她刚走上讲台就发现教室的最后一排课桌上空了一个位子，班主任微笑着向她说明了他的家庭情况。班主任对她说："你安心上课就行了，不要把这件事放在心上，再说那个男孩是班里学习最差的，来不来无所谓，反正成不了大器。"

　　女教师没有把班主任的话放在心上，相反却把他的事放在了心上。下课后，女教师买了一些慰问品，直接来到他家。

　　他贫寒的家境，第一次让女教师感受到这里是多么需要迅速脱贫和摘掉没有文化的帽子。

就在女教师与他父母谈得正投机的时候，他从地里干完活回来了，女教师望着扛着锄头、灰头土脸的他笑了笑。对于他没去学校上课的事没有说半句责备的话，反而说他扛着锄头的样子，很像一个真正的男子汉。

他听后也笑了。这是他从小到大第一次听到别人的夸赞。

那天女教师和他谈了很久，最后他表示，以后无论多苦多累多么困难，他都会按时到校上课。女教师也说，如果有空的话，她会尽量帮助他照顾他的父母。

从那时起，他的学习成绩直线上升，特别是女教师的政治课，在期末考试的时候，他竟然考了全班第一。

多年后，已成为一家公司副总裁的他，非常慷慨地向他的母校捐赠了一百台电脑。这时，当年的女教师已是这所学校的校长。

在捐赠仪式上，身为副总裁的他说出了捐赠电脑的原因和他走向成功的秘诀。他说，由于自己当时学习成绩差，几乎所有的同学都不愿意和他为友。加上他的家庭条件不好，就更自卑。然而在他最困难的时候，是女教师让他感受到了爱的温暖，让他第一次尝到了被表扬的滋味，让他第一次得到了别人的帮助。

这就是他走向成功的动力，也是他成功的法宝。

最后，他说了一句令人深思的话：

"其实这个世界最需要爱，爱是不会被忘记的。"

擦皮鞋的大学生

　　小李从美术学院毕业后，分配到一家效益并不怎么好的装潢公司，时间长了，他开始厌烦起这份工作来。小李想：老天爷也太不公平了，我每天累死累活地干，可每月才能拿到一千多元的工资。这些钱除自己生活费用外，所剩无几。

　　小李在埋怨老天爷不公平的同时，也埋怨起自己的父亲来。小李很多同学的父亲都是局长处长什么的，所以那些同学一毕业就找到了好工作，可他的父亲却是一个擦鞋匠，不但没有什么社会地位，而且干的是被很多人看不起的工作。

　　小李心烦，一回到家，便开始找碴和父亲吵架，说父亲没文化、没本事、没出息，只能给别人擦皮鞋。小李的父亲却说："给别人擦皮鞋咋啦！你想想你每年的大学费用是从哪来的？你娘死得早，我辛辛苦苦把你养大……现在你大学毕业了，有本事做出点成绩让我看看！"

　　小李无言以对。在千思万虑之后，小李不顾父亲的反对，辞掉了装潢公司的那份工作，在家里画起画来。小李听说现在最流行的画就是画大自然的画，一幅能卖到上万元。所以，他不分昼夜地画了一幅又一幅。并从那些画中挑出一幅自己最满意的，拿到市里每年一次举行的大型作品展览会上去卖。

　　那幅画是他花费了很长时间才画成的，他给那幅起了一个很好听的名字——"大自然的畅想曲"。

小李想：肯定能卖个好价钱，少说也得两万元，到时候让爹看看我是咋挣钱的。他想着想着，开心地笑了。

可是，令小李想不到的是，展览会快结束了，他那幅画也没有人问津。辛辛苦苦画了一年，现在看来，所有的努力都是徒劳。

小李无法接受这个事实，回到家就大病了一场，什么都吃不下去。

小李病倒的那些日子，小李的父亲没有去擦皮鞋，而是在家一直照料着他。看着自己的儿子日渐消瘦，从不落泪的父亲第一次落泪了。医生诊断后说："小李的病倒不是什么大病，主要是受的打击太大了。"了解到小李卖画的事，医生悄悄对小李的父亲说："要是他那幅画能卖出去的话，他的病情也许会好转。您老是不是想点办法帮他把那幅画卖出去？"

小李父亲抬起胳膊擦了擦泪，最后叫来了邻居，恳求邻居照料小李一段时间。

十几天后，小李的父亲一回到家就高兴地对躺在床上的小李说："儿子，快起来，你的那幅画有人要买了。"

小李的眼睛一下子亮了起来。

"有人出五万元要买你那幅《大自然的畅想曲》！"小李的父亲高兴地说道。

小李听了，激动得用双手捂住脸哭了起来。

小李的病情好转后，拿着那五万元很神气并且有点嘲笑地对父亲说："您看，我一张画就能卖到五万，您也别再去擦什么皮鞋了。"

小李的父亲却说："要不还是给人家装潢公司说说，还去那里上班，不管怎么说……"

小李吃惊地说："还用上班？我一张画就卖好几万。"

　　小李的父亲叹了一口气，依然每天去擦皮鞋。

　　有一天，小李在公园画完一幅画，正陶醉在自己的画中，突然他的朋友急急地找到他："小李，快去医院看看吧，你父亲……他可能不行了。"

　　小李一听呆了，好大一会儿他才扔掉画夹直奔医院。

　　小李趴在医院的病床上，怎么也想不通身体一向很好的父亲怎么突然会……

　　看着黑瘦的父亲，小李有一种莫名的冲动。他摸着父亲布满皱纹的脸，眼泪哗地一下流了出来：父亲把自己养这么大是多么不容易，还没来得及享福……他突然后悔起来，自己不该说父亲没文化、没本事。

　　可一切都晚了，小李的父亲终于还是离开了这个世界。

　　医生沉痛地告诉小李："你父亲的病主要是积劳成疾、劳累过度造成的。他偷偷卖了一个肾后，我就告诉他，有那卖肾的五万元，就不要再干什么活了，可……"

　　小李听蒙了，父亲卖肾……

　　回到家里，小李心情沉痛地摸着父亲的擦鞋箱，想起了炎热的夏天父亲流着汗给别人擦皮鞋的情景，他打开擦鞋箱流着泪抚摸着父亲的每一件擦鞋工具。父亲没什么本事，可为了供自己上大学，父亲宁愿在大街上低三下四地给别人擦皮鞋。可自己又是怎样地对待父亲啊！想到这里，小李的心像刀割一样难受。

　　突然，小李发现擦鞋箱底有一张画。

　　小李拿起那张画慢慢打开，小李呆住了，正是自己画的那幅《大自然的畅想曲》。

　　小李终于什么都明白了，他撕毁了自己所有的画，擦干了脸上的泪水，毅然地扛起父亲的擦鞋箱向大街走去……

沉默的爱

她嫁给他的时候，他还经营着一家效益相当不错的小型企业，经济收入相当可观。当然，她并不是因为他有着丰厚的经济基础才嫁给他，他们有着很深的感情根基。

客观地说，他的忠厚老实、细心体贴是她决定嫁给他的重要原因。正如她料想的那样，她婚后的生活相当幸福。然而谁都不曾想到，国际金融危机爆发打破了他们宁静的生活。

那一年，因为他所经营企业的大部分产品主要用于出口，加上企业体制不完善，所以受到了前所未有的冲击，不到半年的时间，企业已经是负债累累。

他们的生活水平迅速下滑，尽管她还有着固定的经济来源。

端午节的第二天是她的生日，她下班后早早地回到了家。现在虽说生活水平不如从前，但还不至于到连生日都舍不得过的地步。她在厨房忙活了一阵，做好了两个菜，一个是丈夫喜欢吃的糖醋排骨，一个是自己喜欢吃的冰糖芦荟。另外，她还准备好了一份她和丈夫都喜欢喝的鲢鱼汤。其实她还想利用今天这个机会好好地和他沟通一下，因为她发现他最近变化很大，好像离她越来越远。

令她伤心的是，都到了晚上十点多钟，他还是没有回家，并且连个电话都没回，手机也一直处于关机状态。

这么重要的日子他怎么能忘呢？看着桌子上早已凉透的饭菜，她的心也凉了。

他终于回来了，只是说了句"困死了"，就躺在了床上。

"今天是我的生日知道吗？"她靠在床头翻着一本杂志有些生气地问道。

"噢，你的生日，因为今天我……"

不等他把话说完，她就打断了他的话："算了，忘了就忘了，找什么理由。"

随后她又添了一句："我看你现在是离我越来越远了。"接着就关掉了壁灯。

说心里话，她并不怕过苦日子，她只是觉得她现在失去的不仅仅是物质。想到这些，她就感到心像被人用刀扎了一下似的。

接下来的日子里，他们开始争吵，更多的时候是她主动挑起。每次争吵，他都会多多少少地让着她，很多时候是他保持沉默。事实上她也不愿和他吵架。记得刚结婚时，每天晚上她都会偎依在他怀里，一块儿看电视，偶尔她还会把削好的苹果往他嘴里塞。想想那些日子是多么温馨、多么浪漫啊。再看看如今，他们每天冷战。下班回到家，她再也听不到"上班累坏了吧，来，我给你捶捶背"之类的话语。

说真的，企业破产，她从没有惧怕过，农村出身的她从来不怕过苦日子，她只要他真心地对她好就行。再说她至少还有着一份固定的经济收入。然而现在她的确害怕了，他已经很少能坐下来和她谈一次心，甚至吃一顿饭。她从心底里感到：的确，她现在失去的不仅仅是物质，还有用金钱无法衡量的那些精神财富。他变了，的确变了，变得让她感到陌生，感到他离自己是那么遥远。她不止一次地问自己，难道婚姻真的走到了尽头？

婚姻这个东西很奇怪，有时一件小事就可以让它发生质的改变。收拾他衣物的时候，她在他的一个鞋盒里发现了他的日记本。她屏住呼吸，轻轻地翻开了其中的一页："……都两个多月了，还是没有找到工作。一个男子汉，在企业破产后只能依靠妻子的工资来生活，心里甭提有多难受，看到妻子每天忙忙碌碌的身影，我觉得我欠她的实在是太多了……"

她的眼眶湿润了，颤抖着手继续翻看："今天是妻子的生日，本来承诺今年妻子生日时送给她一块浪琴表，然而失去工作后这个计划要落空了。我无法实现自己的诺言，一个人在外面转悠了大半天才回家。我真是一个不称职的丈夫。妻子说我现在离她越来越远，我不想为自己辩解，只是想对她说一句：最远的我是你最近的爱。"

日记中的话，就像一阵突然刮起的大风，迅速吹散了她心头密布的乌云，顷刻间化开了她对他的误解。站在阳台前，她两手交叉抱在胸前沉思了许久。

她掏出了手机，"晚上有空吗？有空的话老地方见。"她拿着手机小声地说道。

接到她的电话，他很吃惊。第一，她说话的声音是那么小，语气是那么轻；第二，他们已经有相当一段时间没有去过那个老地方了。她所说的老地方其实是一个咖啡馆，那是他们第一次约会的地方，也是他们曾经交心的地方。

在约定时间，他赶到那家咖啡馆，她已经坐到了那个熟悉又陌生的位置。看到他，她微笑着向他招了招手。

坐下来后，他有些不自然，但还是开口说："没……没什么事吧？"

看到他困惑的样子，她笑了，"最近我的脾气越来越不好。"

他好像没听懂。

"我是说这一段我时常对你发脾气，都是我不好，你不要生我的气。"她解释。

"没有，没有，没生气。"他连忙说。

"工作找得怎么样了？"她又问。

"差不多了。"

"没关系，慢慢来。"

"你……你……"他望着她想问，你今天没什么事吧，对我的态度怎么有了一百八十度的大转弯？

她主动开了口："记得我们结婚前，我对你说过'我绝不会主动和你争吵'吗？结婚后我没有做到。企业出现危机后，作为妻子，我应该对你多一点关心，但我也没有做到。你出去找工作，做为妻子，我更应该体谅你找工作的难处，但我还没有做到……"

到了这个时候，他才终于明白她约他来咖啡馆的目的。他低下头说："我也有很多不对的地方。没有了工作，我应该放下架子和你及时沟通才对，我不该固执地按照自己的方式去解决问题。"

咖啡馆内柔和的灯光，舒曼的萨克斯曲，浓浓的咖啡香和窃窃私语，让两颗曾疏远的心贴在了一起。她像初恋时一样，眼神炽热地痴痴地望着他，抿着嘴笑了，心中的阴霾散去……

第一人称

　　李小花自从转学到这座城市，很多方面都不适应。但是没办法，父母都在这座城市打工。再说为了她的转学，父母费了很大的劲，李小花只有努力地将自己融入这座城市，融入这所学校。

　　虽然只有十一岁，但李小花却很懂事。父母出去工作时，她放了学就洗衣做饭，尽管这挤占了她很多学习时间，却丝毫没有影响到她的学习成绩。穷人家的孩子早当家，寒门出贵子，从某种意义上说，还是很有道理的。

　　李小花聪明伶俐、善于思考，在课堂上总能有与众不同的见解。不过在一次作文课上，李小花却尴尬无比。

　　那是她转来的第二学期，作文课上，漂亮的女教师说："同学们，在作文中，我们要注意第一人称的正确使用。那么，谁能说一下，第一人称都有哪些呢？"

　　很快就有同学举起了手："老师，'我'是第一人称。"

　　"老师，'我们'也是第一人称。"

　　停了停，女教师又问："还有没有呢？"

　　在教室里一片寂静后，李小花举起了手："老师，'俺'是第一人称。"

　　教室里顿时响起哄堂大笑。

　　"哈哈，真是个乡巴佬。"

"农民就是农民。"

"乡下人与众不同啊。"

"土包子……"

李小花陷进了这种没完没了的嘲笑中，对于她来说，嘲笑声就像一张巨网，将她整个罩在其中。

李小花的脸一下红了，她低下了头。

女教师摆摆手，示意同学们安静下来。

"小花同学，你先坐下。"

接着，漂亮的女教师说："同学们，'我'和'我们'是第一人称，'俺'是方言，它和'我'一样，同样是第一人称。"

停顿了片刻，女教师又说："李小花同学回答得很对，能想到其他同学想不到的答案，很值得我们大家学习。"说完，女教师微笑着望了李小花一眼。

李小花不好意思地笑了。

多年后，李小花已是一名知名的女作家。她在代表作《第一人称》出版后，第一时间给当年那位女教师送上。

《第一人称》中有这样两段文字："第一次来到陌生的城市是多么无助，特别是进入学校之后，由于出身贫寒，我和其他同学竟是那样格格不入，我意识到了自己是多么可怜，陷入敏感、忧郁之中。这种跌入谷底的复杂感受，让我失去了许多自信和快乐。特别是在一次课上，当我回答老师提出的问题，说'俺'是第一人称时，立刻引来所有同学的嘲笑。对我来说，那些冷森森的对我指指点点的指头就像一根根乌黑的枪管……

"我应该感谢我的小学语文女老师，是她一句'李小花同学能想到其他同学想不到的答案，很值得我们大家学习'让我找回失去的自信，有了坚强面对生活的勇气；我应该感谢她，她让我找到一种依靠，能让我稍微放一放快要压垮的无助和无奈……"

当年的那位女教师读完后，心里有一种莫名的感动。那种心境难以描述，更多是一种欣慰。

一阵微风吹起了女教师额前的白发，她擦了一下眼角，她流泪了……

—

赌　局

　　她是一位非常漂亮的单亲母亲。由于特别要强，在她女儿幼儿园毕业那一年，丈夫忍受不了她这种事事争强好胜的性格，提出了离婚。离异后，为了不让女儿受委屈，她拒绝了所有男士的追求。用她自己的话说，她一定要把女儿培养成才，她要让前夫知道，没有他，她们母女俩照样过得很好。

　　人就是这么奇怪的动物，很多时候往往赌的就是一口气。

　　为了让女儿上最好的小学，她卖掉了原有的住房，在市中心又购置了一套楼房，离全市最好的小学仅八百米，是学区房。她每月的工资不足三千，除去房贷所剩无几，但她从不让女儿受一丁点委屈，别人家孩子有的，她想方设法要让女儿拥有。有次女儿提出去肯德基吃饭，她想都没想就答应了。在肯德基店，她为女儿点了五十多元的套餐，但她却舍不得吃一口。回到家，自己却煮了一碗白水面条。

　　在家里，她从不让女儿做任何家务活儿。每当女儿提出要帮她扫扫地或者整理一下房间时，她总是说："去学习吧，我干就行了，小学时期成绩很重要，不然，贷款买房就白搭了。"

　　女儿十五岁上初三。按理说到了这个年龄，农村的女孩早就下地干农活了，但她的女儿却连一双袜子都没有洗过。每当女儿提出要自己洗衣服时，她总是说："去学习吧，我帮你洗，初中成绩很重要，不然，考不上重点高中，考大学的希望就小了。"

转眼女儿到了高中，已是一位亭亭玉立的大姑娘了，放在旧社会已是到了谈婚论嫁的年龄，然而女儿却连一碗面条都做不出来。每当女儿要帮她做饭时，她总是说："去学习吧，我做就行了，马上高考了，这时候是最关键的。"

果然，女儿没有辜负她的希望，在她四十二岁，女儿考上了一所全国知名的重点大学，街坊邻居纷纷向她祝贺。

女儿上大学的第一天晚上，她独自一个人在客厅喝酒，向来滴酒不沾的她第一次喝得酩酊大醉。她第一次感到成功离她竟是这样近，再想起自己所吃过的苦，竟有一种苦尽甘来的甜蜜。她流下了激动的眼泪，同时又在泪光中享受着与外人无法诉说的成功的喜悦。

应该说付出总有回报，苦尽甘来也符合大多数人的意料，然而事情却并非如此。

两个月后，校方通知她让她女儿休学一年。她蒙了，以至于怀疑是不是校方打错了电话。

真相的确如此。随后的电话中她也逐渐接受了事实。校方分批分步骤地向她交代了女儿在学校生活不会自理的事实：作为新时期的大学生，在宿舍不会整理自己的床铺；不会洗自己的衣服；不参加任何义务劳动；不会和同学正常交往；甚至到食堂打饭都要犹豫很长时间……

一夜之间，她老了许多。她在阳台伫立良久，喃喃自语："我输了。"一声长长的喟叹，一种大势已去的悲凉。窗外，一片无垠的静寂弥漫开来，似乎什么都不曾发生过……

仿佛有风

叶小凡驶出纱厂门口不远就感到一阵恶心，她把红色的奥迪车停靠在路边，下车蹲下就呕吐了起来。

现在的天气真是变幻无常，昨天上午天还晴得好好的，可到了下午突然刮起了大风，叶小凡逛完街回到家就头疼发烧。她翻箱倒柜找出一盒感冒胶囊服下后才感到轻松了些。叶小凡清楚地记得这盒胶囊还是唐宝川买给她的，如果唐宝川在的话就好了，他会给她熬一些红糖姜水让她喝下，对感冒特管用，现在她一个人懒得去做。她把胶囊放到床头柜上，躺下后又不由自主地想起了唐宝川，她特别爱吃唐宝川做的红烧牛肉面。其实再想又有什么用呢？他们分手都快一年了。

叶小凡是纱厂公认的厂花，她和唐宝川即将谈婚论嫁的时候出现了一系列的问题。首先是买房，叶小凡坚决不同意结婚后挤到唐宝川父母那套只有六十多平方米的二居室里。然而依唐宝川现在的经济能力根本买不起房，加上这两年纱厂的效益日渐下滑，叶小凡开始考虑以后的生活。叶小凡的一个工友，自身条件比不上她十分之一，但却找了一个要钱有钱、要车有车、要房有房的男人。我为什么不能呢？叶小凡心里想。

唐宝川这一辈子可能没什么出息了，靠卖早点维持生活，没有正式工作，没有家庭背景，没有人际关系。

　　两个月后叶小凡认识了他。叶小凡和他认识是在朋友的婚宴上，那天他们不但坐在了同一桌上，而且还紧挨着，那时他已经离婚了，还带着一个女儿。他是一个房地产商。以他的经济能力和人生经历，身边自然不缺女人，驾驭女人的能力毫无疑问要比唐宝川强。

　　后来事情发展得很顺利。叶小凡大胆迈出了她人生错误的一步，不顾亲朋好友的苦苦相劝，毅然和他走在了一起。

　　唐宝川很体面地退出了。

　　叶小凡的生活从此有了质的飞跃，搽脂抹粉、披金戴银，住进了工薪阶层想都不敢想的独体别墅，电动自行车也换成了红色奥迪。她俨然已不是一名普通纺纱工了。

　　实际上这个时候叶小凡已完全不用再上班，纱厂每月千把元的工资还不够她买一套化妆品。只是叶小凡在家实在无聊，去班上转转更多的是为打发时间。当然，他偶尔也会回家陪陪她，但这样的情况很少很少。

　　他忙什么呢？叶小凡不敢问。有次叶小凡实在忍不住了，问："一个月都不回来一次，有那么忙吗？这里是酒店还是你的家？"

　　他很生气地回道："我的事你少管！你吃的穿的住的都是我的，有什么资格质问我？"

　　叶小凡咬着嘴唇没有再说话，她心里十分清楚她现在的生活就像一扇在狂风中摇晃的旧窗户，始终处于危险和不可预测的状态。

　　叶小凡在路边呕吐了大约五分钟后才起身回到了奥迪驾驶座上。回家的路上，她不知哪来的勇气绕了远，来到唐宝川早点铺的不远处。

　　大半年过去了，这是她第一次来这里，这里什么都没变，唐宝川还是那个唐宝川，忙前忙后地招待着顾客。叶小凡就这么一直深情地望着唐宝川的一举一动。

当然，也不能说这里一点都没变，因为就在叶小凡即将离开的时候，一个女孩从早点铺走了出来："宝川，收摊后你去菜市场买点牛肉，中午咱吃牛肉面吧，又想吃你做的红烧牛肉面了。"

"好嘞。"唐宝川十分爽快地答应。

"给，刚削的苹果。"

"不吃，不吃，正忙着呢。"唐宝川说。

"就一口。"女孩说完硬把苹果往唐宝川嘴里塞。

叶小凡心里像被什么东西蜇了一下。她觉得她必须离开了。

红色奥迪箭一般地从唐宝川早点铺前驶过，叶小凡打了个喷嚏，风实在是太大了，吹得她直流泪。她按下车窗开关按钮，车窗玻璃缓缓升起。

其实天气很好，格外的晴朗，哪里来的风呢？

奉献青春

秋红卫校毕业时，在毕业分配表里填上了"同意学校分配"六个字。她想不到的是，全班五十多名同学中，竟然只有她一个人被分配到了市里的一所精神疗养院，去照顾一些比较特殊的精神病人。

得到消息的那一天，秋红伤心极了，她不甘心和那些精神病人打一辈子交道，也不想把青春白白地浪费在那些精神病人的身上。因此，她买了一些礼品，让父亲去找一找他在市政府工作的一个老同学，看看能不能帮她转到好一点的工作单位。

没有得到答复之前，秋红也只有应付公事地去疗养院上班了。

在疗养院，秋红望着那些可怕的精神病人，机械地听着院长的介绍："小红同学，你能分配到我们疗养院，实在太好了。你看看这些精神病人，他们是多么需要有人照顾啊，可是这么多年来，从来没有一个卫校的学生愿意到这里来。"

"抓小偷，抓小偷！"院长刚说完，就听见一阵喊叫，秋红吓得一下子躲到了院长的身后。

院长指着那位发出尖叫的老人说："他的儿子是一位好干警，在抓小偷时，不幸被小偷用自制的手枪打死了。老人就这一个儿子，父子俩的感情一直很深。儿子死后，老人经受不住打击，也就……"院长没说完，眼圈就红了。

秋红呆呆地望着那位老人，而那位老人也很好奇地望着她，嘴里依然念叨："抓小偷，抓小偷……"

老人说话时嗓子有些沙哑，秋红突然想伸出手去摸一摸老人的脸，可她刚伸出手又缩了回来。

看到这里，院长说："走吧，到前面看看。"

秋红继续听着院长的讲解，不过这时她已经感到这些精神病人好像不那么可怕了。

走着走着，秋红突然感到自己被人拽住了衣服。她回头一看，原来是一位四十多岁的妇女。那位大姐紧紧地拽着她的衣服，激动地说："好闺女，你终于来了，来了就好，妈一会儿给你做荷包蛋面条。"

秋红刚想挣脱，但突然看到院长朝她轻轻地摇了摇头。

院长叹了一口气说："她的女儿中专毕业后，自愿到一个贫困县的一所小学教书，那所小学虽然破败，但自从她的女儿到了那里后，孩子们的学习成绩在县里名列前茅。"

说到这里，院长脸上显出痛心的表情："然而在一次大雨中，她的女儿在疏散完即将倒塌的教室里所有的学生，自己却永远地被埋在了倒塌的教室里。女儿去世后，她的神经就开始错乱了，看到任何一个女孩，她都会把人家当成自己的女儿。"

停了停，院长有些哽咽："她女儿临终前对她说的最后一句话，就是想吃一碗妈妈做的荷包蛋面条……"

听完院长的介绍，秋红心情沉重地朝着那位妇女微微一笑，终于第一次伸出手，抚摸了一下那位妇女的脸。

那位妇女很是高兴，拽着她的衣服摇晃着说："好闺女，你终于回来了，你在那里教学辛苦不？"

不知为什么，秋红听后喉咙里霎时涌上一团咸涩，吐也吐不出来，咽也咽不下去。哽咽之中，眼泪汹涌地流了出来，那位妇女急忙伸出手来，"好闺女，别哭。啊，妈这就给你做荷包蛋面条去。"一边擦着秋红脸上的泪一边说。

妇女的话像刀子一样剜着秋红的心，她再也忍受不住，挣脱开那位妇女向病房外跑去……

湛蓝的天空浮动着一片片白云，温馨的和风轻轻地吹起了秋红披肩的秀发。秋红决定留在疗养院。她想：别人能奉献自己的生命，我也可以奉献自己的青春。

父母的爱

她从小就是父母的骄傲，聪明伶俐，学习成绩又好，而且还经常帮助家里干家务活。当然，父母也十分疼爱她。

大学毕业后，她在省城安了家，可她也发现，自从她出嫁后，父母就疏远了她。比如她结婚那一年她父母到省城来了一趟，并且还连夜赶了回去，除此之外，她的父母也就再也没有来看望过她。

这时，她想起了村里人经常说的一句话：嫁出去的女儿，泼出去的水。真的是这样吗？结婚后每次回娘家，她都邀请，可以说是恳求，父母到她家里住一段时间，父母每一次都委婉地拒绝：庄稼人在农村住惯了，在大城市不适应。

拒绝的次数多了，她渐渐地有些不高兴了，特别是怀孕后什么都吃不下，吃什么都想吐时，她是多么希望父母能到省城一趟做一顿她从小就喜欢吃的油炸南瓜饼。然而从怀孕到孩子两岁，父母始终没有到过省城一趟，只是托人捎了几次家里的农产品。

看到别人父母疼爱孩子的情景，她伤心透了。村里人说得没错，嫁出去的女儿，泼出去的水！

有一件事她永远也忘不了：怀孕期间，家里竟然只是托人捎给她两只白条鸡，她生气地又让人捎了回去，她不缺那点东西。

日子就这样一天天过着，她不知道父母有多少年没来看望她，而她也不记得她有多长时间没回去看望父母。

在孩子上小学那一年，她年老的父亲病故了。她向单位请了假。这么大的事，她必须要回去一趟，不管怎么说，那是养育过她的亲生父亲。

晚上，母亲有些伤心，泪流满面地和她拉起了家常："闺女，你瘦了。别怪我们这么多年没去看你，你父亲早就对我说过'女儿出嫁后绝对不能去女儿家给女儿添任何麻烦'。

"你大学毕业在省城找份工作不容易，然而当父母的却帮不上忙，这心里别提有多难受了。

"好不容易在省城安了家，可买房的几十万元做父母的又是帮不上一点忙，听到你在省城东拼西凑地借钱的事，你父亲抽了一晚上的旱烟。

"听说你怀孕，你父亲高兴得不得了，硬是把他最喜爱的两只大公鸡杀了，边杀还边高兴地对鸡说：'女儿怀孕了，得好好补补身子，老伙计，对不起了。'

"当你把那两只大公鸡退回来后，你父亲像个小孩子似的哭着把公鸡埋了。临终前你父亲还对我说：'我去世后，有了需要用钱或者其他的啥事就把我养的那群鸡该杀的杀，该卖的卖，千万不能到省城找女儿，给她添麻烦……'"

母亲的话像钢针一般穿透了她的心。然而更令她痛苦的是，在这个世上又有多少爱可以重来呢？想想自己所做的一切，愧疚像钢锯一样在她的心上来回锯着……

和你在一起

吴单冬怎么也不会想到，在他退休后的第二年，妻子竟然会因为一起车祸离他而去。

在公安战线上奋斗了大半辈子的吴单冬，退休后总感到少了一点东西，妻子去世后，他更加觉得心像是被人掏空了。

他的大女儿十年前去英国留学，毕业后留在了令世界无数天之骄子向往的剑桥大学；二女儿大学毕业后在上海一家国有大中型企业工作。

在别人看来，这是多么光彩的事啊。然而每天晚上，走进空荡荡的家，再听到左邻右舍的欢笑声时，曾经面对无数凶恶犯罪分子都不曾畏惧的他，面对凄清冰冷的家，害怕了。大女儿留在英国后很少能回老家，更多的时候是打一个越洋电话；二女儿留在上海后，虽然每年能回来两三次，但也只能来也匆匆，去也匆匆。

中国的空巢老人问题的确需要关注。

因为不愿看待在空荡荡的家，吴单冬每天都去逛街逛超市。当然，这里面还有一个原因，那就是义务与扒手做斗争，在熙熙攘攘的人群中发现扒手并将其制服，一直是他的拿手好戏。尽管吴单冬退了休，但风采依然不减当年，发现扒手后他总会大喝一声"住手！"随即上前就是一个漂亮的擒拿。

六一儿童节前夕，吴单冬像往常一样上街转悠。这个时候正是商家向孩子们推销商品的最好时机，华联超市居然贴出了购买儿童用品满三百元可送一盒价值不菲的木糖醇的海报，并且还可免费抽奖一次。

超市一开门，早就等在门口的人们一拥而入，疯狂地争购着。

然而谁又能想到，这个时候一桩轰动全市甚至全省的凶杀案就要发生了。

事实上，吴单冬上街前去了一趟离家不远的一所小学。吴单冬从电视新闻上了解到，不少小学生在学校门口受到了不法分子的侵害，这让吴单冬很是痛心。虽然退了休，吴单冬还是常常义务去学校看一看。门卫见到吴单冬总会开玩笑地敬一个礼："你好吴警官，有何指示？"

吴单冬这次在校门口停的时间特长，大约四十七分钟，直到小学生们陆陆续续地都走进了学校，大门"哐当"一声关上，他才离开。

十一点多，他才想起该做中午饭了，于是决定去菜市场买点菜和面条。中午十一点二十五分，吴单冬接了大女儿一个越洋电话。为了让大女儿省些电话费，吴单冬尽量长话短说。在电话里，吴单冬让大女儿在国外照顾好自己，钱不够用就向家里要，千万别委屈了自己。大女儿在电话里一直哽咽地重复着一句："爸，把身体养好，都这么大年纪了，就别在街上抓什么小偷了。"

接听大女儿的电话，是吴单冬幸福激动的时刻，所以尽管吴单冬一直克制自己，但泪水还是打湿了手机。

而这个时候，离凶杀案发生只有半个小时的时间了。

去菜市场路过一家超市，一个满头黄毛的少年奔跑着与吴单冬擦肩而过，黄毛身后，一个妇女高喊着："抓小偷，他偷了我的包!"一刹那,吴单冬已经明白了怎么回事,他立即追了上去,并大喝:"站住!"

黄毛根本没有理会,依然抱着一个米黄色的提包向前奔跑着。吴单冬追了一段突然大喝一声:"站位,再跑我就开枪了!"

黄毛听到"开枪"二字被震住了,然而当他原地转过身后发现自己上当了,哪里有什么枪啊!气急败坏的黄毛从身上掏出匕首,气喘吁吁地道:"老东西,少管闲事,不然老子放你血!"赤手空拳的吴单冬望着眼前乳臭未干的黄毛冷笑了一声:"小伙子,年纪轻轻就干这个,不知羞耻啊!"本来吴单冬想教育黄毛一番,然后将其制服,对于未成年的犯罪分子,这是他的一贯作风,然而今天,被偷妇女的一个举动完全打破了他的计划。妇女追上来就与黄毛厮打在一起,在吴单冬上前拉扯时,黄毛锋利的匕首胡乱插进了他的身体。

年过六旬的吴单冬顿时感到一阵晕眩,一股热乎乎的红色液体伴随着血腥气喷涌出来。而他还死死地抓着黄毛的胳膊,直到听到一阵刺耳的警笛声后,他就什么也不知道了。

他醒来的时候,发现自己躺在病床上。床前的医生、护士、民警都微笑地望着他。他感到浑身疼痛难忍,整个身体像是散了架,动一下都十分困难,吴单冬觉得他需要休息,好好地休息。的确,在公安战线上奋斗了大半辈子的吴单冬,从未好好休息过,是时候好好休息了。

他闭上双眼,听到一个非常熟悉的声音:"老吴,伤口还疼吗?"这分明是自己妻子的声音。昨天晚上他还做了一个梦,梦中他与过世的妻子又牵着手走到了一起,温馨得就像电视剧《金婚》男女主人公最感人的那一幕。

妻子微笑着向他伸出了手,吴单冬也慢慢地抬起了手。

终于,两只手紧紧地握在了一起……

辉　煌

余静下了公交车，提着大包小包，直奔丈夫所工作的建筑公司。

今天是她和丈夫章彬结婚三周年纪念日。

本来她是打算让丈夫向公司请假，回家和她一起过这个纪念日的，但想到丈夫刚进公司还不到一年，如果因为这点事请假，恐怕有点得不偿失。所以她最后还是决定瞒着丈夫做上一堆丈夫喜欢吃的，去公司和他一起过这个纪念日。

余静心里也有一些怨气。丈夫原先在公交公司工作，岗位好，离家又近。可单位实行下岗分流后，丈夫竟然主动提出下岗，把好端端的一个岗位让给了别人。

余静心里气啊，她不知道丈夫这个傻雷锋，什么时候也能为自己想一想。

章彬主动提出下岗后，余静本来是打算和他大吵一架的，但章彬却嬉皮笑脸地说："静，单位那些老同志都是四五十岁的人了，下岗后再找一份工作确实也不容易。现在咱还年轻，到哪里还找不到一个工作？我再找一个工作好好干，没准还能当上个经理厂长什么的。"最后一句话，章彬是模仿着《超生游击队》里黄宏的一句台词说的，气得余静哭笑不得。

好在章彬下岗后，又在离家比较远的一家建筑公司找了一份还算轻松的工作。余静听丈夫说是开拉水泥的东风车，每天工作不超过八小时。

尽管这家公司离家比较远，但余静的心总算安定了下来。

自从章彬进入这家建筑公司后，余静还从来没有到过这家公司。她多方打听，转悠了好半天才在市郊找到了丈夫的单位。

刚到单位门口，余静就被一个门卫拦住了，"同志，您找谁？""噢，师傅，我丈夫章彬就在这家公司工作。"余静说。

门卫接过证件仔细看了一下，和气地说："你就是那个河南小伙章彬的妻子啊。走吧，跟我来，我带你去他宿舍。现在你丈夫可是我们公司的模范人物。"门卫指了指大门内不远处的光荣榜，"你过去看看，上面还有他的照片呢。"余静听后心里暗自高兴：真没想到，丈夫工作不久还真做出了点成绩。

门卫正准备帮着余静拿行李去宿舍，但余静提出："师傅，算了，我还是直接到工地找他吧，我有点急事呢。"其实余静哪里有什么急事呢，她心里想：这么热的天，丈夫开车肯定累坏了，带来的餐盒里有一大杯绿豆汤，还放了白糖，亲自送到丈夫手中多好。

"好吧，那你去工地时可要注意安全。"说完，门卫给余静指点了工地的大致方向。

冒着酷暑，余静提着行李在建筑工地寻找丈夫的身影。一辆辆来回行驶的东风机动车里，全是陌生司机的面孔。

正当余静有些失望的时候，突然，远处一个熟悉的身影映入她的眼帘，那人光着膀子，头戴一顶安全帽，吃力地拉着一辆满载水泥的人力车行走在工地小道上。天空中的太阳像是炫耀自己似的，使出浑身的力量把光芒刺入他身上的每一寸皮肤。也许是热，也许是累，他不时停下来扯下肩上的毛巾擦拭着脸上的汗水……是章彬，自己的丈夫！余静手中装着绿豆汤的玻璃杯顿时掉在地上。丈夫不是说在建筑公司开东风车吗，怎么会……此时的章彬好像也发现了余静，他丢下人力车急忙跑到余静跟前："静，你怎么来了？""怎么……我就不能来？"望着丈夫肩上勒出的红印，余静的泪水唰地一下流了出来。

章彬明白了一点什么，他连忙解释："静，你听我说，其实……""别说了，你说你到这家建筑公司开东风车，车在哪儿呢？"章彬刚想开口，余静又打断了他的话，"你干什么工作无所谓，别说你是拉人力车，就是上街讨饭，只要告诉我，我都能理解，可你不该说谎骗我啊！"气氛变得有些紧张起来。

正在这时，一个戴着红色安全帽的男子朝他们走来，章彬很恭敬地喊了一声"队长"。"这位……""这是我妻子余静。"章彬连忙解释道。

看到这种场景，队长似乎也明白了点什么，他假装生气地对章彬说："你也太不像话了，这么热的天，人家来看你，怎么还傻站着不动？快，先领弟妹到宿舍里休息休息。"在宿舍里，队长叹了一口气说："弟妹，章彬拉人力车的事，我猜他没有对你说吧。说真的弟妹，你不要生他的气，他是个很棒的小伙子。本来公司是分给他一辆东风车的，可我们这家建筑公司规模小，资金周转也困难，车少人多，为了照顾一个工友，章彬主动把分给自己的那辆东风车让了出来，他和几个身强力壮的小伙子，为了不耽误工程的进度，又组成了一个人力车队，为公司确实……""队长，说这干啥，我不拉总得有人拉，再说拉人力车是靠双手挣钱，又不是什么丢人的事。"章彬低声道。

望了望桌子上倒好的开水，队长朝章彬使了一个眼色，然后说："那好吧，我就不再多说了，你们先休息一会儿，马上中午饭时间也到了，我还得去工地一趟，等会儿我让厨师给你们做几个好菜。"余静和章彬同时站起来相送，队长走后，宿舍里的空气像是凝固了一般，只有墙上的挂钟发出一声声清晰的脆响。

余静轻轻走到章彬跟前，用手抚摸着他肩上红红的勒痕，心疼地说："怎么不早告诉我?""不就是拉人力车嘛,又不是什么大事。"章彬笑嘻嘻地说。

"什么不是大事,难道非得脑袋掉了才是大事?"余静说完泪水又唰地一下流了出来。

章彬伸出手轻轻地擦拭着余静脸上的泪水,"好了,都怪我不好,都是我的错,我写检查行了吧,章夫人。"余静破涕为笑,"你也就剩贫嘴这点本事。"说着她撒娇地倒在了章彬的怀里。

阳光从窗帘的缝隙中偷偷射入,然后准确地降落在宿舍里的玻璃茶几上,经过几层反射,宿舍里的阳光像爆炸一样辉煌。

谎　言

他现在已是这个城市中屈指可数的亿万富翁了。

想当初他刚来到这座城市打拼的时候，一切都是那么的不如意。他清楚地记得创业中期，有一年冬天为了争取一笔贷款，他竟然在银行门口等了行长整整一个星期。拿到贷款后，他蹲在银行外的一个角落像个孩子似的哭泣。

现在他成了有名的企业家，但他节俭的习惯却丝毫没有改变，只不过他现在的记忆力越来越差，头上的白发也越来越多。

这一切，她都深深地看在了眼里。

有一天回家的路上，他一摸口袋少了点东西，找遍了所有的地方就是找不到。她关心地问他："丢了什么东西吗？"

他没回答，只是自言自语地说："难道忘到办公室了？"

第二天回到家，他依然翻箱倒柜地找。

看到他焦急的样子，她有些心疼。吃饭的时候，她平静地问："是不是丢了什么贵重的东西？"

他微微一笑："没有，吃饭，吃饭。"

第三天回到家里，他仍然自言自语："奇怪，秘书小唐把办公室找了个遍，还是找不到。"

她望着他："到底丢了什么东西？要不要报警？"

他摆摆手："报什么警，只不过是两千块钱而已。"

她稍稍停顿了一下，然后说："咳，我还以为什么大事，那两千块钱我用了。给你洗衣服的时候，我掏了出来，但忘了告诉你。"

"你怎么不早说，害得我找了好几天！"他虽然有些责备，脸上却露出了笑容。

第二天他一到办公室，秘书小唐就跑到他跟前，"董事长，您说的用羊城晚报包的东西，我终于在茶几第二层果盘下面找到了，我已经把它放到了您办公桌上了。"

他听后一脸茫然。小唐出去后，他小心翼翼地打开了报纸，没错，这正是他丢的那两千块钱。

可她为什么要撒谎呢？坐在办公椅上，当他拨通电话告诉她，他丢的那两千块钱又在办公室找到时，她很久没有说话。结婚二十年，这是她第一次对他说谎。她不知道他能不能原谅她。

"为什么要撒谎呢？你以前可从来没有对我说过谎啊？"

沉默良久，她终于哽咽着道："我不想看到你焦急难受的样子……你都这把年纪了……"

他听后也很长时间没说话，但眼圈却红了。

其实，他已经从心里原谅了她的谎言。

就是这个味儿

　　她是这个班级中唯一的借读生。一年前为了给父亲看病，她被母亲带着来到这座城市。她的父亲得了皮肤癌。

　　年仅十二岁的她学习非常努力，虽然是一名借读生，但学习成绩一直遥居全年级第一。母亲除了照顾卧病在床的父亲，还在一家糕点店打工。

　　期末考试，她又一次得了第一名，母亲很欣慰，"晚上想吃什么？妈给你做。"

　　她想了想说："妈，我想吃汉堡包。"

　　汉堡包？说实话，母亲也没吃过，只知道是快餐店里面的东西。

　　怎么会想吃汉堡包呢？原来学校离家比较远，所以中午女孩一般不回家吃饭，而她的同桌每到中午都会被母亲接走。每一次同桌的母亲还会带一个汉堡包，"乖女儿，饿了吧，来，先吃一个汉堡包，回家再吃饭。"

　　倒不是她有什么攀比心理，而是在她看来汉堡包的确诱人，同桌吃着汉堡包离开的时候，她都会咽一下口水。她没吃过这洋食品，很想尝尝到底是什么味儿。

　　女儿考试得了第一名，想吃个汉堡包的确不算过分，但母亲到了肯德基一问，才知道一个汉堡包竟然要十多元。女儿上学、丈夫看病已经使母亲捉襟见肘，她真的舍不得再多花一分钱。

母亲望着汉堡包看了一阵，最后决定自己动手制作。她先是到面包房买了带有芝麻的圆面包，把面包用刀切开后，涂上自制的甜面酱，然后把洗好晾干的生菜夹在两片面包中间，看上去还真像那么回事。

晚上做完作业，女孩刚一到饭桌前就发现饭桌上诱人的汉堡包，她立即津津有味地大吃起来。

母亲微笑着说："慢点吃，多着呢。"

"妈，明天我要带两个汉堡包到学校当午餐。"小女孩一边吃着汉堡包一边说。

"当然可以啊。"母亲依然微笑。

然而，被她带到学校当午餐的那两个汉堡包一眼就被同桌识破，"你这是什么汉堡包啊，该不会是花两块钱在地摊上买的吧？"

说完同桌把自己的汉堡包放到课桌上："来尝尝我妈买的什么味儿。"

同桌走后，她把自己的汉堡包也放到了课桌上。

自己的汉堡包看上去又扁又小，不但如此，同桌的汉堡包闻起来香味迷人，自己的汉堡包却只有一股淡淡的面包味而已。

同桌的嘲笑让她的自尊心受到了极大的伤害，那天中午她第一次没有吃午餐。

放学回到家，她有些生气。本来想把两个截然不同的汉堡包拿给母亲看，然而走进厨房，她发现母亲正在专心致志地做什么东西：切面包时掉下的面包渣，母亲舍不得扔掉，填到了自己嘴里，面包上抹的甜面酱是母亲平时也舍不得多吃的。抹上甜面酱后，母亲还特地在上面滴了几滴香油，最后才把切好的生菜夹在了两片面包间。

原来是这样，为了省钱，母亲根本没有买什么汉堡包，然而为了不让自己受委屈，母亲竟然……

为了供自己上学，为了给父亲看病，母亲撑起这个家是多么不容易！

望着满头大汗的母亲，她无地自容，拿着两个汉堡包悄悄地退出厨房……

从那以后，每天中午她依然带着母亲亲手制作的汉堡包当午餐，吃完还很高兴抹抹嘴说：真好吃，汉堡包就是这个味儿！

绿色的蝴蝶结

阿秀早早来到了弘丽快餐店，她决定，如果阿峰提出要和她重归于好，她一定会答应。但她失算了。

大学四年，阿秀和阿峰谈了四年的恋爱。他们每逢双休日必定到这个快餐店相聚一次，谈理想，谈生活。之所以选择这个地方，一方面是这个快餐店，气氛比较温馨浪漫，更重要的是，店消费比较低。

转眼，学校开始分配工作了，阿秀坚决要留在省城。但同时严峻的现实也摆在了她面前：第一，留省城名额有限。第二，她的学习成绩并不怎么好。第三，她没有良好的人际关系。换句话说，她留在省城的机会只有百分之一，除非她放弃学校的分配去参加用人单位的招聘会。一些有关系、有背景的同学早已行动起来，这令阿秀更加坐立不安。她知道，如果自己再不采取行动的话，很可能就被分配回家乡———一个落后的小县城。

在这个时候，阿峰倒沉得住气，他对学校的工作分配表现出一副无所谓的态度。在他看来，到哪里工作都一样。对于阿秀坚决要留在省城，阿峰也多次劝过她，可每一次开口，阿秀就和他大吵一架。

用阿秀的话说，好不容易考上大学离开了那个贫困落后的小县城，怎么肯轻易回去呢？阿峰的好言相劝不但没有改变阿秀的决心，反而使她对阿峰埋怨起来。因为在这时，他对她起不到一点作用。阿秀开始后悔：自己这么漂亮的一个女孩，当初怎么就没有找一个有家庭背景的富家子弟呢！

接下来，一连串的挫折和困难让阿秀的脾气变得暴躁起来。他们开始无休止的争吵，更让阿峰想不到的是，阿秀开始有意地躲避他。

阿峰知道，他和阿秀的关系就像早春的天气，看起来跟冬天没什么两样，实际上风霜雨雪无时无刻不在觊觎着。

果然不出阿峰所料，阿秀在跑工作的时候认识了一个叫阿熙的男孩。阿熙的父亲在省城的人际关系很好，手中握有一定的权力，阿熙说他可以帮助她留在省城。当然，天下不会有免费的午餐。阿熙看上的首先是阿秀的美貌，而阿秀看上的是他父亲手中的权力。省城的诱惑早已使阿秀丧失了理智，所以当阿熙问阿秀有没有男朋友时，阿秀立刻回答"没有"。

阿熙和阿秀交往的事很快就让阿峰知道了，阿秀倒显得很冷静，她并不认为自己做错了什么事，再说在恋爱自由的今天，她还是有选择的权利的。为了不想让阿峰再对她抱有任何幻想，阿秀打电话告诉阿峰说："既然你都知道了，那就做个了断吧，在弘丽快餐店。"

不管怎么说，谈了四年的恋爱，阿秀对他还是有感情的，她不想就这么一声不吭地突然和他分手。

"你认为还有这个必要吗？"阿峰说完就挂断了电话。阿秀听得出来，这分明是一个反问。她呆呆地握着电话，刚开始还不知怎么办才好，但很快就冷笑一声：对我发什么火，莫名其妙！

阿秀在和阿熙交往的时候，很多同窗好友纷纷劝阻阿秀要考虑清楚。毕竟她和阿峰恋爱了这么多年，总不能因为想留在省城找一个好工作而分手，再说嫁给一个没有任何感情基础的人能生活得幸福吗？

但阿秀这次是铁了心，不管阿峰分配到哪儿，反正她一定要留在省城。虽然嫁给阿熙有点不情愿，但总比跟阿峰过苦日子好。

有些事真是难以让人预料，谁都不会想到阿峰居然被留在了省城，而且还进入了一家很不错的公司。

这件事说起来有些蹊跷。那天阿峰陪一个同学去参加一用人单位的招聘会，在招聘会场门口，阿峰看到一个乞丐。那乞丐双腿好像都有毛病，拿着一个破旧的瓷碗盘坐在一张旧报纸上，看起来有点像鲁迅笔下的孔乙己。不同的是，孔乙己穿着长衫，而这乞丐却大热天穿着一件小夹袄。大概，这个乞丐不仅腿脚有毛病，脑子也有毛病。

会场进进出出的人并没在意这个乞丐，都是拿着简历及证书匆匆而过。而阿峰却停下了脚步。他望着乞丐，眼眶有些湿。那乞丐也望着阿峰举起了手中的破瓷碗。阿峰急忙从口袋里掏钱。他想多给一些，可他口袋里的钱并不多。

他掏出几张零钞递给乞丐，说："大叔，真对不起，我口袋里的钱也不多了。"

"同志，这是什么话，这已经足够了。"那位乞丐说完就笑着站了起来。

阿峰很吃惊地望着乞丐，刚想再开口，没想到乞丐又说："同志，您是来找工作的吧？我在这等了一天，才等到像您这么有爱心的人。实话告诉您吧，我们公司的老总是个孤儿，老总说公司的一个重要部门正缺人手，但这个位子是绝对不会交给那些没有爱心和同情心的人去做的。"

乞丐摘掉头上的假发，说："如果您愿意到我们公司来，我们随时欢迎您。"

这也许就是人们常说的人算不如天算。

和阿熙相处了一段时间，阿秀才知道阿熙其实是个典型的花花公子。她清楚，阿熙根本不可能和她结婚，他和她只不过是一场游戏而已。可这个时候她已经是骑虎难下了，她觉得自己走到今天，完全是自己失算造成的。

阿熙不久就表现出喜新厌旧来，他有意地躲开阿秀，就像当初阿秀有意地躲避阿峰一样，他甚至提出给她一笔青春损失费，让她以后不要再缠着他。

按理说，这正是阿秀所希望的。可阿秀就是不干，也许是为了面子，更可能是怕阿峰看不起她。阿熙看软的不行就来硬的，有次喝醉了酒，不分青红皂白地就把她毒打了一顿。即便如此，阿秀还是不肯屈服，直到有一天阿熙领着一个比她更漂亮的女孩对她说："这是我新认识的女朋友，我们不久就要结婚了，你呢，以后也就不要再缠着我了。这张没填数字的限额支票你拿着，算是赔给你的损失费。"

阿秀接过支票没有甩在阿熙的脸上或撕掉。她觉得，他们之间的关系这时是该画上一个句号了。

阿秀想留在省城，没想到走对了大门但进错了小门，她转而又开始对阿峰抱上一丝幻想。她觉得在这个陌生的城市，心里唯一有自己的人恐怕就是阿峰。当初为了不让阿峰对自己抱有幻想，自己是多么的无情，而现在自己却……阿秀第一次觉得自己很无耻。

阿秀开始找借口给阿峰打电话。第一次，她刚拨了一个号就挂了；第二次，她差不多拨全了号，但仍旧挂了；直到第三次她才拨通了电话。

电话那边传来阿峰熟悉的声音："喂？"阿秀不说话，只是小声地抽泣着。

很久，电话那边才说："是秀吗？"阿秀觉得阿峰其实还是很在乎她的，否则他怎么会用这么小心翼翼的语气。

"有事吗？"或许听到阿秀的抽泣声，阿峰感到阿秀好像发生了什么事，不管怎么说，两人曾经相爱过。

"没什么事。我过生日时，你曾送给我的那个绿色的蝴蝶结发卡，我想还给你。"阿秀停止了抽泣。"算了，又不是什么值钱的东西。"阿峰随口道。"不！还是给你吧，看到它我心里就会不安。"阿峰听得出，阿秀说这话的时候很紧张。"那好吧，你什么时候给我，在什么地方？"阿峰问。"如果你有空的话，今天晚上在弘丽快餐店。"阿秀说完并没有马上挂电话，阿峰也一直等到电话那边传出嘟嘟的声音才挂断了电话。

阿峰到了快餐店，一眼就看到了坐在窗边一张桌子旁的阿秀，这是他们曾经常坐的位置。"来得这么早。"阿峰说。

"今天没什么事，所以就早来了一会儿。"阿秀张口还想再说点什么，但阿峰打断了她："一个发卡，值得你浪费这么多时间？对了，东西带来了吗？"

阿秀掏出那个漂亮的绿色蝴蝶结发夹，递给阿峰："你还在生我的气吗？以前都是我的错，不过我也有我的苦衷，希望你能原谅。"

"都已经是过去的事了，就不要再提了。再说萝卜白菜，各有所爱，你有你的理想，我也不应该干涉。"阿峰接过发卡。

阿秀这时非常想让阿峰问一问自己与阿熙的情况，然后她再泪流满面地恳求他的宽恕。阿秀知道，阿峰和她分手后一直没谈女朋友，如果阿峰知道她和阿熙的关系已经结束，或许他还会再考虑一下自己。当然，这是阿秀最好的打算。

但阿峰并没有问起她的感情婚姻。

"恭喜你留在了省城。"阿秀开始找话题和阿峰说话。"你不是也一样。"这句话虽然只有六个字，但是足以把阿秀说得低下头。阿秀心里也清楚，自己留在省城的手段是多么的不光彩。

阿秀镇静了一下，她想努力地把话题转移到自己的感情上来，可她真的不知道该怎么说，更何况她也不知道此时阿峰心里到底还有没有她。

阿峰很自然地摆弄着手中的发卡说："没想到这个蝴蝶结发卡你保存得这么好，我还以为你和我分手后会把它扔掉呢？"

"怎么会！你也知道，这个发卡是你送给我的第一个生日礼物，我怎么会扔掉呢！"阿秀说话的语气有些悲伤。

"真可惜，我们没这个缘分。"阿峰说完"啪"的一声把发卡扔在了桌子上。

"峰，你听我说，其实我现在……"

"你不用再说了，都已经过去了。"阿峰打断了她的话。突然，阿峰发现阿秀眼眶里噙满了泪水。他心里冷笑一声：作秀，她这是在为谁哭呢？该不会是为我们的过去吧。她是在为自己流泪，她是那么爱她自己，又怎么会为别人流泪呢？

阿秀擦了一下眼角的泪水说："好了，天也不早了，以往在这个地方都是你请我吃饭，今天变换一下角色，我请你吃饭，也算是最后的晚餐吧。"阿秀决定，吃饭的时候如果阿峰再不问自己的感情婚姻，那么吃完饭她马上就离开。

让阿秀想不到的是，阿峰吃饭的时候竟然连一句话都不说，不管她说什么，阿峰要么"嗯"一声，要么点点头。吃完饭，阿秀望着阿峰，好像在等待什么，好大一会儿，她才轻轻地说道："你还有什么话要对我说吗？"

"没了。"阿峰顺手从桌子上拿起餐巾纸擦了一下嘴说。"那我走了……"阿秀缓缓地站起了身。"走吧。"阿峰满不在乎地回答道。

"祝你以后生活幸福。"阿秀没有动，像是在拖延时间，事实上，她还在等待着奇迹。

阿峰微微一笑。

"那我走了……"阿秀望着阿峰又一次说道。

"走吧。"

阿秀站着还是没有动。

"怎么，还有什么事吗？"阿峰问。

"没……没什么事，那我走了！"阿秀转身就走，尽管走得很慢，但这一次她的确是走了。

阿秀幻想着阿峰能像电影中的男主角那样追上她，说"等一等"，然后紧紧地抱住她。

一转念，阿秀又苦笑了，自己怎么这么天真呢，是自己把人家抛弃了，即便是自己和阿熙分手了，又有什么资格让人家和自己重归于好呢？事实上阿峰根本不知道自己和阿熙已经完了。

阿秀走到门口的时候又回头望了阿峰一眼，她希望这时阿峰能目送她出门，但是没有。

待阿秀再回头看阿峰的时候，正看见阿峰将那只绿色的蝴蝶结发卡扔进路边的垃圾箱。

老晁的心愿

老晁是村小学的民办教师，也是学校里唯一的一个民办教师，他已经五十多岁了，可是还没有转正。

认识老晁的人都说老晁太抠，舍不得花一分钱，活了大半辈子竟然还不知道健力宝是啥滋味，这样活着简直窝囊。所以同事们都看不起他，也不愿意理他，就连比他年轻将近二十岁的校长也取笑他，说他这种人活着简直影响社会经济的发展。

其实，他们这样说多少有点冤枉老晁。老晁的收入低得可怜，女儿又在读大学，每年昂贵的学费使得老晁不得不从牙缝里挤钱。

虽然老晁很抠，被同事们瞧不起，但他独特的教学方法和处世哲学，却赢得了学生们的尊敬。

别的教师最忙的时候是备课，可老晁最忙的时候却是下雨前整修教室。学校的教室每逢下雨天漏得厉害，对此老晁不知向校领导反映过多少次了，可坐在空调屋里的校领导每次都以种种理由回绝。

于是同事们都说老晁爱出风头，他们说教室问题校领导都不放在心上，你逞啥能，难道想评个先进民办教师？

对于同事们的嘲讽，老晁从来不为自己辩解一句。双休日，老晁在家里一边做家务活儿一边听广播。听着听着，他突然听到广播里说星期一有大暴雨，他放下手中的活，拿起一卷塑料薄膜就向学校跑去。

到了学校，老晁先用小车拉了几车土，从井里打来水把土和成稀泥，再掺入一些干草，然后一个人跑上跑下地把和好的稀泥用破桶拽到教室的房顶。

接着他把漏雨严重地方的砖瓦掀开，老练地罩上一层塑料膜，再往塑料膜上铺上一层和好的稀泥，然后才小心地把破旧的瓦片盖上去。

星期一暴雨来之前，学校里不见了老晁的身影。

老晁死了，是整修完教室从房顶上掉下去摔死的。

老晁临终前，很多人都自发地来到老晁家看望他。那些曾经看不起老晁，说老晁爱出风头、活得太窝囊的同事也来到了老晁家，而更让大家想不到的是，教育局局长闻讯也赶来了。

局长紧紧地握着老晁干瘦的手，悲伤地说："老晁同志，你是为了学校才……说吧，老晁同志，你还有什么心愿，我们一定帮你完成。"

躺在床上的老晁抖着手从枕头下拿出一张存款单，费力地递给局长说："……把学校的教室彻底修一下吧……漏雨漏得厉害……这两千块钱……是少了一点，但多少能买一些砖瓦……"

话还没说完，老晁就闭上了眼睛，那张皱皱巴巴的存款单像一片秋日的落叶从老晁手里慢慢地飘落。

好大一会儿，局长才回过神来，他狠狠地打了自己一个嘴巴，然后流着泪朝老晁深深地三鞠躬……

甲壳虫

阿力做梦都想拥有一辆甲壳虫轿车，但他知道，这只是一个美好的梦想而已。

算来到这座城市已经十二年了，经过打拼，阿力刚刚有了不到四十平方米的一套小居室。去年他认识了一个名叫萧萧的打工妹，两个人很谈得来。阿力的父母一直打电话催他赶快把婚事办了，都三十多岁的人了，也该成家了。

现在的女孩都很现实，说到嫁人，车子、房子、票子，哪一样能少？好在萧萧是一个很不错的女孩，她对阿力说，只要两个人生活得开心就行了，房子小点没关系，够住就行，收入低一点也没有关系，俭省一点就行。

萧萧的话让阿力很感动，但买车的打算阿力始终没有放弃，一来自己工作的地方离住所太远，坐公交不方便，加上公司管理相当严，迟到一次就是一百块；二来有辆车，到未来的岳父岳母家也能有点脸面，他不想让萧萧的父母说自己的女儿嫁了个穷小子。

至于买什么车，阿力曾征求过萧萧的意见。但萧萧只是说："你看着办吧，车只是个代步工具，什么车无所谓，只要能让你上下班方便，风刮不着，雨淋不着就行。"再怎么征求萧萧的意见，依阿力现在的积蓄也只能买一辆五万元左右的车，与他梦中的甲壳虫实在是相差太远了。

周五下班后，阿力在公交站焦急地等待着公交车的到来，他和萧萧约好了一块儿去吃火锅。一辆乳白色的甲壳虫在他眼前停了下来，车窗降下，伸出一张熟悉而又陌生的面孔，是他大学时期的一位女同学，林芳。一阵寒暄后，林芳请阿力去吃帝王蟹。活了三十多年，阿力第一次吃到帝王蟹，第一次见识了什么是有钱人的生活。

两杯红酒下肚，林芳向阿力诉说起自己不幸的婚姻。

餐厅橙色的灯光、浪漫的钢琴曲，加上林芳娓娓动听的诉说，阿力有了一种莫名的冲动，餐桌上摆放着林芳的甲壳虫钥匙，昏暗的灯光下却闪出令人眼花缭乱的流光溢彩。

两个月后，初秋，阿力和林芳结婚了，阿力也终于有了一辆自家的甲壳虫。然而阿力越来越感到婚后的生活并没有他想象中的那样幸福，林芳为了美容院的生意经常在外应酬，而阿力回到家常常独自面对五百余平方米空荡荡的别墅。每当傍晚，阿力都会站在偌大的阳台望着远方发呆，他常常想起和萧萧在一块儿的美好时光，但这一切都远去了。

枯黄的树叶在无情的秋风中飘荡着，漫无边际的伤感一次又一次地向他袭来。阿力觉得这都是甲壳虫惹的祸，结婚后，那辆乳白色的甲壳虫阿力再也没有开过。

情系上海滩

　　他第一次约她吃饭还是两年前的一个秋天。那天刚好下了入秋后的第二场雨。

　　事实上他们早就认识了，他们从同一所钢铁学院毕业，又同时被招聘到上海一家特大型钢铁企业。

　　一场秋雨一场寒，入秋后的第二场雨下过，气温明显下降了许多。

　　他把菜单很大方地放到她跟前："随便点吧。"

　　她扫了一眼菜单上高得离谱的菜价，翻过来翻过去，很久没有点出一道菜。

　　"很久没有吃羊肉烩面了，要不要两碗羊肉烩面，再要份西红柿炒鸡蛋？"她望着他征求他的意见。

　　他想说：第一次约你吃饭就吃两碗面，让你们女同事知道了，我没法交代啊。

　　"今天天气有点凉，吃碗热乎乎的羊肉烩面正好暖暖身子。"她合上菜单微笑着说。

　　这让他没法再开口，因为她吃面的理由很充足：她很久没有吃羊肉烩面了；天有点凉，需要吃碗热乎乎的面。其实还有一个理由，那就是她是一个河南女孩，据说河南女孩都特别爱吃面。

　　那天他们吃得满头大汗，更让他们惊喜的是，那家饭馆有促

066

销活动，双号情侣就餐免费送一大碗鸡蛋汤。她更加得意地对他说："怎么样，在上海不到一百元，有菜、有肉、有汤、有面。"

后来，他们结了婚。

婚后，他变着花样给她做各种各样的烩面，不仅有羊肉烩面，还有肘子烩面、茄尖烩面……

然而再美味的佳肴，天天如此也会腻烦，就像他们的爱情。

不知从哪天起，她开始对婚姻生活感到厌烦。她寒窗苦读十几年，没想到最后却成了一名仪表维修工，一成不变的四班三运转，工作中没有任何期望与惊喜。他们俩的工资奖金加起来每月还不到一万元。即便有一万，在上海这个国际化的大都市，算是低收入家庭。结婚后他们一直租借在一套不足五十平方米的一居室里，买房从来没想过，也不敢想，他们奋斗一年，恐怕也只能买一平方米左右吧。她想过离开上海回家乡创业，大学生自主创业成功的例子比比皆是。可他每天下班回家往床上一趟，再来一句：有个安稳的工作已经很不错了。她感到快要疯了，这不是她想要的生活！

他们第二次走入那家羊肉烩面馆，仍是一个秋日。这是他们最后的晚餐，她决定和他分居。稍微有点婚姻常识的人都知道分居两年后的结果。

他把菜单很大方地放在她跟前："随便点吧。"

她扫了一眼菜单上高得离谱的菜价，翻过来翻过去，很久没有点出一道菜。

"要不还要两碗羊肉烩面，今天是双号，说不定还能送一大碗鸡蛋汤。"他像是开玩笑地说。

她愣了一下，然后点了点头。

当烩面端上来的时候，她轻轻地说："其实我并不是特别喜欢羊肉烩面，你第一次约我吃饭，只是觉得你刚参加工作，手头不宽裕，才决定要两碗烩面，又怕你误会，才加了一个西红柿炒鸡蛋。"

"我也一样，还以为河南的女孩都喜欢吃烩面，才学做各种各样的烩面给你吃。"

她有些感动，他也有些感动。

往事一幕幕浮现，她记得她第一次学着跟他一起拽面，拽得过细，差一点就要落地，于是大喊大叫："老公，快帮帮我……"

她记得婚后的第一个冬天，他们去室外跑步，她不小心崴了脚，然后幸福地趴在他背上回家……

她记得他们在一家超市买够了八十八块钱的生活用品，抽了一次奖，奖品居然是一辆自行车，他们高兴地骑着自行车在上海街头转了一上午……

她记得……

她深切地感到，曾经拥有的平淡生活是那样的美好、真切和难忘。当平平淡淡的爱情已成为生活习惯，这份爱怎么能割舍得下呢？音响里传出姜育恒那首老歌《再回首》，"曾经在幽幽暗暗反反复复中追问，才知道平平淡淡从从容容才是真"在耳边萦绕，她眼眶湿润了。

她离不开上海，更离不开他。

人民的名义

　　李静竹再三掂量，还是决定把十万美元转移到乡下父母那里。

　　十万美元是昨天下午一个房产开发商送的。说实话，就是这十万美元，让刚刚升任处长的李静竹感到的不仅仅是震惊，回忆当时的情景，她仍心有余悸。

　　记得当开发商拿出一包鼓鼓囊囊的东西放到李静竹办公桌上的时候，李静竹一下从办公椅上跳了起来："你这是干什么？"

　　"李处长，您别误会，早就想拜访您。没别的意思，您还不知道，咱们是近老乡。您升任处长后，家乡的父老乡亲都为您感到自豪呢。您也别多想，这次拜访您，不光是我个人的意思，也是受家乡父老乡亲的委托……"

　　开发商后面的话，李静竹压根就没有听进去。

　　那包经过了伪装，显得方方正正的东西，李静竹知道是什么。说真的，她现在的确需要一笔钱，离异多年又刚刚为女儿买了一套学区房，生活过得紧巴巴。有人也许会说，李静竹晋升为处长，应该不缺钱花了。只有李静竹心里清楚，在其他的地方也许可以这样说，但这是在北京，仅那套房的贷款就够她用一辈子去偿还了。

　　望着办公桌上那包鼓鼓囊囊的东西，李静竹舌燥口干，心跳

青
涩
的
期
待

加快。

开发商此时起身告辞。李静竹没有追上去。

停顿了十几秒后，李静竹把办公室的门反锁了，然后小心翼翼地打开了包裹，是一捆崭新的美元，足足十万！尽管有些思想准备，但十万美元还是让李静竹震惊。

震惊退去，李静竹开始藏钱。起初藏到办公桌下，后来藏到沙发下，再后来回家藏到地下室，但十万美元在地下室仅仅停留了两个小时，又被李静竹拿回了卧室。

李静竹是一个受过高等教育的女人，现在还是一个处级干部，她心里十分清楚，如果这件事暴露，是她一生洗不掉的污点。因为在别人看来，她永远是那么优秀：曾经以高考状元的身份考入 985 大学；曾经以全省第一名的成绩考进北京当上公务员；曾经……

此时的十万美元就像一条毒蛇，卧在她身边，让她感到惊恐，让她感到如芒在背。

李静竹回了老家。

确切地说，这是李静竹升任处长以来第一次回老家。其实她从来没有过衣锦还乡的想法，在北京工作了这么多年，在她看来，北京，这个全国政治中心，如果你仅仅因为升为一个处级干部就沾沾自喜的话，那实在是太幼稚了。一个处级干部，在其他地方可以耀武扬威，但在北京，你只能靠边站。

现实与李静竹的想法相左，当她回到农村下车的那一刻，平静的小山村一下热闹起来。李静竹升任处长的消息早已传遍村庄的每一个角落，在乡亲们看来，李静竹当大官了。处长可是和县长平起平坐的！所以当李静竹笑着和乡亲们打招呼时，左邻右舍都开玩笑地说"李县长回来了"。甚至还有人说："当了这么大的官，要为人民办点实事了。"

"为人民办点实事"，这句话让李静竹的心瞬间疼痛，她想到

070

了自己此行的目的。

早过花甲之年的父母为她打扫房间，李静竹一边阻止一边说：“我自己来，简单收拾一下就行，再说我也住不了多久。”李静竹边说边把一个手提袋递给母亲，“您帮我把这个保管一下。”母亲当然不知道是一笔巨款，但当满头白发的母亲接过手提袋转身的那一瞬间，李静竹感到她的心好像被什么东西紧紧拧住。

晚饭时，李静竹以胃有点不舒服为由吃得极少，但却喝了两大杯自己带来的干红。一家人聊起了家常，父母没有什么文化，对李静竹只有一句话：工作上好好干，多为人民做点好事。

“多为人民做点好事”，又一次听到这话，李静竹心乱如麻。

饭后李静竹独自到院里散步。此时已是深秋，秋风托起枯黄的树叶在空中盘旋。在风的喘息间，枯叶飘落到一棵树根下静止不动。饱经风霜的枯叶在秋的磨难后坠地而息，零落成泥，滋润着树根，等待着明年春天……

交上去吧，自己是一个党员干部，一个为人民服务的干部。交上去！既然做错了事就应该勇于面对。交上去！以人民的名义，给自己一个改过自新的机会。

李静竹想着，俯身掂起一片衰叶，此时她紧闭双眼，竟然心静如水了……

称　呼

　　牛二自从当上镇派出所所长后，真的牛了起来，容不得别人对他有丝毫的不尊敬，尤其是在称呼上，谁都不能再称呼他为牛二，就是镇长叫他一声"牛二"，他也会不高兴半天。

　　别人知道这件事后，见了牛二称呼他牛所长，牛二听后心里感到很满足。

　　有一天，一个从部队退下来的志愿兵分配到了牛二所管辖的派出所，不知情的志愿兵见到牛二亲切地说："牛二哥，以后还请您多多指教。"

　　牛二一听火了："公安人员怎么能称兄道弟，这有损我们公安人员在人民心中的形象！"说完，生气地转身走了。

　　志愿兵呆呆地站在那里像个做错事的孩子，一时不知该怎么办才好。所里的户籍员看到这一切，悄悄地对他说了牛二的忌讳。志愿兵听得直点头。

　　其实，牛二在派出所当指导员的时候，也是与同事们称兄道弟的。那时不管别人叫他牛二哥还是牛二弟，他从来都没有不高兴过，可自从晋升为派出所的一把手，牛二就变了。牛二在每次的工作会议上都反复强调，身为公安人员绝对不能称兄道弟，尤其是要注意对领导的称呼。

　　有人说牛二这是在作秀，但是真是假只有他自己心里清楚。

牛二晋升所长不久，县公安局开展了一次声势浩大的严打活动，县里各乡镇的派出所都纷纷行动起来。

为了在这次严打活动中做出成绩，牛二决定带领所里的全体干警缉拿一名绑架杀人犯，这可是县公安局的十大案件之一。

经过努力追捕，这名犯罪嫌疑人终于被牛二缉拿归案。牛二兴奋地向县公安局长汇报了这一情况，局长听了连声称赞牛二好样的，还说要向县政法委书记汇报他们的成绩。最后局长说严打活动后，局里要召开一次表彰大会，让他别忘了参加。

牛二听了，心里乐得开了花。可天有不测风云，这天牛二在家里盘算表彰大会后去哪里公费旅游时，副所长打电话告诉他，由于所里看守案犯的民警一时疏忽，竟让那名嫌犯跑了。

牛二脑子嗡的一声，电话也随即掉在了地上。

很快，这件事就传到了县公安局局长的耳朵里，那天局长真的发怒了，他一边拍打着桌子一边对牛二说："你是怎么搞的！一个杀人犯，光天化日之下竟然让他从派出所跑了，这简直丢尽了我们公安人员的脸！"牛二低着头一句话也不敢说。

最后，局长指着牛二说："好了，你先回去吧，所里的工作由副所长主持。"

就这样，牛二又从派出所所长的位置上下来了。

说真的，牛二在所里当指导员的时候从来没想过当所长，可他更没想到，自己努力想得到上级的认可，谁知竟适得其反。

从所长的位置上下来后，牛二在所里除了打打水、扫扫院子，似乎也没有其他事可做，他心里有一种被掏空的感觉。

其实，人生很多时候就是这样，就像掷骰子，当你不认真玩的时候也许会掷得很好，可当你认真去玩的时候反而输得很惨。

这天，牛二打完水在楼道又遇到了那一位志愿兵，志愿兵望了一眼牛二刚想开口但又止住了，牛二提着水壶低着头也想绕过去。

"牛二哥，想开点，人这一辈子不如意的事……"志愿兵终于开口了，可不等他说完，牛二就回过头盯着他说："你刚才称呼我什么？"

"牛……牛二哥……"志愿兵猛然一惊，口吃起来。

牛二听后，望着志愿兵感激地笑了，随即眼圈红了起来……

三封信

邵玉蓉躺在床上翻来覆去怎么也睡不着，考虑再三，她还是决定给远在千里之外工作的丈夫写信。

夫妻之间有什么话不能在电话里说，而非要通过写信这种方式来交流呢？邵玉蓉自己也说不清，反正她觉得心里有很多话要对丈夫说。也许这些话在电话里难以说清楚，或者在电话里这些话根本就说不出口。

丈夫韩冬生已经一年多没有回家和她团聚了，本来她以为中秋节丈夫会回来一次，她是多么希望他们一家三口能围坐在桌前高高兴兴地吃上一顿团圆饭。

没想到中秋节前夕，丈夫打来电话说，现在正是公司"三步走"的关键时期，车间里有很多事情等着他去做，所以他根本脱不开身，不能回家过中秋了。

放下电话后，邵玉蓉心里一阵酸楚：工作再忙总得抽空回家看看啊，难道他心里一点都不想这个家，一点都不想活泼可爱的儿子，一点都不想……望了望熟睡的儿子，邵玉蓉慢慢地撩起被子下了床，她披上衣服，然后俯下身吻了一下儿子的脸，接着缓缓地走到桌前坐了下来。

她带着怒气，找出一沓信纸，顺手拿起桌子上的一支圆珠笔，不假思索地在信纸上面写道：

韩冬生同志：

从结婚到现在，这是我第一次给你写信。在电信技术发展如此迅速的今天，我们却通过写信这种古老的方式进行交流，说起来都让人感到可笑。

可我也想不出其他的交流方式，因为你根本不给我一点时间。冬生，你们厂里就真的那么忙吗？"三步走"战略在你心中就真的那么重要？

写到这里，邵玉蓉突然停下了笔，丈夫常常说现在工资翻了一番，家里也过上了好生活，这些都和公司制定的"三步走"战略分不开。想想的确如此，去年家里买上了那台价值两万余元的等离子电视，邻居们羡慕不已，妹夫曾说"这么贵的电视你们也舍得买，看来冬生的企业效益肯定不错"，当时自己听了很高兴，很光荣。

既然如此，为什么自己还写出这样的话呢？邵玉蓉感到自己有些自私。她把刚刚写了两段的信纸撕下来揉成一团，扔进了废纸篓，沉思了一会儿，她重新写道：

冬生你好：

不知不觉我们结婚已经快十年了，而你在那座古老的城市工作也快十年了。我知道你对你们公司有着很深的感情，在厂里你勤奋努力、拼搏进取，还被评为劳动模范，这些我都为你感到自豪。

在电话里，你曾对我说再过一年你们公司就将建设成为千万吨级的现代化钢铁强厂，现在正是公司"三步走"的关键时期，所以在这个时候你要更加努力工作。冬生，你努力工作我并不反对，可你也要为家里着想啊！

转身望了望床上的儿子，邵玉蓉又继续写道：

你也许还不知道，上个星期咱们儿子学校举行了一次别开生面的运动会，邀请孩子的父母一起参加。当我看到人家一家几口人高高兴兴地做游戏的场景，你知道我心里是什么滋味吗？特别是咱们儿子那句"妈妈，爸爸什么时候能和我们做一次游戏？"的话，简直就像钢针一样扎着我的心。

邵玉蓉写信的手在发抖，泪水也一滴一滴地落在信纸上，她一边用手背擦着夺眶而出的泪水，一边继续写着：

说起来你也许不会相信，昨天夜里咱们儿子做梦竟然喊："爸爸你怎么一年多都不回来，你不要我了吗？"我心里是多么地难受。

我也知道你很忙，可真忙到不能抽出一点时间回来一次吗？哪怕是一天，我和儿子都很需要你！

邵玉蓉再也写不下去，趴在桌子上哭了起来。过了一会儿，她抬起头擦了一下眼角的泪水又接着往下写：

冬生，今年春节你无论如何都要请假回来。你是厂里的劳动模范，从来没有向厂里提过任何要求，我想这个一般职工都能提的要求，厂里肯定会答应。

结婚这么多年，我从来没有恳求过你什么，我想这个春节回家看看的要求不算过分吧？不管你来不来，反正到时我和儿子会到车站等你，我真的不想在大年三十的晚上听到儿子哭着喊着要爸爸。

　　署上名后，邵玉蓉把信叠好，装进了信封。就在她站起来准备返回床上时，突然又停住了，拿起那封信犹豫了一会儿，又坐了下来，把写好的信从信封里抽出来重新展开。

　　邵玉蓉觉得信的内容好像有点过分。是的，丈夫在厂里已经够辛苦的了，自己为什么还要让远在千里之外的丈夫为了家里的事而分心呢？邵玉蓉望着桌子上的结婚照，丈夫那句"玉蓉，十年的时间，厂里给予我们的实在太多，在公司发展的关键时期，我更应该付出我应付出一切"的话又回旋在她耳旁。

　　是啊，仔细想想，丈夫说得没错，没有两头都甜的甘蔗，世界这么大，哪有事事都顺心的呢？

　　家里的生活一天比一天好，原来低矮破旧的平房换成了现在崭新宽敞的楼房；旧式的菊花牌风扇换成了现在的三菱空调；最近又购置了一台高档电脑。在以往，这可是想都不敢想的事，就像丈夫所说的，这所有的一切其实都和公司的"三步走"战略密不可分。现在正是公司发展的关键时期，在这个时候丈夫舍小家保大家也是理所当然的事。

　　拿着写好的信，邵玉蓉犹豫了，接着又把它揉成一团，然后狠狠地扔进了废纸篓。她闭上双眼，用手慢慢地在鼻梁上揉着，很久她才睁开双眼，她心平气和地拿起笔又重写道：

　　冬生，厂里现在还是那么忙吗？远在他乡，你一定要自己照顾好自己。家里一切都好，你不用挂念，咱们儿子在家很听话，学习成绩也不错，你尽管放心工作就行了。

　　冬生，你在电话里说，现在正是你们公司"三步走"的关键时期，所以你抽不出空回来，这我能理解，其实公司给予了我们这么多，我们也应该为公司做点贡献。

　　最让我放心不下的就是你这个人太实在，一工作起来就不知道休息，听你的同事说，别人一双劳保鞋能穿一年多，而你却只能穿几个月。你的工作我支持，可你也要注意劳逸结合。

乱七八糟地说了这么多也没什么重要的事，好了，说点高兴的吧。上次邮寄你给咱儿子的照片收到了吧？再告诉你一个好消息，咱们儿子聪明伶俐，在幼儿园得了四个小红花呢！

时间过得真快，马上就到春节了，这个春节不知道你能不能回来过，如果实在回不来的话就算了，大年三十的晚上，我和儿子会打电话给你的。

信的末尾，邵玉蓉还画了大大的两个心，然后才署上了日期。

写完后，邵玉蓉把信又从头到尾地看了一遍，虽然信的内容不是她的初衷，但她却感到很满意。她把信工工整整地叠成心形，然后小心翼翼地装进了信封。

邵玉蓉靠在椅子上深深地吸了一口气，这时她感到一阵少有的轻松，所有的惆怅、所有的不平、所有的哀怨此时就像四月里被汛水消融的残冰，统统化成了涓涓的细流……

桃花灿烂

婷婷下班回到宿舍，来不及更换工作服就准备去菜市场。

今天对于婷婷来说，是意义重大的一天，相恋六年的彭麟峰今天要和她共进晚餐。这对于别的恋爱中的青年男女来说，可能是一件很普通的事，但对于婷婷来说意义非同寻常。

大学毕业那一年，就业形势严峻，婷婷的处境也不例外。本来彭麟峰通过父亲的关系给她联系了一个行政单位，但婷婷拒绝了，她不想让自己的爱情成为获取某种利益的砝码。幸亏婷婷成绩优秀，几经周折，她进入了一家效益还不错的钢铁企业。然而世上的事就是让人难以预料，工作不久，国际金融危机爆发了，中国钢铁行业受到了前所未有的冲击。虽说婷婷对彭麟峰很少提起自己工作上的事，但彭麟峰知道，她公司现在的效益大幅下滑。

彭麟峰的父母对于这些也十分清楚。一次婷婷去彭麟峰家吃饭，无意之中与彭麟峰的父母聊起了她公司高炉停产的事，"早知今日，何必当初呢，放着那么好的行政单位不去偏要去什么钢铁厂，这下知道铁饭碗不如吃皇粮好了吧。"

其实从婷婷参加工作那一天起，彭麟峰的父母就希望婷婷能回心转意调出钢铁企业。不管怎么说，在这座城市，他们不想让别人说自己未来的儿媳只不过是一个企业员工而已。

彼时的婷婷并没有因为厂里效益下滑而分心，她正按公司提出的低成本运行向厂里提交各项降本增效的合理化建议。

转眼一年过去了，中国的钢铁行业仍未走出低谷，这时彭麟峰的父亲坐不住了："小峰，现在钢铁企业这么不景气，我看还是让婷婷调出来算了，怎么到了这个时候还执迷不悟呢！"

"爸，你也知道婷婷的脾气，还是等等再说吧。"

"什么等等再说！当初我就不同意她到钢铁企业工作，现在秀婷厂里基本上是半停产状态，调出来是理所当然的事。你也要考虑一下你们以后的生活，再说我也快退休了，别到时候埋怨我不帮你们。"

彭麟峰觉得父亲说得也不错。父亲阅历丰富，什么样的事没经历过，更何况父亲也是为自己以后的生活着想。不过有一点彭麟峰应该能体会到，尽管他与婷婷交往了很多年，但父母一直不情愿接受农村出身的她。而这一点，婷婷也早就察觉到了。

双休日，彭麟峰开车来到了婷婷的宿舍。

"怎么连个电话也不打，这么突然。"婷婷假装生气地说。

"有事和你商量一下……"彭麟峰吞吞吐吐。

婷婷望着彭麟峰严肃的表情轻轻地问："什么事？"

"婷婷，我父亲还是希望你能调出来。你看现在钢铁行业受到的冲击这么大，以后还指不定发生什么事，现在很多小的钢铁厂都停产了，再说你调出来和我在一个单位工作岂不是两全其美。"

婷婷把昨天刚写好的《降低减排成本在金融危机中的重要作用》收拾了一下，小声地说道："麟峰，现在我们公司确实遇到一些困难，但这只是暂时的，再说总不能因为遇到了一点困难和挫折就退缩吧，如果每个职工都这样，那企业以后还怎样发展呢？"

"这些大道理我都懂。可你要认清形势，你们公司现在这种状况……就连股票都跌破了发行价……"

婷婷有些气愤："这和公司股票有什么关系？再说现在股市又不是我们一家公司股票下跌，你又不是不知道。"

"不管怎么说，你就是舍不得这个破饭碗。"

婷婷急了："什么叫破饭碗，我们公司的业绩在全国钢铁行业里也是数一数二的。"

"既然……"彭麟峰想进一步劝说。"你不用再说了。"婷婷打断了他的话，"无论如何我都不会离开，公司越是困难，我越不能这样做。"事实上，婷婷非常希望得到彭麟峰的支持。

金融危机的影响仍在继续。婷婷向厂里提交的降本增效合理化建议，实施后取得了很大成效，之后她又写了《开发钢铁企业板材新品种应对金融危机》一文，得到了公司领导的特别重视。

春节前夕，彭麟峰约婷婷去了市里的一家咖啡馆。他们坐下来刚聊了一会儿，彭麟峰就很客气地打发开服务员，然后轻轻地对婷婷说："婷婷，我父亲说，你如果再不调出来的话……"

婷婷端咖啡的手停住了，"……怎么样……"

"就让咱们……分手……"

婷婷手中的咖啡杯猛地晃了一下，"那你……"

"父亲这样做也是为了我们以后的生活，你看现在大大小小的钢厂企业限产的限产，停产的停产。"

婷婷本来说，公司实施市场倒逼机制，低成本运行的战略已取得了很大的成绩，可她又真的不想再多说话了。

那年的春节，婷婷是在自己的宿舍里度过的。大年三十，她向家里打电话问了声好；向朋友打电话问了声好；当她按了彭麟峰的电话正待接时，突然之间又挂断了。

三十晚上，婷婷吃完从超市买的速冻水饺，早早地躺到床上。她翻来覆去睡不着。她不知道自己和彭麟峰能不能走到一起，也不知道自己的决定是对还是错。她穿上衣服，指针已指向晚上十一点钟，她打开电视，春晚还没结束，正上演赵本山的小品《捐助》。小品很搞笑，但婷婷笑不出来。那年的春节，是认识彭麟峰以来，第一次没有收到他的新年祝福的春节。

三月里的一天午后，婷婷呈交了刚刚写好的《金融危机下的钢材需求与分析》，这时手机响了。

婷婷掏出手机一看，是彭麟峰发来的短信。她屏住呼吸，小心翼翼地按下读取键：婷婷，我和家里闹翻了。其实关于你工作的事，这一段我仔细想了很多，说心里话，我很佩服你，我们应该有自己的理想，有那种不怕困难、勇于拼搏的精神，年轻人的确不应像温室里的花。婷婷，我尊重你的选择。我离不开你，就像你离不开你们钢铁厂一样。

婷婷的眼睛模糊了，这才是自己心中那个……

她颤抖着继续往下看：我拒绝了父亲给我买房的提议，决定靠自己的双手建立自己的家庭。我工作单位条件很好，但我却没做出什么成绩。我认为我缺少的就是你身上的那种迎难而上的精神。晚上有空吗？今天是我们相识六周年纪念日，庆祝一下怎么样？这次就去你的宿舍。我下班可能迟一些，有空的话你到菜市场买点菜，我们自己动手，也实行一次"降本增效"。

短信的后面，附加了一份迟到的祝福，就是春节时他编辑好而未发给婷婷的一段话，并且还做了进一步解释，最后才署上了"永远爱你的峰"。

看完短信，婷婷被一种难以名状的感觉笼罩着，就像一个流浪儿在寒冷漆黑的夜听到母亲的呼唤，一艘漂泊许久的航船终于到达了彼岸……

婷婷走出宿舍，突然发现了一点什么，她停下脚步缓缓地转过身，是桃花！宿舍楼前的一棵桃树上已开满了迷人的花朵。

阳光透过繁茂的桃枝洒落下来，地上斑斑点点如同微微泛起的水波纹，婷婷压抑不住心中的激动，深深地陶醉着。

　　婷婷决定步行去菜市场，她久久地望着远方，深深地吸了一口气，大路开阔得像一匹宽幅灰布，笔直地毫无褶皱地伸向天边……

天 车

1

许小青打扫完天车上的卫生已是下午五点多了。要是以往，就这点卫生，最多就是半个小时就做完了，但今天她却整整延长了三十五分钟。

事实上从昨天开始，许小青就在为自己寻找后路，因为下个月底她就要离开自己最喜欢的天车。或者说从下个月底开始，她就不再是这个企业的一员。

许小青清楚记得，她在这里工作了三年零十个月。当初进厂的时候签了两年的临时合同，中间续了一次，还是两年。虽然还有两个月合同就要到期，但许小青天车开得不错，按正常推理，厂里应该跟给她续两年。起初车间也有这样的打算，但很多事都不以人的意志为转移，因为前两天厂里分了十二个退伍军人，这就意味着在没有人员退休的情况下，厂里必然要辞掉十二个像她这样的临时工，毕竟岗位的数量有限。

十二个退伍军人中，有一个叫杨立荣的分到了天车岗位。也就是说，他分到了许小青所在的车间，许小青所在的岗位，许小青所开的天车。

厂里要求很明确，所有临时工合同到期前的两个月必须把新来的人员教会。许小青也不例外。当然，领导毕竟是领导，思想工作做得是相当到位的，那就是，如果能把新来人员提前教会，老员工可提前离厂，工资一分都不会少。

其实从第一天教杨立荣开天车开始，许小青就没给过他好脸色，因为许小青固执地认为，正是杨立荣的到来，让她丢了饭碗。杨立荣第一次来到天车下，抬头向上望了一眼，这是一个几十米高的四十吨天车，杨立荣虽然当过兵，但从没上过这么高的建筑物，他深深地吸了一口冷气。

许小青冷冷地说："怎么，害怕了？当过兵还怕这个？"

杨立荣听后一句话也不说，硬着头皮往上爬，好不容易爬到天车驾驶室准备喘口气，许小青却迅速上前一步打开天车驾驶室的门："进来吧。"

杨立荣开始有点佩服眼前这个娇小瘦弱的师傅了。自己当了几年兵，各种训练都没感到累，但爬了这么高的天车，的确有点气喘吁吁了，许小青却像没事似的。杨立荣第一次学开天车就犯了一个低级错误。当他进入天车驾驶室一屁股坐在操作台前座椅上的时候，许小青显然生气了。但杨立荣丝毫没有觉察到许小青。他坐下后扫了一眼天车操作台仪表盘，上面有两排红色绿色的按键，两旁有操作手柄，并没什么高科技的东西，那两个手柄被磨得很光滑，有点像他父亲那辆别克车上的挡位手柄。

当杨立荣抬起头想问一下许小青怎样操作时，许小青瞪了他一眼，他又低声说了一句："许师傅，这个……"他没有再说下去，因为他看到许小青向他摆了一个很简单的手势——起来。

许小青坐到驾驶座，随手按下启动按钮，随着她右手轻轻推下操作手柄，天车提升绳也缓缓落了下去。杨立荣站在一旁呆呆地看着，他觉得眼前的这个许师傅和他好像有什么隔阂，或者说有意无意地防备着他。因为他满以为许小青会很热情地教他操作天车，应该注意哪些事项等，可他现在只是站在驾驶座旁呆呆地看着许小青吊装东西，许小青一句话都不说。

杨立荣毕竟太年轻了，一个刚退伍的二十出头的小伙子，没有任何的社会经验，还看不透事物的本质和事情的前因后果。

2

杨立荣学开天车的第六天，许小青算是和他说话了。那天许小青第四次点检完天车，让他填点检表准备下班的时候出现了问题。杨立荣在点检表填写签名人的时候，签上了自己的名字，就是这个签名惹许小青生气了。

许小青接过点检表一眼看到了杨立荣的签名，她心里那个气啊，我还没有走你就签上你的名，你这是什么意思？她把点检表又递回给杨立荣，头也不抬地说："填错了，改一下。"

错了？杨立荣很纳闷：这点检表有什么对和错，天车没问题，我按照你说的画的全是对号。他又重新审查了一遍点检表，没错啊，他拿着点检表小心翼翼地问："哪里填错了？"

在许小青看来，这分明是一个反问。她狠狠地瞪了杨立荣一眼。

可杨立荣的确不知道哪里填错了，天车一个班正常，点检的内容全都画上了对号，记事栏也写着本班天车正常，杨立荣拿着笔和点检表没有动。

许小青心里想，你这是在反抗我还是真不知道？她用手指了指点检表的签名。既然许小青指了签名，杨立荣这时应该明白过来才是，换上许小青的签名不就完了。可杨立荣还没反应过来，随口问："怎么改？"

一句"怎么改"让许小青彻底怒了，你这是成心和我过不去！你才来几天！可为什么那么多人和我过不去，前年和丈夫离了婚，今年又被厂领导辞退，我得罪谁了。想到这里，许小青大怒道："你傻啊，签上我的名！"

杨立荣呆了，他完全没想到自己娇小漂亮的女师傅竟然会骂人。他在家里是独生子，父母从没有这样骂过自己，部队那么严，领导也没这样骂过自己，可今天却被一个比自己大那么一丁点的女师傅骂了一顿。从学开天车的第一天，许师傅就没给过他好脸色，但他从来都是忍气吞声。在部队当了几年兵，严格的训练早已把他在家高高在上的性格磨平了，否则他哪里受得了这样的委屈。

尽管如此，杨立荣的眼圈还是红了，在更改签名的时候，一滴眼泪落在了点检表上。

这滴眼泪让许小青冷静下来，她完全没想到自己竟然说出这样的话。自己这是干什么呢？何必处处为难人家，更何况人家是正常渠道分来的退伍军人，厂里辞退临时工和人家有什么关系？

沉默了一分钟后，许小青主动开了口："那个，你下班有事吗？没事的话在天车梯口处等我一会儿，我有事和你说。"

许小青说话的声音很小，语气很温和，和刚才相比，这个一百八十度的大转弯让杨立荣彻底蒙了。

杨立荣来到天车下，以最快的速度把天车的卫生打扫完，这是交接班重要的一环。打扫完工生，他擦了擦汗，然后在天车下找了一块空地坐了下来。

对于许小青为什么把他留下来，杨立荣有种种猜测，但这些理由经过推敲又都不成立。其实这几天杨立荣的工作表现已受到了车间充分的肯定，比如劳动纪律性强，从不迟到早退，又比如很多男天车工因为违反厂里规定在天车驾驶室内吸烟受到了处罚，杨立荣却从来不抽烟。不但如此，杨立荣没有不良嗜好，更别说班前班中饮酒了。

杨立荣边胡思乱想着，边拿着刚才捡的半截焊条在地上乱写乱画，以至于许小青从天车下来到了他跟前，他也没发觉。

"写什么呢？"许小青把杨立荣吓了一跳，他连忙用脚把地上写的东西抹了几下说："没什么，没什么，闲着没事，随便乱画。"

许小青抿着嘴轻轻地笑了，停了片刻说道："这一段……这一段挺恨我吧？"

杨立荣听后急忙摆摆手："没有，没有。"

"这不是你的真心话，你嘴上说没有，但心里一定恨我。这一段我没怎么教你开天车，还给你脸色看，今天还骂了你，换成我也会恨。对于刚才的事，我向你道歉。真的，我说的是心里话，希望你能原谅，也希望日后见面你还能喊我一声许师傅，而不是把我当仇人。你放心，我有把握两个月教会你开天车，只是开始这几天你不能独立操作，必须认真看，认真观察我怎样吊装的。当然，必要时我也会向你讲解。和机动车一样，天车也是熟练工，把你教会仅仅是迈向成功的第一步，以后就看你如何修炼了。"

杨立荣认识许小青以来，这是她说话最多的一次，而他在一边根本插不上嘴，只是"好、好、好""行、行、行"地答应着。

杨立荣说没有恨过许小青确实是说了谎。许小青每一次给他脸色看，他心里都会生气：我学开天车可从没有得罪过你，凭什么对我爱理不理的？到现在我不知道天车的操作顺序，换句话说就像开汽车，现在连刹车、油门、离合都不知道，这天车学得实在是太窝囊了。

今天许小青单独把他留下来，突然心平气和地说要认真教他开天车，这的确让他感到有些意外，已远远超出了他猜想的范围。

3

杨立荣学习天车的第二十二天，终于能独立吊装一些废钢或者较小的备品备件，用许小青的话说，再练习一段就可以考天车证了。当然，杨立荣现在只是停留在吊装一些边角料上，对他来说，要熟练地驾驶这个庞然大物还需要进一步练习。

然而一个意外的天车事故，让杨立荣明白了一切。

那天刚吊装一批废角料的时候，天车小跑出现了问题，许小青通知电工后，去开另一部备用天车，让杨立荣留下来配合电工。电工是个快退休的老头，姓刘，他来到天车驾驶室不慌不忙地说："小伙子，不要急，一会儿就好。我修天车二十多年了，保证不会耽误你过多的时间，不过你要帮我个小忙，一会儿帮我拿一下万能表。"

"好的，好的。"杨立荣边点头边走出驾驶室。电工老刘还有两年就要退休了，在车间算是元老级的电工，各种电工技能大赛，要是老刘考第二，没人能考第一。尽管老刘是个人才，但车间领导却不喜欢他。老刘现在单身，女儿在国外，日子无聊总要找一些东西弥补，说闲话是老刘的爱好。

测量天车小跑线路的时候，老刘又开始了："小伙子，感觉开天车咋样？"杨立荣很客气地回："还行。"

"行是行，不过你开天车可把小许害苦了。"老刘像是不经意，但杨立荣听得出来，老刘是故意说给他听。

老刘一边测量线位一边又说："小许人不错，只是她原来那丈夫不是个东西，吃喝嫖赌，五毒俱全。你说小许挣个钱容易吗？好在小许总算清醒过来了，去年果断离了婚。离就离了吧，就她前夫那尖嘴猴腮相，唉，也不知道小许当初怎么会跟了他！离婚倒是容易，可她还带着个两岁多的女儿。屋漏偏逢连夜雨，去年离婚，今年你来了，她必须走，没有了工作，再带着女儿可更难了。"

杨立荣起初还以为许小青教会自己后会到其他车间开天车，对于许小青的工作，他没多去过问，如今联想自己学开天车以来，许小青对自己的态度，他明白了，丢了工作再找不就得了。可他哪里知道找工作的难，退休的父母不知费了多大周折才让他进入这家企业开天车。新冠肺炎疫情对各行各业的冲击太大了。多少中小型企业停工，多少人失业，在这个时候找一份工作太难了！

杨立荣抬头审视了一阵天车这个庞然大物，那个时间太阳快落山了，杨立荣站在高高的天车上，突然想对着落山的太阳大喊一声。只是那一刻，落日在他眼前一点点下沉，没等他开口就只剩下一抹余晖……

4

入夏后的第一次天车工技能大赛开始了。

许小青本来是不想参加的，马上就要离开她所喜欢的天车了，再参加这所谓的技能大赛对她来说已毫无意义。但厂里下发的通知讲得很明确，凡是具有天车操作证的必须参加，也就是说许小青已没有了选择权。就连车间领导也安慰她："参加吧，好好开，说不定还能得个奖。"

在这次技能大赛中，许小青的确得了奖，是个三等奖。奖品是一套不锈钢餐具。许小青得这个三等奖，要两面看，一方面天车还是很爱她的，另一方面仅仅是一个三等奖，说明她的技术还不算过硬。如果是得了一等奖呢，厂里会不会留下她这样一个天车人才？然而这一切都无所谓了。所以当车间劳资员通知她去领奖品的时候，许小青苦笑了一下，丢了饭碗后得一套餐具，太讽刺了。

尽管许小青在电话中对劳资员回应马上去领，事实上却是让杨立荣代领的。他们认识以来，许小青第一次用恳求的语气跟杨立荣说话："小杨，帮我去领一下奖品吧。"

杨立荣有点受宠若惊，当他兴冲冲地领回奖品回到天车，确切地说，还差六个台阶就要到天车驾驶室的时候，他听到许小青的说话声和哭泣声。天车当时没有运行，所以杨立荣很清楚地听到许小青在电话里说要去远方的城市打工，拜托母亲帮她照看女儿之类的话。

杨立荣紧紧地抱着那套不锈钢餐具准备往下走。

刚认识许小青时，杨立荣还真有点恨她，但在随后的工作中，他发现许小青其实很不容易。中午饭，许小青从没到厂食堂吃过，好几次他都发现许小青在天车驾驶室吃着从家里带的葱花饼。如果说原来开天车忙，没时间去厂食堂吃饭的理由还算成立的话，但现在，他完全可以独立地开一会儿天车，许小青满可以有时间去食堂，更何况现在天车并不忙。杨立荣看出来了，她是为了省钱。杨立荣虽然还没成家，但他清楚地感到离异后的许小青带着女儿生活的确不容易。

在杨立荣眼里，许小青娇小瘦弱，不爱说话。在他的记忆中，许小青只和他开过一次玩笑。有次中午杨立荣故意不去职工食堂吃饭，而是拿着两份红烧肉对许小青说："许师傅，我从家里带了红烧肉，一起吃吧。"许小青连忙摆摆手："不用，不用，我带着饭呢。""吃吧，这是我母亲做的，她说一定要让你尝尝。"许小青拗不过，脸红红地说："谢谢，小杨。"说完许小青又咯咯地笑了起来。这是杨立荣第一次看到许小青开心的笑脸。许小青笑完又连忙道歉说："对不起，想到你的名字，我就联想到电影《林海雪原》中的那个大英雄了。"杨立荣听后也笑了，其实他身边很多朋友也这样说。

杨立荣回忆着这件事，紧紧地抱着那套不锈钢餐具往下走了两步又折了回来。他望着天车这个黄色巨无霸稳若泰山地立在水泥地上，他知道下一步他该怎样做了。

最后两个月就这么不知不觉间过去了。

今天是许小青最后一天上班，她比以往来得都早。早上七点十分，许小青来到天车工房把自己的物品收拾了一下，其实就是两件工作服，还有一些手套肥皂之类的劳保用品，她用准备好的挎包装好，然后放到了工具箱上。工具箱门敞开着，毫无疑问，这个工具箱从明天起就不属于她了，它将迎来新的主人——杨立荣。

七点二十五分，许小青来到工地天车下，天车还在轰隆隆地运行着。按照惯例，天车工七点三十分上天车，检查设备、卫生，八点准时交接班。离上天车还有五分钟，许小青就这么呆呆地望着天车自言自语："永别了，天车。"

五分钟后许小青好像想起了什么，是杨立荣！杨立荣没有来，这个时间他早该到了。路上堵车了，还是有事来晚了，还是……在许小青的猜测中，天车停了下来，许小青看了一下手机，七点五十分，她一边上天车一边考虑着要不要给杨立荣打个电话。

七点五十六分的时候，许小青开始给杨立荣打电话，第一次按了两个号就挂了，停了大约一分钟后，她又重新按下杨立荣的手机号。就在她考虑着要不要接通的时候，她收到一条微信，是杨立荣发的，只有十个字：祝许师傅今后工作愉快。

许小青脑子里一片空白。

上午九点四十五分，许小青在恍惚中接了一个电话。电话是车间党支部书记打来的，电话那边声音很大，而且很急："喂，小许，听得清吗？你把天车停下来，我告诉你，你明天照常上班，照常上班！继续开天车，可千万别忘了啊！杨立荣这小子说走就走了。"

　　挂断电话后，许小青猛地一下把天车停了下来，她推开天车驾驶室门决定给杨立荣打一个电话。但不知为什么，此时她的手抽筋似的一抖，手机从天车下掉了下去。许小青恍惚中只看到一个黑色的东西在她眼前一晃，在天车梯台处做了个优美的弧线后，紧接着就听到一声清脆的破碎声……

钱这东西

　　小王这次做生意，又赔了不少钱，而把钱看得比什么都重要的妻子，知道后更是火冒三丈。在她眼里，生活中可以缺少任何东西，但就是不能少了钱。也可以这样说，她是一个为钱而活着的女人。

　　一个为钱而活着的女人，命中注定了她生活中要失去很多东西。但她不在乎，有了钱就有了一切，这是她的座右铭。

　　听着妻子的数落，小王低着头一句话也不说，反正从结婚那天起，他们就为了钱而争吵不休，像这样的事情他已经习以为常了。

　　突然，门铃响了起来，小王先是抬头望了妻子一眼，然后才起身去开门。

　　推开防盗门，小王惊讶地道："爸，您怎么来了？""唉，也不知怎么回事，这两天一直有些头疼，本来以为去诊所开点药就行了，但那里的大夫建议我去大医院检查一下，所以我看看你今天有没有空带我去……"老王的话还没说完，儿媳就有些不耐烦了："爸，人老了，有个头疼脑热很正常，那机器时间长了还经常坏呢，去诊所开点药算了，去什么大医院，那得花多少钱啊！""钱钱钱，你就知道钱！"老王生气地说道。

　　"您这是什么话，没钱能行吗，我和小王都结婚好几年了，可还租住在别人的房子里，这还不是因为没有钱。您这当父亲的难道就没有责任？您自己说说看，我和小王结婚时，您给了多少钱？"老王嘴唇发抖："……还是钱……你……"

女人坐在沙发上跷着二郎腿说道："我怎么了，有话您慢慢说，着什么急。小王这次做生意赔了钱，我还不知道向谁着急呢！"老王气得脸色发白："……你……我……算了……今后我就是死了……也不用你们管！"说完转身就走。

"爸，您听我说……"在一旁一直未开口的小王刚想追上去，但却被妻子死死地拽住了胳膊。

大街上人山人海，老王独自一人在人潮中慢慢地行走着，想想自己这么个单身父亲把孩子辛辛苦苦拉扯大是多么不容易，本希望孩子长大后能有点出息，自己享享福，没想到却娶了一个满脑子是钱的……唉，现在自己年纪大了，也没人管了，人老了，没法给儿女们挣钱了，自然也就没有……老王想着想着，不禁老泪纵横。

突然，老王感到一阵晕眩，像是踩到云彩上似的轻飘飘的。"大爷，您怎么了？"一个卖冰棍的年轻人上前扶住即将摔倒的老王。

"噢，小伙子，我没事。"老王努力镇静地说道。"大爷，您身体好像不舒服，我带您去医院吧。"年轻人扶着老王说。

"使不得，使不得，这样会耽误你卖……"老王还没说完，年轻人就打断了他的话："大爷，您这是什么话，还是我送您去医院吧。"年轻人说着就背起了老王。

在医院的病床上，老王紧紧地握着年轻人的手说："小伙子，真是太谢谢了，要不是你……"说到这里，老王突然想起了什么，只见他连忙从口袋里掏出几张崭新的人民币，"小伙子，这点钱，你拿着。"年轻人连忙把手缩回去："不，大爷。""拿着吧，小伙子，这点钱，应该的。"老王又一次说道。

　　"不，大爷，我不是为了钱……""我不是为了钱！"老王听后心里猛地一颤。望着满头大汗的年轻人，他第一次感到手中的人民币其实很轻很轻。

　　"我不是为了钱"，说得多好啊。的确，生活中比钱重要的其实还有很多……

天桥下面

他开着崭新的帕萨特，在天桥下寻找着那个曾经帮助过他的恩人，那个曾经给过他半张油饼的老乞丐。

应该说，在上海这个国际化的大都市，他由一个身无分文的流浪汉到成为一家建筑公司的大老板，也算是混得不错的了。

想当初刚来到上海闯荡，他把身上带的钱花得一干二净，可别说找到一份工作，就连吃饭都成了问题。实在没办法了，一个傍晚，他决定到街上捡点可以吃的东西，等到有精神了就扒火车回家。

没办法，生活就是这样现实。他知道，像他这样的人根本不属于这座城市，而这座城市也不属于他。

可街上哪里有什么可吃的东西呢？垃圾箱里干干净净，连个香蕉皮都找不到。

饥饿难耐的他好不容易鼓起勇气来到一家小餐馆门口，却最终没有勇敢说出那句：同志，行行好，给点吃的吧。

这不是乞丐才会说出的话吗？自己怎么能说这样的话？再说小餐馆的主人看到自己一个堂堂正正的五尺男子汉却要讨饭吃又会怎么想？肯定会臭骂自己一顿。算了，反正天也黑了，饿着肚子睡一觉明天再说吧，他在心里说。

来到一个天桥下，他东张西望地想找一块落脚的地方。就在他从身上掏出旧报纸铺到地下的时候，借着昏暗的灯光，他看到一个老乞丐靠着不远处的桥墩，好像吃着什么东西。

过去吧，警察来巡视的时候也好有个照应。想着，他捡起报纸向老乞丐走去。

坐到老乞丐身旁，老乞丐扭头望了望他什么也没说，他什么都没说，可却盯着老乞丐手中散发着诱人香味的肉包子一下一下咽口水。老乞丐见状，轻轻地叹了一口气，然后不慌不忙地从一个旧塑料袋里掏出半张油饼递给他："吃吧，今天早上捡的。"他连忙接过那半张油饼狼吞虎咽地吃了个精光，他觉得长这么大还从来没有吃过这么美味的食物。

那天晚上，他什么也没想，美美地睡了一觉。

或许是那半张油饼给他带来了好运，第二天早晨，他的命运发生了变化，他被一个梳着背头的男子叫到工地当上了监工。

几年努力，他成了那家建筑公司的老板。

当然，他挣钱的方式也有些不择手段，比如在工程上偷工减料，无故克扣工人工资，就在一个月前他还把一个向他苦苦索要拖欠工资的农民工打了一顿。

尽管他由流浪汉变成了大老板，可他现在浑身上下已经没有一点人情味了。

在天桥下转悠了两圈，他终于看到了那个曾经给过他半张油饼的老乞丐。他停下车，然后走到那个老乞丐面前趾高气扬地说："还记得我吗？"老乞丐抬头望了他一眼没有回答。不过与其说是老乞丐没有回答，倒不如说是老乞丐不愿理睬他。

"怎么，不认得我了？你忘了，你曾经给过我半张油饼呢。"老乞丐摇摇头还是不说话。

"你再好好想想，那天晚上……半张油饼……"他几乎有些生气，可紧接着他又微微一笑补充道，"唉，也难怪你认不出来我了，现在我可是一家建筑公司的大老板，不过我觉得我能混到今天这一步好像是那半张油饼带给我的好运，所以你今后也不用讨饭了，也算是咱们俩有缘分。"说完，他从口袋里掏出一沓人民币扔到老乞丐面前，"这些钱你先花着，用完了我会再给你的。"

"同志，你认错人了，我根本没有给过你什么半张油饼。"老乞丐终于站起来开口了。

"认错？怎么会！我记得很清楚，那天晚是就是你给我半张油饼。"他很有把握地说道。

"不，你是认错人了，像我这样一个老乞丐，何德何能认识你这样一个大老板呢？"

老乞丐说完，跨过那沓人民币扬长而去。

文化的作用

鲁明杰终于回到了阔别已久的家乡。刚一进山村，往日安静的小村庄一下子就沸腾起来。村主任紧紧地握着鲁明杰的手，激动得竟像小孩一样哭了起来。

与世隔绝的小山村的确太需要文化人了，村主任说，村里世世代代都没过上好日子，这是啥原因呢？有一次他去乡里开会后知道了，乡长说：现在全国大部分人都过上了小康生活，可我们这里的老百姓竟然还不知道电是个啥东西！这能怪谁呢？只能怪我们没文化。没文化就不能致富。

什么是小康生活，村主任也不清楚。但他从乡长那里得知，小康生活最起码到了晚上不用再点那个黑乎乎的煤油灯，最起码一个星期能吃上一顿肉。

从那时起，村主任受到了莫大的启发。他把希望全都放在了在县里读书的鲁明杰身上。而鲁明杰也不负众望，经过努力考上了省里一所重点大学。

当时村主任拿着乡亲们凑起来的学费对鲁明杰说："到了那里好好学文化，村里的希望都寄托在了你的身上。毕业后一定要带领乡亲们致富，可千万不能辜负了全村人的一片厚望啊！"鲁明杰从村长手里接过那沓沉重的学费，说："放心吧，毕业后我一定报答家乡。"

　　四年的大学生活转眼过去，鲁明杰放弃了留在省城的大好机会，主动要求分配到家乡。

　　回到家的鲁明杰还没有坐稳，左邻右舍就把鲁明杰围了起来。他们望着鲁明杰，想听听他有什么打算，怎样带领他们致富，毕竟鲁明杰是村里的文化人。

　　在鲁明杰身边的村主任一边摆手示意大家不要乱，一边对鲁明杰说："你知道吧明杰，自从你到省里学习文化以后，乡亲们都争着让自己的孩子上你读过的那所破烂小学呢。乡亲们说他们也要让他们的孩子像你一样考上省里的大学学习文化，回来过好生活。"

　　接着村主任又说："明杰，你这次回来打算怎么办呢？或者说有什么让乡亲们过上好生活的办法？"

　　望着村主任，鲁明杰笑了笑说："实话告诉您吧，我本来是以全系第一名的成绩被聘到一家建筑公司当经理助理的。您知道什么是经理助理吗？"村主任听后摇了摇头。

　　"我这样对您说吧，经理助理就是一个月挣的钱足够买下我们全村的牲口。"村主任听后立刻张大了嘴巴，他终于看到了希望和光明。好大一会儿他才吞吞吐吐地说："你……打算……"

　　沉默片刻，鲁明杰说："我当初本来打算去建筑公司，等挣够了钱回来办企业，带领乡亲们一块儿致富，一块儿过上好生活。可后来我想这样做，并不能从根本上改变我们村的面貌，因为我们村里的文化人太少，不懂得科学知识，不知道文化的作用，只知道干苦力活。所以要想彻底改变我们山村的面貌，必须从娃娃抓起，让他们都懂科技，都有文化。"

　　说到这里，鲁明杰停了停："所以……我主动放弃了经理助理的位置，要求回到我们乡里教书。"

　　刚一说完，村主任就吃惊地望着鲁明杰说："什么？你放弃了挣大钱的机会回来当一个穷教师？乡亲们辛辛苦苦凑起来学费让你学文化带领我们致富，你竟然回来当一个穷教师！"

村主任无法相信听到的一切，对于他来说，刚才的那种希望和光明就像一把火镰和火石碰出的火花，瞬间又消失了，在他还没有来得及感觉到温暖和光亮时就又陷入了黑暗和冰冷之中……

第二天，鲁明杰准备到乡里报到，刚一出门，就听到胡同里传出一阵训斥声和小孩的哭声："娃，回家吧，啊，咱们村里那个大学生，在省里学了四五年文化，回来还不是当一名穷教师，学文化没有用，说什么也不能让你上学了！"

听到那刺耳的声音，鲁明杰有种头重脚轻的晕眩感，他仰望着湛蓝的天空，深深地陷入了沉思……

细 节

倪秀雅决定和他分手。

她宣布这个决定时，他还以为她是在开玩笑。在他看来，自己各方面都十分优秀，高干子弟、高学历、高收入、有房、有车、有存款，而她只不过是一个来自农村的普通女孩。

"还是分手吧。"倪秀雅依然十分坚定地说。

从倪秀雅严肃的表情中，他看出她并不是在开玩笑。

可为什么要分手呢？他十分不解。是啊，别说他想不通，就连倪秀雅的父母知道后都吓了一大跳："秀雅，你没事吧，人家那么好的条件为啥不愿意跟人家呢？"不过，既然倪秀雅这么坚定地提出分手，看来她心里早就有这个打算了。

倪秀雅十分清楚地记得她第一次拜访他父母时的情景。

那是一个寒冷的冬日，倪秀雅拜访完他父母要离开的时候，她是多么希望他能把她送到楼下，或者哪怕是说上一句关心的话，比如：路上小心点。然而她刚走出房门，随即就听到防盗门的关门声。

这也许只是一个很容易被人忽略的细节，但倪秀雅心里多多少少有些凉。她也多次提醒自己，那么冷的天，或许他是怕冷不愿下楼，或者他还有什么重要的事要回房去做。

当然，这只是一件小事，还不至于让倪秀雅产生分手的想法。

接下来的一件事多少让倪秀雅有了分手的打算。

也是那个冬季，倪秀雅和他还有他们认识的一对情侣一块去吃火锅。

饭桌上，倪秀雅注意到一个细节：羊肉卷在火锅里煮熟后，饭桌对面的那个男孩第一时间夹出来放到女朋友的碟里。倪秀雅的男友没有这样做，只顾自己吃。

一个不知道关心自己的男人，以后还怎么能更好地爱自己，倪秀雅心里凉了一多半的。当然，人都不可能十全十美，可能那天他是饿坏了，所以才只顾自己埋头大吃。倪秀雅这样安慰自己。

倪秀雅生日那天，他和她一起过生日，他喝完一瓶啤酒之后问："要不，你也来一杯？"她微微一笑："不，谢谢，我还是喜欢喝红茶。"望着她手中的红茶，他像是在开玩笑："说起来你都不相信，长这么大，我还没有喝过红茶呢。"倪秀雅连忙把自己的那杯红茶递给他："这还不容易，尝尝不就知道了。"然而在他接过她那杯红茶后，倪秀雅注意到，他先是用手擦了一下杯口，然后吹了一下杯子里的红茶，最后才皱起眉头不情不愿地喝了一小口。

他是嫌她的杯子脏？完全是习惯性的动作？连口水他都不能接受？难道仅仅是一个细节？又不是刚刚认识，以后还怎样生活在一起，假如有一天她躺在床上生活不能自理，他又会怎样对她？倪秀雅的心彻底凉透了。

倪秀雅和他分手后不久，另外一个男人走进了她的生活，他们并没有挑明关系，只是有一天倪秀雅卧病在床的时候，他来看她。

"感冒好点了吗？"说完他用手轻轻地抚摸了一下她的额头。

还是一个小小的细节，她却被深深打动。

　　后来他们真的生活到了一起。生活中他们共用一条毛巾，甚至一支牙刷都是常事；在他们看来，你的就是我的，我的就是你的；她上班的时候，他会把家收拾得一尘不染，他下班的时候，她会为他准备好一桌可口的饭菜；天热的时候他会为她准备好一杯甜甜的绿豆汤，天冷的时候她会为他织上一条厚厚的围巾……

尊 严

　　她的家庭条件不是很好，但也不是很差，家里供她读完大学应该是没问题的，可她还是在大学二年级的下学期办理了退学手续。

　　她的高考成绩相当不错，数学满分，物理满分，英语差两分满分，即使到了大学，她的学习成绩还是在上中等。

　　她告诉别人，其实退学的想法在大学报到那天就有了。

　　报到那天，她穿上了母亲花了三百多块钱给她买的新衣服和皮鞋。三百多块钱买一身服饰，对于城里人来说也许是极为平常的事，但对于一个农民之家来说，已经算是很奢侈的了。可她万万没有想到，寝室里所有的同学看到她的穿着打扮，都捂着嘴吃吃地笑了半天。

　　也许是她的衣服不合体，或者是已经过了时，再有可能就是不够档次。具体什么原因，她也说不清楚，不过有一点可以肯定，她的家庭条件远远不如她们。

　　在同学笑她的那一刻，她的自尊心受到了极大伤害。她曾想到过退学，因为她从小就是一个自尊心特别强的女孩儿。当时正是邓小平南方谈话后不久，她觉得那是一个发家致富的好时机，但她心里清楚，父亲肯定不同意她那样做。为了不让父母伤心，她最终没有退学。

上大学后不久，她的人际关系差到了极点。她几乎没有朋友，甚至连同寝室里的几个女孩都不想和她过多地接触。她当然知道其中的缘由：她们都是一些富家子女，而她却是一个穷酸的乡下妹，和自己在一起会降低她们的身份。

一个从没有到过大都市女孩，走进这所著名的高等学府，她才发现原来自己和这所院校是那么格格不入。

曾经，一次三天的旅游活动，引起了轩然大波。说起来也许令人难以置信，然而它的确是真的。

那次系学生会组织了红旗渠景点三日游，每个学生需要交纳九十块钱。在系学生会主席还没有说完时，她就已经站了起来："我不去！"一刹那，系里几乎所有的同学都惊奇地望着她。最后，她在同学们的啧啧声中仓皇逃出了教室。事后，常常有同学有意或无意地在背后指点着议论她。对于她来说，那些冷森森的指头就像一根根乌黑的枪管，在她心里变幻着一场场战争……

大学二年级的下半年，学校里一位教授动了一次很大的手术，班里的同学纷纷捐款，她也拿出五十元钱。但班长不收，原因很简单：除了她，班里捐款最少的还比她多十块钱。

她紧紧地攥着那五十块钱，泪水在眼眶里打转。不错，五十块钱是少了一点，可那时她每星期的生活费也顶多不过是三十多块钱。那天晚上，她流着泪写下了一份退学申请。

对于她的退学，相处了将近二年的同学却表现得很平静。没有惊奇、没有关心、没有问候，好像退学对于她来说是一件天经地义的事。

退学后，她顶住各种压力东拼西凑筹集了一点钱，在一个小城市开了一家很小的烟酒批发部。因为她受过两年的高等教育，对于国内的经济形势与政策很了解，她心里很清楚当今的社会是个微利时代，一夜暴富的日子一去不复返了，更何况她的家庭条件一般，所以即使有了什么好项目，她也只能望而却步。

也许她天生就是一块做生意的料，她的聪明才智和独特的经营方式几乎压倒了附近任何竞争者，烟酒批发部的规模越来越大。很快她手里有了相当一部分资金。但她并不满足于现状，在香港回归的第二年，她瞄准了一个很不错的项目——来料加工瓷砖。

她决定办个瓷砖厂，毅然把手里的全部资金投了进去。幸运女神又一次眷顾了她，瓷砖厂的效益好得出乎她的意料。经过短短几年的发展，她创办的瓷砖厂固定资产已超过五百万元，连续两年被评为县级先进企业。

在她的笔记本上写着这样一句话：生活中我们可以放弃很多东西，而唯一不能放弃的就是尊严。

心　愿

　　他刚一下车，就被一群亲朋好友团团围住。他们是特地来接他回家的。他久久地注视着人群，好像在寻找着什么。

　　是的，人群中似乎少了一个人，咦，她怎么没来，难道她……他没有再往下想，眼前却浮现出五年前的一幕。

　　五年前，他背着一个破旧的包袱，踏上了南下的列车去打工。在车站，没有一个人来送他，本来他那个双目失明的母亲是想要送送他的，但他执意不肯。

　　坐在列车上，他伤心而又无奈地朝车窗外望了望，突然，他发现陌生的人群中有一个熟悉的身影。

　　是她，她怎么来了？她看到他，微笑着朝他挥手，而他也拼命地朝她挥手。

　　列车慢慢地开动了，他呆呆地望着她越来越模糊的身影，直至消失。

　　其实，他也是迫不得已才去南方打工的。因为他的家乡太贫穷了，为了改变家乡的面貌，他想了很久才决定走出乡村到南方闯一闯。

　　当时为了八十块钱的路费，他想尽了一切办法。他去找亲朋好友借，可那些亲朋好友不但不借给他，反而还嘲笑他，说他异想天开，白日做梦，到了南方只会给自己的家乡丢脸。

不过，八十块钱的路费最终还是凑够了，是她送来的。

那天，正当他为路费发愁的时候，她来了。她从口袋里掏出一大把零零碎碎的钞票递给他。他慌了，说什么也不要。

她先是抿着嘴笑了笑，然后硬是把那些钞票塞到他手里说："你就放心地去吧，到了那里好好干。反正我在家也没有工作，可以经常来照顾一下你的母亲。"他听后感动得差一点哭出声来。

后来，他才知道那些路费其实是她辛辛苦苦卖韭菜花挣来的。那些钱，她从来没有舍得花过一分。

于是，他拼命地工作，他觉得只有这样才能对得起那八十块钱的路费。经过五年的摸爬滚打，他终于成功了。他从一个无名的打工仔成了一家知名公司的副总经理。在办公室里，他常常想起那八十块钱的路费，想起那个善良的女孩……

在亲朋好友前呼后拥下，他回到了家里。他母亲告诉他："自从你走后，家里的事全靠她来帮忙，她真是一个好孩子。"他听后笑了笑，什么也没说，放下密码箱就朝她家走去。

坐在院子里的她正抱着一只白色的小猫晒太阳。他的到来显然使她有点不知所措。看到他，她的手突然一抖，小猫一下子掉在了地上，白色的小猫受惊了，嗖地窜进了屋里。

他深情地望着她，一句话也说不出来。

"听说你在家待一段时间还是要走的，是吗？"她终于先开口了。

本来他是想说："是的。"可此时他却摇了摇头。她很惊讶地问道："为什么？你不是……"她的话还没说完，他已紧紧地握住了她的手，坚定地说："走，这次我要带你和我母亲一起去！"

她的眼圈一红，泪水夺眶而出。

依然是你

1

萧静拿着医疗单差一点晕过去，父亲的右腿已经完全坏死，需要马上截肢！这是她无论如何也想不到的，萧静痛恨这几年为了竞选教导主任而忽视了父亲。

从农村走出来的萧静，考上师范大学的那天就发誓：在学校好好学习，有个好的工作，一定要让父亲过上好生活。毕竟父亲把自己拉扯大不容易。父亲离婚后完全可以再娶，然而为了自己不受委屈，父亲毅然决定单身。

看着父亲对自己所做的一切，萧静也发疯似的努力着：小学时期学习成绩第一，初中又是第一，高中还是第一，即便是到了汇集了全国各地的尖子生的大学，萧静的学习成绩仍然第一。

这令所有教过萧静的教师都惊讶不已，有的教师甚至说自己教了一辈子书，还是第一次遇到学习这样好的学生。

师范大学毕业后，凭着自己优秀的学习成绩，萧静理所当然地留在了省城一所相当不错的高级中学任政治老师。

从此，萧静才华进一步显露出来：她所带的班在高考中，竟然有超过一半的学生政治科目成绩达到了一百三十分，这不但在全校甚至在全市都引起了轰动。

很快，萧静评上了高级教师，晋升为年级主任。但这并不是她想要的，她想得到的是教导主任的位子。

确切地说，她是看上了教导主任的收入。

萧静心里十分清楚，给父亲在省城买套房，让父亲在城里过上好生活，收入是最关键的。

当然，萧静竞选教导主任时也更加努力，但她犯了一个致命的错误，那就是忽视了对父亲的照顾。她两年都没有回过老家一趟，其间除了寄上自己的一部分工资外，无非就是打个电话问候一下。

其实萧静也知道父亲最近几年右腿有些不便，她多次劝说父亲把自家的责任田退掉，但种了一辈子地的父亲没有答应。

原以为自己通过努力能让父亲过上好生活，没想到换来的却是父亲失去一条腿。

萧静无法接受这样的现实，她紧紧地攥着医疗单，趴在医院走廊的墙上失声痛哭……

截肢并不算高难度手术，对于患者来说，更为关键的是截肢后安装假肢。

安装一副假肢的费用高达二十万元，这是萧静面对的更为残酷的现实。

作为一名中学高级教师，每月的工资看起来不算低，但她每月的各项开支却高达一千多元，所以每月三千多元的工资在这座经济发达的省会城市根本算不了什么。

萧静的父亲截肢后却并不想安装假肢，尽管他不清楚安装一副假肢所需的各项费用是多少，但他清楚它无论如何都比一副木拐要贵得多。

所以，当萧静趴在失去右腿的父亲身上大哭时，她父亲却伸出温暖的大手抚摸着她的头说："傻闺女，哭啥，买副拐不就行了。"父亲的话让萧静愧疚不已，像一把尖刀深深地剜着她的心。

正因如此，尽管萧静知道安装假肢自己所面临的艰难，她还是坚定地对医生说，不管花多少钱都要为父亲安装一副假肢，并且要最好的。

她已经很对不起父亲了，不能再做对不起父亲的事，安装一副假肢或许能减轻一点对父亲的愧疚。

接下来，萧静唯一能做的就是四处筹措安装假肢的费用。

说起来容易，做起来何其艰难，她的同事大部分也都积蓄也不多，即便是有两个有钱的同事，也不会轻易地借给她太多。

有一位同事，曾当着萧静的面说，自己家里多么多么富有。然而当萧静向这位经济条件很好的同事借钱时，这位同事马上说："家里虽然有钱，但做生意都占用着，很难周转开，只能借给你八千块钱。"八千块钱，仅仅相当于二十万的二十五分之一。

尽管艰难，但萧静并没有把父亲的事向学校或社会公开以得到公众的捐助。

向熟人借钱，萧静都是以家里有事急着用钱的理由开口。一个多星期下来，萧静只借到了不到五万元，这和安装一副假肢所需的实在相差太大了。萧静陷入了深深的自责和痛苦之中……

2

韩峰下班后并没有回家，而是去了一家KTV。他刚刚接过母亲打来的电话，内容当然又是催促他赶紧谈女朋友。

是啊，都已经是四十多岁的人了，到了这个时候，还有什么比结婚更重要的事呢？放下电话，韩峰突然之间感到一种前所未有的压力。作为一个身价千万的单身男士，韩峰身边自然不缺少女人，只是当他看到那些女人向他挤眉弄眼时，他又像躲瘟神一样逃开。

以往都是和朋友一块儿来，这一次一个人来，韩峰倒显得有些不自然，KTV 前台接待员很有礼貌地征求着韩峰的意见。

几句简单的对话，韩峰就被一名穿着蓝色衣服的陪唱服务员领进了房间。

韩峰其实根本没有心思唱歌，只是静静地坐在沙发上喝着伏特加。

"看来先生的心根本不在这儿啊。"陪唱女子放下话筒坐到了韩峰身边。

韩峰笑了笑没有说话。

"是不是在情场上失意了？"陪唱女子又问。

韩峰放下酒杯打量了一下她，陪唱女子长得很漂亮：修长的身材，乌黑的秀发，一双明亮有神的杏核眼，柳叶眉，看上去既有少女的亭亭玉立，又有少妇的妩媚风姿。

"像你这么漂亮……"韩峰刚一开口，陪唱女子就打断了他的话："怎么？你是说像我这么漂亮的女人不应该干这个？"韩峰赶紧解释："……不……我不是这个意思……""那你是以为我应该被有钱的人包养？"陪唱女子轻轻地吸了一口烟，然后意味深长地说，"人这一辈子该干什么、不该干什么谁又能说清呢？就像一颗子弹，尽管瞄准了目标，但自从它被射出枪膛的那一刻起，它就受到了温度、气流等各种因素的影响，所以它身不由己，最后不一定能射准目标，不然的话，人人都是百发百中的神枪手了。"韩峰惊了。他万万没有想到这些话竟然出自一个风尘女子。他端起一杯酒递给陪唱女子："看来我们同是天涯沦落人了。"几杯酒下肚，韩峰有了几分醉意，把心中的苦闷全都倒了出来。韩峰谈到了公司最近经营不善，谈到了自己婚姻的痛苦经历，谈到了母亲给自己施加的压力。说到动情处，竟然还滴下几滴泪水……

3

中国虽然是一个发展中国家，但互联网技术却发展得异常迅猛。

韩峰是第一次听说，在网上竟然也能租到临时女朋友。

那天，韩峰和自己最忠诚的下属一起吃饭时说出了自己的心事：离婚十多年了，一直未找到合适的伴侣，其实自己不急，奈何母亲急得要命。

韩峰深深地叹了一口气，感叹道妈妈的愿望什么时候能实现！下属笑了，调侃地说："韩总，这心愿也不难实现。不就是想过上一年这样的生活吗？你可以发个帖子到网上，现在很多人在网上租临时男女朋友。"

韩峰也笑了。第二天，他按下属所说的把自己的要求写好后发了个帖子到网上。

几天以后，帖子得到了众多的回应，韩峰把这些应聘者一一过滤了一遍，最后选中了一个人。从照片上看，她是一个单纯漂亮的女孩。

韩峰约对方在自己的办公室见了面。这是他第一次在办公室里谈私事，而且还是一件听起来有些荒唐的私事。

对方提出一年的报酬为十五万元，还提出了一些与之相关的要求。

当然，韩峰重复了自己的条件，比如住进别墅，给他洗洗衣服、做做饭，工作繁忙时也要帮他起草一下公文、发发电子邮件等。

韩峰说："虽然是演戏，但看起来也得像那么回事。"最后双方签订了合同。

这个女子就是萧静。

4

世上就有这么巧的事。萧静是下了很大的决心才这样做的。回应帖子的那天晚上，她整整哭了一夜，为了父亲，她已经顾不了那么多了。

大暑后的第三个星期，酷热才略有缓解。

萧静漫无目的地在大街上闲逛，心里考虑着今天晚上搬进韩峰别墅里的事。

韩峰到底是个什么样的人呢？是个正人君子，还是个品质恶劣的大款？然而这些对于她来说已经不重要了。

萧静突然觉得心里有种难以抑制的冲动，她很想对着拥挤的人群大喊几声。她这个年龄，正是享受生活的时候啊，可生活中为什么有那么多令她痛苦的事呢？萧静想起了《简·爱》中主人翁说过的一句话：生活的滋味是苦的。

她别无选择。

萧静就这样一直转悠，直到傍晚时分她才下决心去别墅。

路过大街偏僻的一角，一个披头散发的老者坐在那里乞讨。

萧静低着头过去，很快她又停了下来，转身返回去，从下衣袋里摸出一张二十元的钞票放进了老者面前的破瓷碗中。

就在萧静转身离去的时候，老者说话了："姑娘，把钱拿回去吧。"萧静一愣神，老者又叹了一口气说，"把钱拿回去吧，你比我更需要它。"萧静很吃惊，老者望着她说："姑娘有什么心事，不妨向我这个老头子说说。"本来萧静就有一满肚子委屈想要往外倒，这些委屈，她不能向父亲讲，不能向同事说，现在总算找到一个可以倾诉的对象，所以哽咽着道来："大爷……我遇到麻烦了……""还有什么比一日三餐更发愁的事麻烦呢！说吧姑娘，到底是什么事？"老者很坦然地说道。

"我也不知道该从何说起，反正生活中的很多困难与挫折压得我喘不过气来，但我又有什么办法呢？我一个弱女子在省城无依无靠，真不知道今后的生活该走向何方。"

老者闭目思索。

终于，老者说话了："孩子，在很多时候，讨生活就像做卧底，但既然选择了这条路，就只能坚定地走下去。"老者的话让萧静很吃惊。在她还没明白过来时，老者已把她那二十元钱递给了她，"人生坎坎坷坷、坑坑洼洼，困难与挫折却总是与色彩斑斓的生活并存。"说完，老者拿起地上的破瓷碗蹒跚地离开了。

萧静虽然没有完全领悟老者的话，但她觉得自己遇到了高人，这些话哪像一个乞丐说的！拿着老者还给她的二十元人民币，呆呆地望着老者远去的背影，萧静觉得，也许，还有很多难以预测的困难与挫折，在今后漫长的人生中等待着她……

5

搬进别墅的第一天晚上，萧静和韩峰当然都有些尴尬。毕竟，两个陌生的男女突然住到了一起，对被传统道德约束的人来说不是一件小事。

"你看书，还是看电视？"默坐了很久，最终韩峰打破了沉默。

萧静没有回答。

"要不吃点水果？"韩峰拿起茶几上鲜红的富士苹果。

萧静觉得接也不是，不接也不是。

"萧静，唉，还是称呼您萧老师吧，到了这里您别受什么约束，该吃吃，该喝喝，就像在自己的家一样。我不是说过吗，我们只是演戏，在法律上什么都不是，一年之后您放心离开就行了。在此期间，我不会做出什么越轨的行为，千万不要把我朝不好的方面想，不然的话，我们没法相处。"韩峰摆弄着手中的富士苹果说。

"要是这样我就不客气了，韩老板，我忙了一天有点累了，我想早点休息。"萧静说完低下了头。

"那好啊，你休息吧，我也累了，也想早点休息。"韩峰说完就上了楼。

韩峰躺下不久，突然听到敲门声，他倒是吓了一跳：这个女孩该不该会主动……

犹豫间门又响了两声，他打开灯说："进来。""韩老板，您看我睡在哪一间卧室？这么多卧室……"萧静有点不知所措地问。"噢噢，随便挑，反正都没人睡。"

萧静望了望走廊，对于萧静来说，这八百多平方米的别墅简直就是一座皇宫。

刚刚进入九月，韩峰所在的别墅区突然来了一次大停电。

停电时，萧静正在厨房洗菜，而韩峰正在喂鱼。

韩峰放下手中的鱼食，掏出手机，借着手机屏上的一点亮光摸索着走进厨房。此时的萧静同样也拿着手机当手电筒往外走。昏暗中，萧静差一点撞在韩峰身上。

"要不出去吃饭吧？"韩峰征求萧静的意见，见萧静不说话，韩峰又说，"离这不远有一家饭店挺不错的，步行一会儿就到了。"说是征求意见，其实萧静也没有其他选择，她总不好说，你去吧，吃完给我捎一份。

对于这次停电，韩峰没有任何怨言，反而有一点暗喜。离婚后，这是他第一次和女人单独出去吃饭。

到了饭点，在韩峰的坚持下，萧静点菜，只点了两个家常菜。

韩峰望着萧静笑着说："在生活方面，你和我前妻是两个世界的人。前妻总嫌我花钱不大方，生活太节俭。"萧静静静地听着，没有发表任何意见，她不想妄自评论别人。为了不冷场，她只说："人各有志，谁都有自己的生活方式。"韩峰听后则说了一段风马牛不相及的话："一个人无论找什么样的伴侣，只要对方不把金钱看得太重，日子就能过得好好的，这是我婚姻失败后总结出的经验。"

6

教师节，学校放半天假。萧静在学校门口公交站等车准备回家，一辆崭新的宝来缓缓停到了她身边。

"萧静，来吧，捎你一段路。"只同意借给她八千块钱的女同事说。

"算了，你先走吧，反正我也没什么事。"萧静微微一笑。

"来吧，还客气啥，捎你一段不比坐公交车强。"那位女同事似乎炫耀地说道。

"真的不用，我坐公交就行了，的确不需要麻烦……"萧静的话还没说完，又一辆车停了下来。

是韩峰。

"萧静，今天公司没什么事，我接你回家。"

女同事望着韩峰的宾利，半晌没说话。

尽管这座城市经济很发达，但用宾利作为交通工具的人还是很少的。

"萧静，那我先走了。"女同事刚才趾高气扬的神气一下子消失得无影无踪。

萧静点点头，目送同事走后，转过身对韩峰严厉地说："韩先生，请你以后不要到学校接我，同事们会误会的……你还称呼我萧静，我们不是约定好了吗，在外面要称呼我萧老师，你这样……同事还以为我们……"

这个结果是韩峰没想到的。他连忙道歉:"对不起,萧老师,我做事考虑不周,实在不好意思,请您原谅。"韩峰说完突然转念一想:我怎么这样说话,这些话不是下属做错事经常对自己说的吗?

"走吧,下次注意就行了。"怎么像命令自己似的,这个女人也太……在韩峰还没回过神来时,萧静已经拉开了车门。

<h2 style="text-align:center">7</h2>

晚秋过分张扬了些,带有宣泄情绪的样子,一下起来就没完没了。

萧静在办公室等了足足半个小时才等来了班级中政治成绩最差的一个小男生。

男生一进办公室,就发现了办公桌上的那封他自认为写得很感人的情书。

萧静示意男生坐下后,并没有马上说些中学生绝对不应该早恋之类的话,而是问了他家里最近的生活状况。这让一直很紧张的小男生放松了一些。

"手指甲现在怎么样了?"萧静问。

"都长出一半多了,你看,萧老师。"小男生伸出无名指说。

萧静笑了笑说:"那就好,不过痊愈估计还得一个多月。"小男生很感动地说:"谢谢你萧老师,上次的事……""不用再说了,这些都是我应该做的。"小男生所说的"上次的事",是指在体育课他无名指被砸伤,萧静送他去医务室的事。

萧静言归正传:"你看我们班里的政治成绩都非常好,只有你一个人经常不及格,你能说说你的想法吗?""萧老师……我……""明年就要高考了,你这样的成绩能考上吗?对得起父

121

母的一片苦心吗?""萧老师……我……""青春期的少男少女往往会做出一些很幼稚的事,这很正常,但作为一名即将高考的学生必须从早恋的泥潭中走出来,这是对你自己的学业负责,也是对你父母最好的交代。"一直低着头的小男生听到这儿抬起头望了萧静一眼。

这一眼,多少让萧静产生了一点儿自责。

小男生的目光空洞无神,就像白天里的一只猫头鹰,迟钝、呆傻、毫无灵气,以往他可不是这样。

萧静整理了思绪,严厉地道:"还有半年多就要高考了,我希望你把身心都投入到学习中去,不要让我失望。""萧老师……""不管怎样,我对你很有信心,你的英语成绩不是很好吗,这说明你并不比其他同学差。"萧静又拿起办公桌上的那封情书说,"影响你成绩的最主要原因,你心里该比我清楚吧。"小男生低下头一句话也不说。

接着萧静以玩笑的口吻说道:"你就是喜欢我,现在也不够格啊,就说你这封情书吧,写了好几页,每页都有错别字,并且内容也很难打动我的心。"小男生更加无地自容。

"所以我认为你现在唯一能做的就是好好学习,把成绩搞上去。"

时间总是在匆忙的脚步中过得更快,半年多以后,那位小男生终于成功,被一所挺不错的一本院校录取。只是萧静有一点没有想到,那天她找小男生谈话说了那么多,只有一句话说服或者说伤了小男生的心,那就是"你就是喜欢我现在也不够格啊"。就是因为这句话,小男生奋发图强,最终考上了理想的大学。

那句话虽然不是萧静的初衷,但结果正是她所希望看到的。

8

全球气候的确是在变暖，都快十二月份了，可在这座城市竟然体会不到一丝寒意。

韩峰在公司开完会，突然想到今天是自己的生日，于是掏出手机想让萧静订个蛋糕。可无论怎样打，传来一个声音：您所拨打的电话暂无法接通……怎么回事呢？

正想着，他的手机响了，是萧静的来电，接通后传出了哭泣的声音："韩先生，有时间吗？我和父亲出事了，不小心和一辆轿车发生了碰撞，我身上的钱不够。"韩峰听后马上产生一个疑问：萧静啊，萧老师，你可从没有提过你的父亲在省城，你到底还有多少事瞒着我呢？但韩峰转念一想，这是人家的私事，自己无权知道。于是他问清了事故的地点接着说："我马上过去。"为什么自己有了事情第一时间想到的是韩峰呢，像这种事情完全可以向同事求助，难道是怕父亲的情况让人知道？萧静在想这些问题的时候，韩峰已经到了。

匆匆赶到现场的韩峰一问才知道，原来是萧静推着父亲的轮椅拐向医院时，一辆雅阁正在倒车，轮椅的把手把轿车的右后视镜碰坏了。

一个大肚中年男子紧紧地抓着轮椅不撒手："今天无论如何也得把事解决，我这车的后视镜可是电动加热型的，几十块钱了事，没那么容易！"看到萧静在一旁苦苦哀求的样子，韩峰真想过去给那个大肚男子一巴掌。

韩峰轻轻地走到大肚男子跟前："师傅，先放开手再说。看来，您这车还是新车。"

"可不，上个月才买的！"大肚男子气愤地说。

"这车买的时候挺贵吧？"韩峰又问。

"那当然，二十多万呢，加上牌照各项费用三十万都不止。"大肚男子很神气地回答道。

韩峰叹了一口气："可惜啊。"大肚男子不乐意了："可惜，可惜什么？"随后又问："你是她什么人，你要帮她赔吗？"韩峰没说话，很斯文地从口袋里掏出支票随笔写了几下然后撕下来递给大肚男子说："您看，五十万够不够再买辆新的呢？"大肚男子看着支票立刻傻眼了："……这……当然……只是……""师傅，你看，车的事好解决，不管是这位老人撞了你的车，还是你的车撞了老人，咱们总得先送老人去医院吧？"一看这架势，大肚男子知道事情有些不妙，对方可能是个极为有身份的人，闹下去对自己肯定不利。

"算了，一个后视镜花不了几个钱，我自己解决就行了。"大肚男子说完就要走。

这回韩峰不让了："师傅，还不知道老人的伤势怎么样，怎么能走呢？"大肚男子有些窝火："怎么，你们撞坏我的后视镜，我不让你们赔也就算了，还想反过来找我的事？""阿峰，我看还是算了。"萧静在一边小声地说道。

韩峰这是第一次听萧静这样亲切地称呼自己。萧静这样称呼完全出于内心，没有半点的虚情假意，这正是韩峰所想要的。

9

萧静安顿好父亲回到别墅时，韩峰已经准备好了晚饭。

说是韩峰准备好的晚饭，其实一切都是现成的。饭菜是他让酒店里送的，饮料是从厨房冰箱里拿的，酒是从客厅酒架上取的。

只缺了一样东西——生日蛋糕。本来今天是他的生日，但韩峰已没了过生日的心思。

"真不好意思，今天让你准备晚饭。"萧静歉疚地道。

"没关系，快坐下来一块吃吧。"韩峰说完打开了一瓶饮料。

"噢，不了，你一人吃吧，我不饿，想早点休息。"萧静说。

"总不能不吃饭啊。"韩峰这时已经站了起来。

"我真的不饿。"萧静又一次说道。

"要不多少喝一点汤，或者喝点饮料什么的？"韩峰几乎是以恳求的语气说。

萧静犹豫着坐了下来。双方很长时间没有说话，萧静在想白天发生的事，而韩峰在想萧静父亲的事。

最终萧静的一句"能给我倒杯酒吗？"算是打破了僵局。

这是萧静第一次喝度数这么高的酒，所以喝了一口转过头咳嗽起来。

韩峰把桌上的一杯饮料递给她，"润润嗓子。"接过饮料，萧静肚子里的委屈涌了上来。

本来父亲的事已经压得她喘不过气来，现在为了医疗费自己又把自己租了出去，让别人知道了尊严何在？而白天那个开本田雅阁的中年男子对着自己和父亲骂骂咧咧更是让她感慨：人们常说善有善报，恶有恶报，而自己也没做过什么坏事啊，为什么这么多的不幸会落到我萧静一人身上？！

想到这里，萧静放下饮料拿起酒杯，又仰起头喝了下去。"少喝点，喝多了对身体不好。"韩峰在一旁劝慰道。

"喝多了对身体不好？说得好听，我现在把自己都租给你了，还讲什么身体不身体的。"萧静已有了几分醉意，说起话来语无伦次，"以前我认为世上的事是公平的，老天爷是公平的。不是吗？它是那样的四季分明。可是现实呢？不公平的事实在是太多了，你们有钱人一架钢琴就几十万，而我萧静为了父亲十五万元的医疗费竟要把自己租出去！"此时萧静把自己的心中的委屈、愤怒一股脑倒出来，当她又一次端起酒杯的时候，韩峰一句话都没说。

萧静的话已经让他彻底明白了。

韩峰此时想说：你真是太傻了，你怎么能这样做呢，为了医疗费把自己租出去，这是碰上了我，要是碰上了坏人，你这一生不就毁了吗？但他很快转念一想：噢，世上就你韩峰是好人，其他人都是坏人，你品德就这么高尚啊?!

"你不应该这样。"韩峰这句相劝的话，却让萧静歇斯底里起来："那你说我该怎么办？我又能怎么办，你让我怎么办！"说完萧静趴在桌上大哭了起来。

萧静的哭声让韩峰有些心疼，所以当萧静爬起来又一次端起酒杯的时候，韩峰一下站起来要去夺她手中的酒杯。

而萧静伸手去挡韩峰伸过来的手，同时把身子往后闪了一下，争夺之中，酒杯从萧静手中滑落。

但萧静根本就没看清酒杯落地，只看到一个白色的圆点在眼前晃了一下，紧接着就听到一声清脆的音响……

10

分手的时刻就这么说来就来了，舒艳丽老师知道，这是迟早的事。

问题是，分手时很多事让舒艳丽感到意外，这些事确实出乎她的意料，超出了她的想象，让她感觉有些不可思议。

星期四上午讲第二节课的时候，舒艳丽就觉得有些不对劲，眼皮一直跳。上完第二节课，她匆匆走回办公室，发现丈夫拿着公文包正坐在自己的办公椅上。

舒艳丽一进办公室，萧静就站了起来，"艳丽姐。"接着萧静不自然地一笑，"你们聊，我还有点事要办。"萧静说完走出了办公室。

"你怎么来了？"舒艳丽把目光紧紧地盯在丈夫手里的那只黑色公文包上。

果然，丈夫从公文包里掏出了离婚协议书："艳丽，我想了很久，还是离婚吧，对你，对我，甚至是对孩子都是一种解脱。我们都分居一年多了，再拖下去也没多大意思。"舒艳丽紧紧地攥着手里的讲义。为什么跑到办公室提出离婚？为什么非要来她心中最后一片净土折腾？

为了使自己不在他面前表现出紧张，她假装去饮水机接水。

"离了婚，所有的一切都归你，住房、存款、孩子，我都不和你争。"他说这些的时候也许没注意，舒艳丽端着水杯的手其实一直在发抖。

舒艳丽站在饮水机前一动不动，而他也没有一丝"你也过来坐下说吧"的意思。

"离婚后，你有你自己的生活。本来我不应干涉，但有一点我希望……也算是恳求你：以后不要一直跟人家萧静过不去。你说，人家一个农村走出来的女孩，来到这座城市无依无靠的，容易吗，为啥总和人家过不去呢，不就是在教学上比你稍强……""别说了！"在这个时候他竟然提起萧静！舒艳丽终于忍不住了，"啪"的一下把水杯摔在了地上。

"我同意离婚！"舒艳丽说完走到办公桌前，拿起笔狠狠地在协议书上签了字。

他向她道歉："别生气，我这只是给你一个建议，对你有好处。""什么！对我有好处，对我有什么好处！为什么老在我面前提起她！一个山野村姑！""艳丽，别无理取闹。""我无理取闹？我看你是看上她了吧！""艳丽！""装什么斯文，看上她就去找到她，她比我年轻，比我漂亮，晚上更能满足……""啪"一个耳光打在了舒艳丽的脸上。"知道我为什么要离婚吗？就是这个原因！"丈夫说完拿起离婚协议书绕过她走出了办公室。

过了很久，舒艳丽才回过神来，刚才发生的一切对她来说就像是一场梦。只是她想不通，为什么在最后分手的时刻，他会在她面前提起另外一个女人。

而这个女人偏偏确实和他一点关系都没有啊。

11

自从认识萧静以后，韩峰居然养成了每天睡午觉的习惯，这在以往是从没有过的。

更奇怪的是，韩峰每天午睡几乎都做着同样一个美梦，那就是与萧静在一家小饭馆含情脉脉、有说有笑地吃饭。

说起那家小饭馆，韩峰对它有着很深的感情。当初创业最艰难的时候，韩峰总会一个人去那家小饭馆喝二两。

小饭馆的老板娘很会做生意。一碗羊肉面十三元，但却赠送一小碟小菜和一小碟香菜，另外还可以免费享受到二两散白酒或一大杯扎啤，不喜欢喝酒的则可以免费享受到一大杯散装可乐。吃到最后还可以喝到一份饭馆自制的紫菜汤，同样也是免费的。

想想看，消费十三元却有酒有肉，有菜有汤，这或许就是这家小饭馆开业十几年来每天都很火爆的原因。

当然，去小饭馆吃饭的大部分收入不高。

幸运女神这次真的降临了。

十二月的第一个星期五，韩峰碰巧来到那家小饭馆附近，正赶上小饭馆开业十五周年搞庆祝活动——五元抽奖。

对于这次抽奖，韩峰省略了思考的过程，当他打开奖券发现抽中的是百元套餐时，第一时间拨通了萧静的电话。

萧静当时正在办公室备课。她拿着手机走出办公室压低了声音说："我正在备课，有什么事回去再说行吗？""今天晚上我请客，我中了大奖呢！"韩峰高兴地说。没等萧静开口韩峰又补充道："是一家小饭馆的套餐。"

萧静倒有些不明不白了：什么中大奖的，怎么又和套餐扯在一块了？

韩峰则接着把抽奖的前因后果详详细细地又说了一遍。

萧静听后咯咯地笑了。

听到萧静的笑声，韩峰以为她是在笑自己：噢，你这么一个几千万身家的大老板风风火火地给我打电话，原来就是到小饭馆吃套餐啊！

"就这么一个大奖，我知道了。"萧静笑着说。

韩峰赶紧解释："那家小饭馆做的饭真的不错，以前我经常去。我不骗你……我保证味道好……""行了，我也没说人家做的饭不好吃啊。"听到这句话韩峰的心才安了下来。

这句话预示着韩峰每天午睡做的那个梦很快就要成真，而他求的就是这种效果。

12

那天晚上在小饭馆的位置是韩峰选定的，是一个不容易被发现、比较偏僻的位置，以前他在这家小饭馆吃饭的时候，就特别喜欢这个位置。

"为什么选择这么个极易被人忽视的角落呢？"萧静问。

韩峰没有直接回答她提出的问题，而是感慨地说："钱这个东西虽然不是万能的，但是一个人如果没有钱在这座城市就会被忽视，而他自己也会躲躲闪闪、畏畏缩缩，就好像自己是个多余的人。只有有了钱才能在别人面前趾高气扬，挺直腰板，才能拥有成就感。"萧静一句话也不说，只是静静地注视着韩峰。

"我说这些一定很庸俗吧？"韩峰说。

其实萧静并没有耻笑韩峰的意思，反而是从心眼里佩服他。

一个农村出身的青年无依无靠，却能在这座城市靠自己的双手打拼出一番事业，这本身就是一件很了不起的事。

几杯酒下肚，韩峰便有了强烈的倾诉欲望，似乎想把所有的一切都向萧静倾诉。

他说谁都想不到，他最初是靠卖掉家里的两袋黄豆到这座城市闯荡的。

揣着卖掉黄豆的钱离开家的时候，母亲一再嘱咐他在外面待不下去的时候就回家。望着年迈的母亲，他当时心情特别复杂，不知道自己做的决定是对还是错，只知道让母亲过上好生活是他的责任。

创业，说起来容易做起来难呐，从踏进这座城市的第一天麻烦不断。

一个胳膊上戴有红袖标的中年男子，指着地上的一个小纸团对他说："罚款五元。"他这时才注意车票从自己口袋掉了出来，他连忙弯下腰拾起纸团，嘴里还不停地说"对不起"。

然而中年男子并不领情："别说没用的，赶紧交罚款吧。"故事就在这时发生了。

一辆黑色的奥迪从他身旁经过时，车窗里扔出一个烟头。他指着地上的烟头："同志你看别人……"中年男子恼了："你管别人干什么，先交了你的罚款！"面对气势汹汹的中年男子，没办法，他只好交了罚款。

其实，即便是很发达的城市也有它不和谐的一面。

韩峰注意到，他讲述时，萧静一直狠狠地揉着手里的一片纸巾。

"你的这些事完全可以写成一部小说了。"萧静喃喃地说。

韩峰则笑了笑说："你知道我前妻听我讲这些事时，说什么吗？她说：'真没想到我嫁了你这么个窝囊废！'"韩峰说完端起桌上的酒一饮而尽。

此时的韩峰已有些醉意了，他一边倒酒一边断断续续地慢吟："……我欲乘风归去……又恐琼楼玉宇……高处不胜寒……"当他举起酒杯再喝时，萧静按住了他手中的酒杯，"阿峰，别喝了。"

"为啥……不让喝？你知道吗，我交罚款前是攥紧了拳头想和那个人拼命的，但是我想起了母亲在我进城时对我说过的，'峰，咱们庄稼人出门在外受点委屈能忍就忍'。就是因为这句话，我忍住了。我不是为了自己，而是为了母亲，是为了不想再给母亲添乱，是为了不想再让她为我操心……这些前妻是永远也不会明白的……"萧静发现韩峰眼眶里已经溢出了泪水，她突然就有了一种莫名的揪心之感……

13

星期三下午，萧静讲完课回到别墅的时候，发现韩峰独自一人在别墅大门口徘徊。

见萧静回来，韩峰认真地对她说："我带你去见一个人。"萧静当然很纳闷，所以问道："什么人？""这你就不用管了，到时你只要坐到离我不远的一个位子上，装着什么都没看见。"萧静更加不解，微笑着问："干吗这么神神秘秘的，什么人这么重要？"韩峰没有回答萧静的问题，而是拽着她上了车，"别问这么多了，以后再告诉你。"在全市最豪华的一家茶楼里，韩峰悠闲地品着茶，他在等一个人。离他不远处的一角坐着萧静。

不到半个小时，一个穿橘色风衣的女人出现了。韩峰很有礼貌地朝她挥了挥手。

风衣女人微笑着走到韩峰所在的位子。

"坐吧。"韩峰说。

"谢谢。"风衣女人坐下后，韩峰问："国外的生活怎么样？""还可以吧，就是饮食上还有点不习惯。"风衣女人很自然地摆弄了一下头发。

"听说你公司最近的状况不是很好？"风衣女人很关心地问。

"也没什么，就是经营方面出了点小问题。""你这个人永远都是这么自信。"韩峰听后微微一笑。

风衣女人品了一口茶："还是独身？"韩峰没有回答。

"你妈最近……"

"我们言归正传吧，你也知道我的脾气。说吧，你这次找我到底是什么事？"韩峰点了一支烟靠在了椅背上。

风衣女人轻轻地放下茶杯："行，我就直说了吧，我知道你公司最近需要一笔资金，而我这次回国也是准备投资，我想如果咱们俩联手的话肯定能干出一番大事业。"风衣女人停顿了一下说，"我知道，十年前我离开你伤了你的心，但我也有我的苦衷。这些年我也一直反思，两个人走到一起确实不容易，就像别人所说的，离婚就像拆散一座住了很久的老房子，即便是有天大的理由，可看到朝夕相处的一砖一瓦顷刻间土崩瓦解，心里还是很难受……"

"等等。"韩峰止住了她，"你的意思是……"风衣女人深情地望着韩峰："对，我就是这个意思，破镜重圆，复婚。"风衣女人的这句话，让坐在不远处的萧静手中的茶杯磕在茶碟上发出"啪"的一声脆响。

风衣女人很敏感地往周围看了看。萧静赶紧把墨镜戴上，装出若无其事的样子望着窗外。

韩峰把身子往前探了探："以前我的确喜欢这样自私的你。"

"你的意思是现在不是了？"风衣女人说完后又补充说，"是不是现在心中有了其他女人？"风衣女人用眼神示意不远处的萧静。她觉得这个戴墨镜的漂亮女人有点可疑。

"这个并不重要，即便我心中没有其他女人，我也不会这样做。离婚后我也想了很多，我们的确不是同路人。也可以这样说，我一个草根出身的农民企业家确实配不上你这样一个大家闺秀。"

"我听你这话怎么有点像损我。"

"怎么会？我说的都是实情。"

"看来我们还真没有缘分。"风衣女人拎包有要走的意思。

韩峰撇了撇嘴，那意思是没办法。

"行了，看来我们也没有再谈下去的必要了。"风衣女人这时站起来，眼圈有些红了。

"祝你生活得幸福。"风衣女人在十年前离开韩峰的时候，最后说的也是这句话，只不过在十年后重新又说时变得有些伤感。

"你也是。"韩峰轻轻地说道。

风衣女人走后，萧静坐了过来："她就是你的前妻吧。"韩峰没有回答萧静的问题，而是示意她往外看。

透过明净的落地窗玻璃，萧静清楚地看到，茶楼下一辆红色轿车里钻出一个黄头发、蓝眼睛的男人，他很亲热地把风衣女人拥进了车内。

"看，之前她还对我说她讨厌外国人。看来我们的确不适合做夫妻。"

萧静根本没有心思听韩峰讲他的婚史，她只想问：为啥要带我一块来呢？但韩峰一句"走吧，我们回家"打乱了她酝酿已久的计划。

其实韩峰心里也在想：自己为啥要带萧静来呢？自己的目的何在？难道是要向前妻炫耀？

14

舒艳丽有过两次刻骨铭心的失败。第一次是在情感上输给了前夫，第二次在她意料之外的，那就是在工作上输给了萧静。

半年一次的学生对老师的评价结果出来了，萧静远远胜于舒艳丽。

舒艳丽怎么想不到，有着多年教学经验的自己竟然会输给一个工作没多少年的黄毛丫头。

离婚后的舒艳丽本来就有着自卑心理，这样一来门都不愿意出了。

每次走进校园，舒艳丽总感到身后有人对她指指点点。舒艳丽认为，这一切都是萧静造成的。

我不如萧静，我为什么不如萧静，我怎么会不如萧静?! 这样的问题，舒艳丽常常问自己。

其实，萧静一来学校，她就感觉不对劲，感觉萧静要和她争什么东西。

看来该发生的终究还是要发生。

如果输给其他人也就罢了，但输给萧静她不甘心。

评价结果出来后，舒艳丽第一次喝醉了。

醉酒之后的舒艳丽，哭一阵笑一阵，大声朗诵她最喜欢的话剧《玩偶之家》中娜拉的一段台词："不管法律是不是这样，我现在把你对我的义务全部解除，我不受你的约束，你也不受我的约束，双方都有绝对的自由，拿去，这是你的戒指，把我的也还给我。"

"我不受你的约束，不会输给你，把我应该得到的还给我!"

舒艳丽感到头重脚轻，像是踩到云彩上，还伴随着一阵恶心。她晃晃悠悠，还没走到卫生间就吐了一地。

其实，萧静也知道很难与舒艳丽相处。虽然她们在同一个办公室，并且任教同样的科目，但她们之间很少说话。

萧静感觉舒艳丽好像总以为自己做了对不起她的事，动不动就因为一点小事与自己争吵。

一次舒艳丽的备课本不见了，她问萧静。萧静确实没看见，当然回答不知道。

但舒艳丽接下来的话很是让萧静受伤："这就怪了！我们两个人一个办公室，怎么会不见了？真见鬼。"

"你这是什么意思？"萧静望着正在摔摔打打的舒艳丽。

舒艳丽话里有话，"我能有什么意思，反正我觉得有人做了对不起我的事。"

"艳丽姐，我们就不能好好相处吗，为什么非得把关系搞得那么僵呢？"

"和你？算了吧！我命薄，承担不起。"舒艳丽说完走出了办公室。

舒艳丽那句"有人做了对不起我的事"很有意味，萧静怎么会做对不起舒艳丽的事呢？事实是舒艳丽做了一件很对不起萧静，甚至是让人无法原谅的事。

五个月以后的"合同门"事件充分证明了这一点。

15

冬天的第一场降温，韩峰就遇到了令他哭笑不得的事。

那天早晨，叫醒韩峰的不是萧静而是清晨的太阳。头天晚上，萧静去了医院照顾父亲。

韩峰的早餐是在一个小早点摊上吃的。

事情就从这个小早点摊开始。

当韩峰吃完碗里的馄饨起身正要离开的时候，突然听到"砰"的一声巨响，紧接着就听到早点摊老板痛苦的喊叫声。

吃饭的人都吓坏了，韩峰连忙跑到了小早点摊老板跟前。

原来，爆炸事故的祸首是火炉旁一只不起眼的燃气打火机。

望着捂着脸鲜血直流的早点摊老板，韩峰急忙上前挽起说：

"快跟我去医院。"下一秒韩峰那辆宾利箭一样冲向附近一家医院。

经过一番救治，医生终于很欣慰地对韩峰说："幸亏送来得早，不然双目就可能失明。"韩峰听后终于松了一口气，可转念一想：这和我有什么关系，我又不是他的家属。

但接下来韩峰所说"其实我和他没什么关系"的话，让医生产生了误解，"怎么，治好了就想赖账啊？这种把病人治好而家属不交费的事我们见得多了。"

"同志，先把医疗费交一下吧。"医生望着韩峰很警惕地说。

结果，韩峰是在医生的监视下来到交费室的。

然而交费时出了问题，韩峰的钱包落在了家里，口袋里只有一沓美元。

旁边的医生见状连忙说："要不我拿着去银行……"还没说完，韩峰不干了，今天是怎么了，本来自己是做好事，怎么反而被人当成无赖了呢！想到这里，韩峰掏出手机说："没那个必要，我马上叫人送钱过来。"韩峰第一时间想到了萧静，如果让其他人送来指不定又要闹出什么乌龙。

萧静在电话里听说韩峰在医院，吓了一大跳，当她心急火燎地赶到医院一问缘由，才长出了一口气。

看着仍然愤愤不平的韩峰，萧静安慰他道："好了，不就是做了一件好事被人误会了，这又不是什么大事，再说出门怎么丢三落四的，连钱包也忘了带。你呀，是该找人管管了。"韩峰对萧静后面的一句话很感兴趣。

找个人管管自己，这个人是谁呢？他心里十分清楚。

16

转眼间，离春节只有一个星期了。在征得萧静的同意后，韩峰决定带萧静回一趟老家。

世界真是太小了。第一次到韩峰老家，从一进大门，萧静就对院子里的布置有一种似曾相识的感觉：三间正堂屋，两间东屋，西北是厨房，西南角是农村老式厕所，院子里还有一棵大槐树。其实她的老家也是这样的布置，几乎一模一样。

萧静走到大槐树前仰起头望了望，摸着大槐树自言自语："像是回到了家。"站在萧静身后的韩峰，不知道是没有听清还是没听明白，问："你说什么？"听到韩峰的声音，萧静一下回过神，"噢，没什么，我是说这棵大槐树大概在你很小的时候就种下了吧。""可不，小时候我顽皮，经常爬树玩呢。"韩峰感慨地说。

萧静听后，回头冲韩峰微微一笑。

对于萧静，韩峰的母亲是十二分的满意。见面之后拉着萧静的手，笑得合不住嘴，以至于萧静不好意思地低下了头。

之后，韩母又翻箱倒柜地找出一枚玉锁，"这枚玉锁是韩峰的奶奶在我嫁过来时送给我的。韩峰奶奶交给我的时候就告诉我，戴上它就能锁住男人的心，并且还能生一个大胖小子。嫁到韩家后，这枚玉锁从没离开过我。别说，它还真灵，韩峰他爸一直对我很好，从没让我受过委屈，结婚第二年就有了韩峰这个小兔崽子。""妈，您说的什么呀，这都是迷信。"韩峰在一旁说。

母亲一听不乐意了，把韩峰拉到一边，压低声音说："什么迷信，当初你结婚的时候，我就把玉锁交给你让你前妻戴上，可你就是不听，说什么这都是过时的东西了，最后硬是买钻石戒指，结果怎么样，还不是离了。"接着韩峰的母亲十分坚定地说，"这回说什么也得听我的，我可不管它迷信不迷信！"说完拿着玉锁对萧静说："来，萧静，让我给你戴上。"萧静连忙推辞："这么贵重的东西我不能要。""什么贵重，早晚还不都是你的。"韩峰的母亲说。

"我真的不能要。"萧静又一次说。

"你再这样，我要生气了。"

"我……"萧静望了望韩峰，那种眼神分明是在征求他的意见。

"萧静，我妈让你戴你就戴上吧。"韩峰说。

这下萧静才没有再推脱。

戴玉锁的时候，萧静无意之中触碰到了韩母那粗糙、开裂的手。

萧静有些心疼地说："您为啥不到城里住呢，韩峰那里的条件多好啊。"韩母像是在开玩笑："我这是和韩峰赌气呢，啥时候我能有了孙子抱，我才肯搬过去。"萧静听后有些不好意思。

其实，那个春节韩峰并没有在老家过，韩母也没有和他一块到省城过年。

返回省城的时候，韩母一直把他和萧静送到村路口。

尽管萧静口口声声地劝"天冷回去吧"，可韩母执意不肯，非得看着他们离开。

车开动后，韩母不停地向他们挥手，而坐在副驾的萧静也降下车窗不停地挥手。

"回去吧"萧静发自内心地呼喊，胸前的玉锁在车的颠簸中来回晃动着……

17

春节过后的一天早晨，萧静像往常一样做好了早饭。

韩峰下楼后很亲切地说："今天有课吗？如果课紧就先吃吧，不用等我。""还早着呢，不着急。"萧静很礼貌地回答。

韩峰洗完脸刷完牙坐到餐桌前突然问："萧静，你看我能学写字吗？""什么？"萧静好像没有明白。

"我是说我现在想把自己的字练练。"韩峰补充道。

萧静笑了:"还没睡醒吗?怎么突然冒出这种想法?"

"唉,签字时自己都觉得有点丢人……再说在新的一年里我也想学点东西。"韩峰说完端起豆浆喝了一口。

萧静听后又笑了:"很好啊,看来你还是个很有上进心的老板。"听到萧静夸奖自己,韩峰一下精神了:"真的!"随即又问,"那像我这样的年纪还能练好字吗?""当然能了,再说这和年龄又有什么关系呢?更何况你并不算老,看上去很年轻很帅气。"萧静突然觉得,像最后这种心里话是不应该轻易说出口的,所以急忙低下头假装喝果汁。

韩峰笑了,他用玩笑的口吻说:"萧静,既然我还有这么多优点,那你干脆嫁给我算了。"

萧静口中的果汁差一点喷出来,"……不……这……这怎么能行……"

"嫌我的年龄大?"韩峰问。

萧静连忙说道:"不是……不是这样……"

"那你是嫌我没文化吗?"韩峰又问。

"我没那个意思。"萧静有点急。

"这也不是,那也不是,那到底是什么原因呢?"韩峰继续追问。

萧静这时非常想站起来走,但又觉得不太礼貌,于是支支吾吾地说:"……时间不早了,我该去上课了……"

"噢,这样,那去吧。"韩峰沉思了一下说。

韩峰说完好像想起了一点什么又说:"那我练字的事……"

萧静脸红红的,"我先给你找本字帖,你练习一段,有需要我指导的时候,我会尽力帮你。"

"行,那你去上课吧。"就在萧静转身要走的时候,韩峰突然喊"萧静"。

萧静立刻停了下来："还有什么事吗？"

"是这样，我们相处了这么长时间，能让我抱你一下吗？"韩峰说完自己也吓了一大跳，怎么突然冒出这种想法，自己不是说过和人家保持那种纯洁关系，看来自己的确是……

萧静听后半天没回过神。

别墅里一下子变得非常安静，时间仿佛凝固了下来。

18

韩峰每天晚上回到家里要练习半个小时的钢笔字，练习的时间是晚上九点至九点半。

这个时间段是萧静替他安排的，韩峰也很乐意地接受了。

韩峰的字进步很慢，所以只要写出几个自认为不错的字就会大呼小叫："萧静，快下来！"从楼上卧室走到楼下客厅的萧静往往带着一丝不满，把语调拉得很长："什么事啊，我的韩大老板。"

"快看看我这几个字写得怎么样？"韩峰像个小学生似的把练习本交给萧静。

"马马虎虎吧。"萧静往往这样回答。

更有意思的是，一天晚上萧静正在楼上备课，突然听到韩峰"哎呀"一声尖叫。

萧静还以为出了什么事，放下笔就往楼下跑。

韩峰拿着练习本指着上面的字说："你看看，我写的这'萧静'两个字多秀气，还真有点像你呢！"

萧静往韩峰身上捶了两拳："你吓死我了，我还以为出了什么事呢。"

接着萧静拿过练习本看了一下说："像什么呀，我长得有那么丑吗？""那当然喽，不然怎么会嫁不出去？"韩峰刚说完，萧静就追着他要打。

当然，玩笑归玩笑，萧静也有认真的时候。

一次她在韩峰身后看着他练字，看了一会儿径直走到鱼缸前，很久才说："阿峰，你曾说这鱼缸里的'龙吐珠'鱼在这座城市能换一套三室一厅的住房，它真有那么贵吗？""可不，它可是从香港空运过来的，当时人家还舍不得卖。三室一厅，我还不一定换呢！"萧静听后带着满脸惋惜的表情："这么贵的鱼你也敢买？"韩峰听后满不在乎地说："没办法，我这个人就这样。"接着叹了一口气："再说也没有人管我呀，你倒是想得周密，可你又不肯嫁给我。"萧静听后转过身："钢笔字都练不好，还想这想那的……不过说真的阿峰，以后花钱可不能这样大手大脚。"萧静接着走到钢琴前："就说这架钢琴吧，十五万元，可自从我搬进来，就没见你弹过，还有你那款什么钻石表……我不管你怎样对待生活，可我认为我们活着是为了自己，不是活给别人看的……"韩峰放下手中的钢笔，静静地望着萧静："哎我说，今天是怎么了，怎么教育起我来了，钱又不是偷来的，我花自己挣的钱，难道还有什么错吗？""没错，钱是你自己的，你想怎么花就怎么花吧，没人管你！"说完，萧静头也不回地上了楼。

望着萧静的背影，韩峰笑了，不光是因为看到萧静生气的样子，他还想了母亲说过的一句话："阿峰，咱就是有了钱也不能乱花。你呀，赶紧找个会过日子的女人管着最好！"这个女人不就在眼前吗？

19

韩峰觉得自己对萧静了解不少了，一个农村走出来的女生为了给父亲安装假肢竟然付出自己所有的一切，这需要多么大的勇气！如此善良单纯的女孩，平时只有在电视剧中才能看到。

像萧静这样的女孩不正是自己梦想中的妻子吗？当然，这只是他的一厢情愿。他知道，尽管自己资产不少，但萧静这样的女孩能不能看上自己还是个未知数。其实，他也试探性地问过萧静，她心中的他什么样，但萧静却诡秘一笑说："这可是个秘密，怎么能随便告诉他人呢！"不过有一点韩峰确定，那就是萧静至今没有男朋友，也可以这样说，他们相处的这段日子很可能就是萧静的"初恋"。

20

舒艳丽是在做了非常周密的计划后才约萧静谈话的。

如果舒艳丽能在学校和萧静进行一次正常的谈话，那简直是个奇迹，学校里谁都知道她们之间的关系非常僵。

从萧静当上年级主任那一天起，舒艳丽就把她视为眼中钉。

客观地说，舒艳丽是嫉妒心特强的人，这可能与她的感情经历有关。离婚后，舒艳丽就发誓一定要事业有成。

本来舒艳丽的业务能力并不差，如果没有萧静的话，舒艳丽几乎没有竞争对手，从学校里前不久列出的教导主任候选名单就可以看出来。学校经过再三研究，教导主任候选人只确定了萧静和舒艳丽两个。

舒艳丽约萧静谈话的地点是离学校很远的一家酒吧。开始萧静很惊讶，因为她从来没想到过舒艳丽会主动约她。

酒吧气氛很好，轻轻回荡着舒缓的钢琴曲。

"我想让你放弃这次竞选。"舒艳丽先发话了，并且非常直接。

萧静一时还没有明白过来。

"你放心，我会对你做出一定的经济补偿。"舒艳丽说完从挎包里掏出一沓人民币放在了萧静面前。

"你这是什么意思？"萧静不解地望着舒艳丽问。

"很简单，这个位置对我很重要，你必须退出。"舒艳丽说完，萧静起身就要走。

"怎么，你也不怕你的那些事被学校知道？"舒艳丽端起一杯红酒轻轻地摇晃着，"如果学校知道一名人民教师被一个大款包养着的话，后果会怎么样呢？"舒艳丽说完抿了一口红酒。

萧静转过身，愣了片刻，镇静了一下说道："我们之间什么都没发生，是清白的。"舒艳丽冷笑了一声："清白？谁能证明，你吃在那里，住在那里，我看和他早已假戏真做了吧，不然就不正常了。"

"……你，无耻！"萧静紧紧地抓住红酒杯。

"怎么，还想像电视剧中那样泼我一脸？"

萧静根本没有理会舒艳丽，而是从椅子上拿起外套就走。走出几步又转过身说："不错，我吃在那里，住在那里，这又怎么了？我喜欢他，我爱他，我要嫁给他。"

舒艳丽气得一下站起来，望着萧静远去的背影，从挎包里掏出两份复印件冷冷地自言自语："是你这样逼我的，你可不要后悔！"

那两份复印件是韩峰与萧静签的合同的复印件。

舒艳丽之所以能得到合同复印件，完全是因为萧静的粗心。一次萧静竟然把那份合同和讲义放在一起拿到了办公室。

舒艳丽是偶然间看到的，并且偷偷复印了两份。

这份合同是否具有法律效力另当别论，但对萧静却能产生非常不利的影响。

一名女教师被一个大款租借一年，租金高达十五万元，任谁看来，这不是赤裸裸的皮肉交易吗？你萧静可以说我们之间什么都没有发生，是清白的，但在别人眼里是典型的此地无银三百两，有谁会相信呢！

舒艳丽在与萧静谈话的第二天，把那两份合同复印件和两封没有署名的检举信通过邮局分别寄到了学校和教育局……

21

当清晨第一缕阳光照在韩峰身上的时候，萧静已经开始准备早餐了。

萧静在厨房里熬好了八宝粥，这是韩峰最喜欢喝的。

本来韩峰早餐喜欢吃油条，但萧静说油炸的食品不能吃得太多，为此，两人还像小夫妻似的争执了一番。

韩峰早餐不喜欢吃包子，所以萧静专门把昨天买好的馒头用微波炉加热了一下，并且还特地为他炒了一盘青菜。

四个笨鸡蛋已经快煮好了，这是从韩峰老家拿来的。春节前韩峰带萧静回老家，返回省城的时候，韩母硬是让他们带上一篮子笨鸡蛋。

有意思的是，韩峰和萧静都喜欢吃这种笨鸡蛋。

韩峰懒洋洋地起床后，还没来得及洗脸刷牙，就听见电话铃响。

谁这么早打来电话？他有些起床气，"喂！"但马上就把语气缓了下来，"妈，这么早打来电话有什么事吗？""还能有什么事！就是想问一下你和萧静的事。""我和萧静的事，我和她什么事？"韩峰脑子有点迷糊。

电话那边有些生气："就是和萧静什么时候结婚，你这个小兔崽子，还装傻。"这时，萧静把煮好的鸡蛋捞了出来，走到韩峰卧室门外刚想喊一声"懒虫，快起床"，但卧室里传来"妈，我和萧静结婚的事还得往后拖一拖"的话语让萧静刚到嘴边的话又咽了下去。

萧静在韩峰的卧室门外像雕塑一般地站着。

"拖什么拖，萧静是多么好的女孩啊，再拖就让人抢跑了，拖拖拖，你想把我气死啊？""妈，我还不知道人家对我到底……""你傻呀，人家不喜欢你能跟你回老家吗？再说人家妈都叫了，还想让人家怎么样？小兔崽子，在这方面还不如我这个老太婆。""行了妈，您别生气，这件事我抓紧办。""不是抓紧，是马上，我可告诉你，明年这个时候我抱不上孙子，你不要回来见我。"电话声音很大，卧室门外的萧静听到了全部的对话，脸早就红了。

萧静刚听到"妈，就这样吧，我挂了"，韩峰就拉开了卧室门。

看到萧静站在门口，韩峰很惊讶，萧静连忙掩饰，"噢，早餐准备好了，赶快过来吃吧。"然后头也不回地逃走了。

22

情人节那天，韩峰决定向萧静表白。

其实萧静根本就没有意识到那天是情人节，下午讲完最后一堂课，她像往常一样回到了别墅。

通过和韩峰的相处，萧静发现，无论工作多忙，韩峰都会在晚上八点半左右回家，但今天令她感到意外，客厅内那座一人多高的老式座钟敲响十点的钟声后，韩峰还是没有回来。

终于，在那座老式座钟敲响十一点的钟声后，门外响起了她等待已久的车声。

萧静推开大门的时候，韩峰正好走到门口，隔着门槛，韩峰停下脚步，萧静能明显感到韩峰与平时有异。突然间，韩峰抬起手，从西服口袋里摸出一个做工精致的红色心形小盒，打开，说："萧静，嫁给我吧。"

"我喜欢你，我知道，你多少也有点喜欢我。其实从知道你为了给父亲安装假肢而做出违背自己意愿的事情起，我就喜欢上了你。我和你有着相同点，我父亲去世后是母亲一人辛辛苦苦把我养大的，我深深理解你的感受和行为。"

韩峰环顾了一下四周接着说："我心里也清楚，虽然我有几个臭钱，我文化水平有限，知识分子恐怕看不上我这样一个草根企业家。所以，从喜欢上你后，我就努力想改变这一状况。我练字，目的无非就是想缩小我们之间的差距……"

萧静低着头没说话。

"萧静，嫁给我吧。"韩峰又一次说道。

随后韩峰说了平生最浪漫的话："萧静，之前你曾问我怎么理解爱情，现在我就告诉你，我的爱情就是找一个彼此忠诚又可依托的人做终身伴侣，那就是你。"

"你的钢笔字练得怎么样了？"萧静突然换了一个话题。

韩峰愣了："钢笔字？"

"还是等你练好钢笔字再说吧。"萧静说完就上了楼。

怎么扯到钢笔字上了？韩峰还以为自己听错了，但他很快想起萧静说过的"钢笔字偶读练不好，还想这想那……"，同时也从"还是等你练好钢笔字再说吧"中明白了里面隐藏着的其实正是他所希望得到的答案。

韩峰压抑不住心中的狂喜，大声地吼了一句韩国电视剧《我叫金三顺》中的经典台词："爱情似乎涌上我的喉咙，因为我早已听到了它悦耳的声音。"

23

萧静最近总是有一种不祥的预感，这种感觉源于与舒艳丽那次谈话。

萧静自问：自己是不是怕和韩峰的事情暴露？如果暴露，不但在工作上会遇到麻烦，而且她和韩峰的关系也有可能到此为止。

其实萧静并不太担心工作上的事情。

真正困扰她的，是为什么有了这种不祥的预感后变得多愁善感，动不动就问自己：自己到底喜欢不喜欢韩峰？为什么喜欢？如果喜欢，会不会冲破压力嫁给他？

星期一早晨，萧静起得特别早，这让韩峰有些意外。

让韩峰想不到的事情还在后头。

韩峰吃完饭正准备上班时，萧静突然叫住了她："阿峰，今天送我去学校好吗？"

以往，萧静是从来不让韩峰送她去学校的，韩峰第一次去学校接她回家，她生气了好几天。

韩峰愣了一下后开玩笑地说："是不是嫌公交车慢？"

"不是，我是想让你挤公交车送我去学校。"萧静的语气十分坚定。

韩峰更意外了，在他还来不及进一步思考时，萧静轻轻地说："是不是不愿意送我去……"

"愿意，愿意。"韩峰连忙说道，其实这正他梦寐以求的啊。

只是公交车上实在太挤了，别说座位，连站的位置都快没有了。

为了不使萧静受到其他乘客的碰撞，韩峰用两只手臂紧紧抓住车内扶手把萧静围在怀中。

这个举动让萧静十分感动，看着韩峰的手臂不断受到车内乘客的碰撞，萧静眼圈一红低下了头。

虽然天还比较冷，但装有空调的公交车内的温度却不低，加上拥挤，行驶了不到十分钟，韩峰的额头上已经挂满了汗珠。

韩峰想腾出一只手擦擦汗，但又怕腾出手后萧静会受到碰撞，因此，韩峰闭上眼摇摇头，想把汗滴甩下去。

他刚闭眼，就感到萧静用手帕在他额头上轻轻地擦拭着。以至于旁边一对恋爱中的青年男女发出一声唏嘘："哇，太温馨了。"

韩峰则深情地望着萧静说："没事，我不热。"

韩峰的眼神让萧静心跳加速。

如果说，之前她还不确定那种不祥的预感具体是什么的话，那么现在她可以肯定：她怕和韩峰的事情暴露而失去他。

萧静伸出手，紧紧地抓住韩峰的衣襟，生怕他会像天上的一片云，随风一飘就消失在自己的眼前……

24

萧静和韩峰的事最终还是让校领导知道了。生活中很多事就是这样，你越是不想让别人知道的、极力掩盖的，越是会很快地暴露。

校方做出了最严肃的处理，他们不能容忍自己学校里的女教师有违师德，那将对学校产生非常大的不良影响，这样的教师以后还怎样为人师表？！

其实萧静早就做了最坏的打算，她知道这样的事一旦暴露，自己"必死无疑"。

尽管校方做出的是停职察看的处分，但萧静还是决定辞职，她觉得这个时候，停职和辞职已经画上等号了。

萧静打算回家乡任教。在城里打拼了这么多年，所有的一切都将化为云烟，但这个时候名利已经不那么重要了。

当然，她和韩峰的关系也到此为止。按照双方当初的规定，萧静需要返还韩峰七万多元，因为她和韩峰仅仅相处了半年。

萧静写了封信放在韩峰别墅的茶几上，并且用《金刚》光碟压在了上面，那是她最喜爱的一部电影。

信的内容并没有写她辞职返乡的事，只是说自己没有尽到当初约定的义务，七万多元她会尽早还清。

随后萧静把父亲从租住的一套二居室接了出来。她告诉父亲，学校派自己到家乡任教一段时间，现在国家不是号召有志青年到西部吗，自己也应该响应国家的号召。

这是萧静第一次对父亲撒谎。萧父则认为自己的女儿到哪里都优秀，他尊重女儿的选择。

踏上回归家乡的列车后，萧静尽管在父亲面前保持平静，然而当车厢传出王菲那首伤感的《棋子》时，萧静觉得自己多么像歌曲中唱的那样：我像是一颗棋子，来去全不由自己，我没有坚强的防备，也没有后路可以退……望着车窗外这座让她爱恋又心痛的城市，萧静的泪水悄悄滑落。

韩峰回到别墅就发现情况不对，别墅内空荡荡的，静悄悄的。他环顾了一下四周，最后把目光落在了茶几上《金刚》光碟下面的那封信上。

看完信，韩峰发疯似的跑出别墅，但很快又跑了回来，接着他又跑出别墅外发动了汽车，但很快又熄火下了车。因为他不知道该到哪里去找，只是拿着那封信不停地自语：萧静，萧静……

25

其实，离开省城的前一天，萧静除了给韩峰写了一封信以外，还写了另一封信，是写给舒艳丽的信。

尽管舒艳丽和萧静的关系闹得很僵，但在某些事情上也有过相互帮助。

比如教师节的第二天，萧静进办公室刚坐下，舒艳丽就从包里拿出一款飞亚达女式手表放在了萧静桌上："放假前学校发的纪念品。"

"谢……"萧静刚开口，舒艳丽拿起包就离开了办公室。

尽管没有礼貌，但望着舒艳丽的背影，萧静反而还有一丝感激：是啊，自己走得急没有领取，同事帮你领理应感谢，换句话说，即便舒艳丽不帮你领，你又能怎么样呢？

看来还是应了古人那句话：人非草木，孰能无情，她们毕竟是一个办公室里的同事。

从某种意义说，萧静还是很同情舒艳丽的。

想想看，一个离婚的女人，又带着一个刚刚两岁的孩子，生活是多么不容易。所以在学校发放年货时，萧静很自觉地帮着舒艳丽把一袋大米抬到了她自行车的后架上。

尽管舒艳丽走时冷冷地扔给她一句"谢了"，但萧静却没有一点怨言，她帮助别人从来不需要回报。

可萧静不知道，其实她这起"合同门"事件是舒艳丽一手策划的。

萧静写给舒艳丽的信内容非常简单，但舒艳丽永远也不可能理解其中的真正含义：

艳丽，我走了。

原谅我这几年和你争名夺利。说真的，我从心底里并不想这样做，但我别无选择。请你相信，我这样做真的不是为了我自己。

你们作为城里人，可能从电视或媒体中了解到贫困地区的生活状况，但却体会不到现实生活中，贫穷是多么残酷，它不但折磨着人的肉体，而且还消磨着人的精神。

如今，又有几个人能真正做到贫贱不能移呢？

几年来，尽管我们在一个办公室办公，但却不能成为好朋友，人这一辈子最痛苦的事莫过于有缘无分，有情无缘，我想大概就是这个原因吧。

信的末尾没有署名也没有写日期，只写了四个字：祝你幸福。

舒艳丽的确不能理解其中的含义，特别是萧静那句"我这样做真的不是为了我自己"。舒艳丽认为这简直是在作秀：你萧静这几年拼命地争先进、争职称，不是为了自己，难道是为了别人？

而"现实生活中的贫穷是多么残酷"，舒艳丽倒是能马马虎虎地多少了解一点。

确实，来自农村的萧静，家庭条件不好，所以生活得一直很简朴。不过在舒艳丽看来，你萧静把这些写给我舒艳丽是什么意思，这和我有什么关系？

当萧静写完这封信放到舒艳丽办公桌上的时候，窗外纷纷扬扬地下起了鹅毛大雪。

据说那场雪是本市几年来下得最大、持续时间最长的一场雪。

萧静放下信走到窗前的时候，整个校园已被笼罩在大雪之中，多么迷人的校园啊！

此时，她想起了一则伊索寓言中的一段话：上帝扬起洁白的雪花，覆盖了人们用一年的时间在大地上绘就的图画。

而这幅画就像她和韩峰的关系，在太阳出来后又能持续多久呢？

25

回到家乡后，萧静除了担任镇中学的代课教师外，还利用业余时间在镇中心最繁华的一条街上卖煎饼果子。她把卖煎饼挣的钱加上自己的一部分工资一起寄给了韩峰，她说过要还清那七万多元，她说到做到。

在寄去第一笔汇款的时候，韩峰就知道了事情的来龙去脉，他再也坐不住了，拿着汇款单终于找到了萧静。

看到萧静的时候，她正往香喷喷的煎饼上打鸡蛋。

萧静打完鸡蛋，抬头便看到熟悉得令人心疼的面孔。

双方对视了相当一段时间都没说话。

"过得好吗？"韩峰终于先开口了，可刚一说完他就觉得自己的话多余：什么叫过得好吗，过得好的话还用摆地摊吗？

萧静没回答，只是轻轻地捋了一下额前的一丝秀发。

"父亲的腿还可以吧？"韩峰又问。

萧静点点头。

"都是我的错。"

"这不怪你，不是你的错。"萧静在围裙上擦了擦手说。

"那七万多元不用还了，我们之间何必算得那么清呢。"韩峰从口袋里掏出那张汇款单。

"这怎么能行，我说过还就一定还，我不能平白无故地要你的钱。"

"萧静，这是何苦呢？"韩峰哽咽地说。

萧静眼圈也红了："韩老板，您就别再逼我了……"

韩峰突然一下子把汇款单撕得粉碎，在萧静还没反应过来时，他已经紧紧地抱住了她："萧静，何必呢？别再为难自己了，你难道想让我痛苦一辈子吗？"

萧静的眼泪夺眶而出："……阿峰……"

尾 声

故事写完了，却不是结局。韩峰和萧静的爱情，开局也许荒诞，发展却顺理成章，至于结局，我希望他们会对彼此说"依然是你"！

醒 悟

这是惠恩有史以来和母亲争吵得最激烈的一次。

大专毕业后，惠恩的工作一直没有得到解决，她心里清楚，在当今竞争如此激烈的社会，一个普通的大专生找一份合适的工作很难。

看到同学一个个的工作都落实了，惠恩开始埋怨自己的母亲，为什么别人的母亲都那么伟大、都那么有本事，而自己的母亲却是一个拾废品的呢？

争吵到最后，惠恩的一句"既然你不爱我又对我不负责任，为什么还要把我从路边捡回来！"，深深地刺痛了她母亲的心。

被惠恩气得浑身哆嗦的母亲再也忍受不住，指着她骂道："滚出去，永远不要回来！"

走到大街上，惠恩有种再次被人遗弃的感觉，觉得自己从小就没有享受过母爱。

是的，正因为自己不是亲生的，所以母亲根本不爱她；正因为自己不是亲生的，所以自己从小就受到别的小朋友的欺负，受到别人的歧视。

白日喧闹的大街到了晚上冷冷清清的。转悠了很久，惠恩感到浑身发冷，饥饿感也随之而来。她双手不停地搓来搓去，望着散发着香味的小吃摊。她慢慢地把手伸入口袋，才知道自己身上根本没有带钱。

扑鼻而来的香味不时地折磨着她，惠恩实在不能再往前挪一步，终于停在了一个卖馄饨的老大妈的摊子前。

"姑娘，吃馄饨吗？"老大妈望着紧抱双臂的惠恩问。她看了看老大妈，咽了一下口水吞吞吐吐地说："……不……我忘了……带钱……"说完，转身要走。

老大妈叫住了她："姑娘，别走，没带钱不要紧，先吃一碗吧。"

冻得浑身发抖的惠恩被感动得差一点落泪，不住地向老大妈鞠躬说谢谢。

一碗热气腾腾的馄饨不一会儿就做好了，望着狼吞虎咽的惠恩，老大妈微笑着问她，为什么这么晚了还出来，而且还穿得这么单薄。

这一问不要紧，惠恩的眼泪唰地流了出来。她把自己和母亲吵架的事说了一遍。老大妈听后，很温和地抚了一下她额前的秀发说："吃完馄饨就回去吧，回去道个歉，说不定你母亲在家正着急地等你呢！"

"不，她根本不爱我，我不是她的亲生女儿，我是被她从路边捡来的。哪像您，和我素不相识却对我这样好。"惠恩边吃馄饨边说道。

"傻孩子，你怎么能这样说呢！我只是让你吃了一碗馄饨，你就认为我对你好，她不是你的亲生母亲，给你做了半辈子的饭，你说她到底爱你不爱你呢？"惠恩听后，停下了筷子。是啊，母亲虽然不是自己的亲生母亲，但辛辛苦苦把自己养了这么大，又何尝有半句怨言？为了供自己上学，母亲每天起早贪黑地在大街上拾废品，每一分钱挣得都不容易。

她想起有一次寒假后开学，回到学校她才发现学生证忘在了家里，正当自己着急的时候，母亲拿着学生证大老远从家里赶到学校。惠恩还记得那次是门卫把她叫到收发室并把学生证交给她的，母亲为什么不直接把学生证送到宿舍？那分明是因为母亲怕自己是个拾废品的给女儿丢脸。

可她又是怎样对待母亲的呢？因为母亲是个拾废品的，所以自己看不起母亲，因为不是自己的亲生母亲，所以自己每次回到家里都只说"我回来了"，很少好好叫声妈。

她还想起，每到自己的生日，母亲都会做一碗红烧肉，而母亲自己却从不肯吃一口。母亲常常说她自己不喜欢吃，其实那分明是母亲舍不得吃。

在这个时候，惠恩才感到，她们母女俩相依为命，正是因为母亲太爱自己，所以才不把这种爱表现出来而是埋藏在心里。自己不但不理解母亲，反而还埋怨母亲没本事，说一些伤害母亲的话。

想到这里，惠恩突然感到自己好像被一种说不出的东西猛烈地追赶着，无处可逃。她再也吃不下剩下的半碗馄饨，向老大妈说了声"谢谢"，起身就跑。她要回家，她要向母亲道歉，她要亲切地喊一声"妈妈"……

夜已经深了，寂静清凉的夜此时像个沉睡中的婴儿悄无声息。迷人的月色洒满肩头，像是一匹上好的绸缎，好像伸出手去就能握住一把月光……

真的爱你

她感到他现在越来越不爱她了，至少没有原来那样爱得深。

回到家吃过饭，他总是只有一句"今天上班累坏了"，然后就懒洋洋地躺在床上。

每当这个时候，她总是生气地对他说："你很久没有好好陪陪我了，哪怕是陪我看一集电视剧。真的，我发现你不像原来那么爱我了。"

而他总是嘿嘿一笑："都老夫老妻了，什么爱不爱的，听起来就肉麻。"

她生气，把脸扭到一边不理他。电视屏幕上是热播的电视剧《芈月传》，但她却没有一点心思看下去。

冬至那天她在公司加班，下班的时候天已完全黑了，快到家的时候，在昏暗的路灯下，她发现路边一个熟悉的身影，是他！

"你怎么在这里？"她停下电动车说。

"等你啊。"

"等我？"

"对啊，你不知道，下午这里修暖气管道挖了一个大坑，没有回填，只是设置了一个警示牌，我怕你骑着电动车不安全，所以在这里等你。"

"那你打个电话给我说一声不就行了，这么冷的天……"她有些感动。

"本来我是想打电话的，可总是不放心，所以才决定在这里等你。"

望着冻得直打哆嗦的他，她眼眶有些湿润了。

"你吃过饭了没有？"她关心地问。

"还没有，下了班就在这里等你。"他搓了搓手说道。

她望了望路边的小餐馆，然后说："傻瓜，你就不能先在那个小餐馆吃点饭再等我啊，这么冷的天。"

"你以为我不想啊！我怕我去吃饭的时候，你正好骑到这里。虽然这里有警示牌，可我怕你那电动车灯光暗看不清，这个坑虽然不深，但掉下去可……"

他没有再说下去，而是又一次搓了搓手，然后从她手里接过电动车说："走吧，别问这问那的了，快回家吧。"

她深情地望着他一句话也说不出。

一年之中最冷的一天，她的心却是热的。

最后一次握手

    他已经整整两天没吃东西了，看着路边的面包店、烤肉店……闻着散发出来的诱人的香味，他不停地咽着口水。

    想当初来到这座城市，他雄心勃勃，立志干出一番事业。没想到短短的几个月就花光了身上所有的积蓄，现在一个面包都成了他最大的奢望。

    想了很久，他决定进行一次偷窃。他甚至很可笑地联想到了《疯狂的石头》这部电影，黄渤演得多到位啊，影片中他一边吃着偷来的面包一边奔跑的情景至今记忆犹新。当然，那些都是电影里的情节，他不可能去偷什么面包，他现在需要的是路费。等有了路费他就回老家，他现在终于明白，他不属于这座城市，而这座城市也不想要他。

    想着容易做起来难啊，到哪里偷窃呢？大商场里到处是摄像头，街上到处是保安，就连一些不起眼的超市，门口都安着监控。

    他伸手摸了摸口袋，发现竟然还有一枚硬币。他决定去公交车上偷窃，从小到大，他还没做过什么坏事，这是第一次。或许上帝会原谅他，这样想着，等到一辆公交车行驶到他身边的时候，他犹豫了片刻就登了上去。

    从踏上公交车那一刻起，他就四下打量着车厢里的人，最后锁定一个年龄六十岁左右的老者。那个年龄可以做自己的爷爷了吧，即便被抓到，老者或许会怜悯自己，至少不会挨打。这样想着，他朝那个老者走去。

公交车上拥挤得很，好不容易挤到老者身旁，他深深地吸了一口气，把手伸进了那位老者的口袋。他一阵惊喜，摸到了钱包，同时心也咚咚跳个不停。然而就在他收回手的那一刻，老者发现了他，一把握住了他的手。

他心一凉，最怕的事还是发生了。

他眼睛一闭：完了，这辈子就背上小偷的罪名了。这就是命，你不能不信。偷窃这种事就是这样，很多人干了无数次也毫发无损，但有人干一次却彻底完了。老者会怎样对他呢？把他训一顿？把他送到派出所？还是……

老者始终不说一句话，但紧紧地握着他的手。

立春后的天气依然寒冷，但他的汗却流个不停。

漫长的路程对于他是煎熬。

终于，公交车到了终点站。老者还是紧紧地握着他的手，或许是要把他送到公安局，他想。

下了车，老者开口了："你还年轻。"

他愣了，不知道老者到底想要干什么，难道不把他送到公安局？

"希望我们这是最后一次握手。"老者说完松开手转身而去。

望着老者远去的背影，他眼圈竟然红了。

愣愣地站在那里很久，他才想起老者的话：你还年轻。

是啊，我还年轻。想到这里，他攥紧了拳头。

一阵风吹来，这时他感到有些冷，但清醒了很多。他伸手竖起衣领，勇敢地朝前方走去……

生活拾零——诗歌卷

安钢人

在中国，
在安阳。
在河南，
在安钢。

在这方闻名全国的中州大地，
在这座千万吨级的十里钢城。
安钢人，
驾驭着这艘满载希望的航母。

创业初期，
人拉肩扛，
献身献人，
誓为安钢。

远离家乡赴安钢，
一片丹心报安钢！
满腔热血洒安钢！
赤胆忠心为安钢！

经历太多的曲折，

经历太多的跌宕，
经历太多的坎坷，
经历太多的沧桑。

安钢职工的质朴坚强，
铸就安钢六十年的成长。
安钢决策层的呕心沥血，
掌握着安钢正确的航向。

安钢人奋力图强，
年年谱写新篇章。
不断获取河南省文明单位荣誉，
频频赢得冶金产品质量金杯奖。

安钢人从不满足于现状，
向着新的目标，
再创伟业，
再铸辉煌——

全国思想政治工作优秀企业，
全国优秀企业金马奖；
全国五一劳动先进集体；
跻身于世界五百强……

安钢人是一面旗帜，
荣誉如不朽的丰碑镌刻着华章；
他们一丝不苟兢兢业业，
用心血和汗水感动着上苍。

安钢人素质个顶个的优秀，
困难面前敢挑大梁；
安钢人立足诚信，
名贯商海信誉流芳。

安钢人用坚实的脚步创出奇迹，
年赢利二十亿。
造就钢铁行业的楷模！
树立钢铁行业的榜样！

这就是安钢人，
不畏艰险，
拼搏进取，
在挫折面前迎难而上。

这就是安钢人，
自强不息，
百折不挠，
为安钢生产经营保驾护航！

这就是安钢人，
团结一心，
众志成城，
铸就了安钢六十年的辉煌！

这就是安钢人，
谱写的是一曲蓬勃向上的乐章。

这就是安钢人！

为共和国建设奉献着无穷的力量！

安全操作

一只受伤的脚
完全是违章操作的结果
在尖利的割裂声中
随着一声痛苦的喊叫
流淌的鲜血
和紧急停机的机器一起沉默

受伤的感觉
疼痛难忍
还有更多心痛的诉说
骨头断裂的声音
格外清晰
这已经充分说明了后果

受伤的脚是一次教训
在生产中必须安全操作
和机器对抗
是一次灾难
藐视机器
真的是大错特错

违章带来的
仅仅是肉体上的疼痛吗
不
它给家庭带来的伤害更多
安全操作才能平安回家
安全操作才能幸福生活

愤怒的小鸟

屺山附近的一座城市
几年来为一件事很受伤
不知什么时候开始
原本安静卫生的城市
飞来成群成群的小鸟
黑压压地捂在这座城市的胸口上

在这座城市清澈的瞳仁里
在这座城市的中心广场
在这座城市的每一个角落
甚至企业工厂
到处黑压压一片
扑棱扑棱乱哄哄飞翔

其实开始并不多
人们还认为这是创建文明卫生城市的成果
不料后来一夜之间
小鸟遍布大街小巷
这就让人们感到意外
让人们感到极不正常

小鸟起初在市郊老百姓的房屋安下小巢
此后开始伸向市中心
伸向医院学校和工厂
甚至歌厅舞厅和桑拿房
每一处房檐下
都是它们奋勇相争的赛场

城市被小鸟占领
就像冬日的麻雀们
瞬间飞聚在麦秸垛上一样
这的确有些意外
犹如一颗原子弹爆炸
实在超出了人们的想象

原本安静的城市为此失态
还有出了一身冷汗的新任市长
市委常委大会小会
如此泛滥后果难以想象
千般整治方案
然而结果都不理想

开完会的市长回到办公室
推开干净的玻璃窗
望着远处叠嶂的山峰
产生无限的遐想
后来
他终于了解到事情的真相

城市附近的屺山
原本是青山绿水荡漾
小鸟就在山里土生土长
可是后来过度开发
从此寸草不生
小鸟也失去了安下的巢房

给小鸟一个家吧
不要让愤怒的小鸟四处寻觅巢房
其实在这个地球上
人类不是唯一的主人
还有许许多多的生灵和人类一起
共同维系着地球生态平衡和方向

给小鸟一个家吧
不要让小鸟再扇动愤怒的翅膀
绿水青山就是金山银山
我们的家园才能平和安详
人与自然和谐相处
共同谱写快乐的乐章

我爱你，国旗

站在国旗的脚下
目光随国旗缓缓升起
热血沸腾
奏响祖国第一支晨曲

国旗鲜明的纹理起伏
昭示悲壮激昂的过去
无数革命先烈
为国捐献躯体

英雄儿女千千万
篇篇历史可歌可泣
为了祖国繁荣富强
为了鲜艳火红的国旗

短短几十年建设
中国已迅速崛起
五星红旗高高飘扬
永远把中国的尊严高举

祝愿我们伟大的祖国

九百六十万平方公里
明天更加辉煌
未来更加壮丽

缓缓地举起虔诚的右手
庄严地向国旗敬礼
我爱你——
国旗

冬日心情

冬日的雪花
如歌缓缓起飞
旋律似水
潮湿心扉

雪花醉夜
浮现你笑靥的妩媚
如雪轻吟
柔柔羽化渗透骨髓

华年如水
似转经筒一圈圈轮回
绕心半圆
如残月夜夜为你凄美

冬日的萧瑟让人生畏
只有阳台的那盆冬菊
香浓如初
如你饮用过的咖啡

每当想你

思念伴随苦涩的泪水
牵挂你的心情
很苦很累

潮起潮落
鹤栖鹤飞
眺望你的湖面
你为何只是一泓春水

安 钢

风雨历程，
六十余载，
沧桑云天。
望今日安钢，
屹立中州，
安钢产品，
国内领先。
企业稳定，
职工幸福，
环保生产谱新篇。
新安钢，
如钢铁巨龙，
换尽旧颜。

安钢如此巨变，
引无数职工为傲岸。
忆峥嵘岁月，
曲折艰难；
结构创新，
征途漫漫。
产能过剩，

历战硝烟，
皆因职工意志坚。
展未来，
创明日辉煌，
美好灿烂。

刀剑如梦

云歌在万马奔腾中飘荡
王者黄袍灿灿驰骋疆场
战场依稀可见刀光剑影
斧钺挥舞着升腾的血光

在那金戈铁马的岁月
旌旗举起刀上的梦想
将军马嘶秋空的铁骑
扬起滚滚红尘的沙场

披风鼓荡的猎猎红旗
鲜血染红的巍巍山冈
英雄撑起一片无云的蓝天
依然挺起一个民族的脊梁

英雄的眼睛看不见了
他们的胸内还有曙光
英雄的手脚都已没了
他们的腰杆依然倔强

沸腾魅力的血液

荡起史无前例的巨浪
历史丰碑的底座
在白骨与月光下标榜

英雄虽死犹未悔
永久地刻在历史深处的岩层上
风化出岁月底片
如千面赤旗在大风起兮中飘扬

安钢廉政建设（外一首）

改革开放四十年，
安钢总结四个三。
两个维护情切切，
心系职工意绵绵。
四个自信天地宽，
持续推进两个严。
一级做给一级看，
廉政建设大如天。

党员先锋有感

党员干部重勤廉，
尽职奉公献赤胆。
胸怀职工思任重，
四个意识记心间。
洁身自好尘不染，
两袖清风气浩然。
一片丹心报安钢，
不朽丰碑尽诗篇。

和机器相伴

和机器相伴
转眼已很多年
拂去岁月的尘埃
在工作中提炼一种情感

和机器相伴
厂房橘黄的灯光下拾得一份恬然
机器熟悉的运转声
曲调和旋律让我在忙碌中获得空间

和机器相伴
有形或无形的语言常在耳边
夏天冥冥中有丝丝凉风
轻轻飘荡着吹过发端

和机器相伴
所有的情感都凝结成合格产品出现
冬天在鹅毛般的大雪中
油烟随雪花一起慢慢飘散

和机器相伴

夜班没有深夜凌晨的孤独感
当触到它跳动的脉搏
有一种无比的快乐如云舒展

和机器相伴
成熟在厂房中逐渐得到提炼
或许这样的足迹
才能找到可以停靠的驿站……

寄语天涯

一个宁静的夜晚
我在月光下彷徨
伴着花朵般的梦幻
飘升起激情的蓝光

月色凄迷流淌
微风吹过脸庞
遥寻那稀疏的星斗
掬一捧香熟的月光

是星星美好的畅想
晶莹成我青春的向往
堆积在天边的思念
还有风雨中永恒的惆怅

银辉中清凉的思绪
璀璨成我生命的刚强
虔诚地坚守永恒
轻轻抖落曾经的忧伤

月影绰绰依旧

风铃轻轻摇晃
青苍苍千遍匆匆过
繁衍着爱的芬芳

岑寂默默的日子
酿制独醉的清香
静静地全身倾听
激情跳动的心脏

如果天涯有你
泪水如满天星火盈满眼眶
所有思念和爱浸泡的日月
只为等候与你相守的时光……

年味愈浓

走在拥挤热闹的街道
到处是一片富丽妖娆
注视着人群
人人手中肩上的大包小包
蓦然惊觉年味儿气息
已姗姗来到

年味儿看得见
摸得着
是鞭炮硝烟独特的味道
是大年三十的除夕水饺
是游子手中一张返乡的火车票
是一年全家团圆难得的热闹

在儿童看来
年味儿是穿新衣要红包
在青年看来
年味儿是春节放假舒展一下酸疼的腰
在老人看来
年味儿是全家围坐在桌前的欢笑

对于我来说
年味儿是老家年画对联和窗花俏
年味儿是除夕夜和父母唠一唠
年味儿是母亲蒸好的
香喷喷的枣花糕
年味儿是全家人团聚在一起的
幸福快乐的微笑

千里之外

灯火阑珊的夜晚
从漫长的睡眠中醒来
点燃一支香烟
对着空虚的夜晚发呆
轻轻弹一下烟灰
一丛绿色的往事
在记忆中慢慢展开
千里之外
十七朵寂寞红
已飘进春肥秋瘦的窗台
一双迷人杏眼
竟是那样的浓
一矉一颦
连山岳都黯然成黛
心与心若能重叠
花期是否会再来

千里之外
我在窗前徘徊
你在何方
往事不能遥控

不必刻意地期待

从梦境奔向现实

生活是一处精心设计的舞台

千里之外

寂寞缠绕我的睡眠

你从马蹄扬尘处

寄来最后一瞥

刺痛我如漆的每夜

爱不能重来

曾经的爱恋

缘于一种

诗意忧伤的浪漫情怀

安钢新颜

旭日东升，
正当时，
钢城桃红柳绿。
郁郁葱葱，
倡环保，
兴建园林强企。
风光无限，
晨沐曦和，
若隐先时丽。
安钢如画，
一时百感交集。

追昔峥嵘岁月，
磨砺芬芳绽，
初心飞逸。
运筹帷幄，
志宏伟，
叱咤风云行迹。
百年伟业，
共创辉煌绩，
中州大地。

安钢崛起，
未来全国无敌。

当爱已成往事

静谧的夜晚
阳台独站
一支香烟　缓缓点燃
淡蓝色的烟雾　弥漫
初恋的往事
如云蒸雾绕的山岚

她就像一缕轻烟
轻轻吸上一口
慢慢吐出
那些袅袅娜娜
无羁无绊的烟雾
如笑靥　如呢喃

抓不住亦挥不去的感受
模糊了爱恋与分手的界限
过期的误会　已无须解释
陈年的旧梦　无法重现
惆怅的情节　悲欢的泪水
在岁月的弥漫中消散

远近闻名的中州名镇
此刻，正月色澹澹
感情的叶子
早已被目光晒成枯黄
灼热的激情
已被岁月冷淡
远去的美好时光
亦被芜杂的往事洞穿

华年似水
荡涤尽一段情缘
不必追寻那些昨天的过去
只需珍惜自己拥有的今天
走出往事的迷雾
爱　早已风干

冬天里的思念

雪落沃野
波涛起伏连绵
站在雪地瞭望
深深的脚印蹒跚于灌木荒草间

北风肆虐狂啸
雪落一片一片
一株紫罗兰突现于雪下
惊异中往事掠过心间

此时对你的思念
像鸟一样飞翔
越过高山草原
穿越白云蓝天

青春和笑靥裹着雪花飞舞
激起了起伏连绵的爱恋
幅幅生活片段次第展现
弥漫着无垠的雪野和寒天

说不清的缘

道不尽的缘
续不完的缘
剪不断的缘

默默闭上双眼
往事如梦似云烟
等你一万年
想你在冬天

风 筝

坐在空旷的草坪
思绪随风飘动
静静地望着
一群孩童放风筝

奔跑惊呼的欢笑声
让我想起童年
放风筝的情景

一只自制粗糙的风筝
是童年美好的见证
物资匮乏的年代
空中却展示着
一种硝烟的激情

一条游丝抓在手中
奔跑着甩掉一身的沉重
望着翩翩起舞的风筝
痴迷的表情缓缓目送

转眼已步入中年

恋恋不舍地告别了
这种美好的运动
那些曾经美好的回忆
如今只能聆听岁月的风声

孩童们相继离去
风筝在我的记忆中
任凭随风飘零……

机器，我的好兄弟

当人们还在沉睡
黑暗中响起轰鸣的语言
载动着一个个合格的产品
越过了岁月的坷坷坎坎

它懂得最简单的工作就是重复
起承转合已成为习惯
紧紧地攥着铮铮誓言
只为合格的产品顺利实现

每生产出一个合格产品
幸福的声音就在肢体里蔓延
在斑斓无际的深夜中
油渍的味道轻轻飘散

一年三百六十五天
昼夜兼程地一直旋转
心怀浩渺而不怕寂寞
深居厂房从未感到孤单

机器，我的好兄弟

"永通"工作十多年的时间
每天和你一起劳作
每天有你默默陪伴

机器，我的好兄弟
我要用尽一生的血汗
让你的一切部件正常运转
生产更多的合格产品为社会贡献

镜中人

在镜子最深处
有一份骄矜的真实
浑然天成
让多少人着迷

在镜中审视自己
额前已有几根白发静立
这时突然想起
自己根本没有做出什么成绩

站在镜前
我有点无地自容
无法掩饰的窘态
在镜中羞赧不已

静静地在镜前点燃一支香烟
所有的往事
在香烟迷雾中
弥漫着昨天的记忆

从未向谁袒露过

也从未向谁说起
这么多年来
心中永恒的秘密

在"永通"工作多年
我一直在努力
每前进一步
都使尽最大的力气

生活一切从平凡展开
劳作中衍射出一种光芒
激起镜中之人
潜心悠远的寻觅

平凡的生活真的不是碌碌无为
那是大自然的赋予
在镜前如此愧疚
显然是多此一举

想到这里
我从容地扔掉手中的烟蒂
优雅地转身而去
镜中的背影也缓缓消隐在
黄昏的暮色里……

回家过年（外二首）

通往火车站的路上
街道两旁到处挂着回家过年的广告
轻轻推开一丝车窗
寒风掀起我厚厚的袄角
雪花已铺满了一地
仍阻止不了汽车的呼啸
多少人从远方的城市
风尘仆仆地赶回老家
手里紧紧攥着回家的火车票
多少人从流浪的异地
把牵挂带回家
只为家里的妻儿老小
回家过年
要的是听一听家乡噼里啪啦的鞭炮
回家过年
图的是全家融洽的气氛和热闹
回家过年
为的是给家里年迈父母一个微笑……

旅次 7965

火车站候车大厅史无前例地
拥挤
寒冷的空气中
依然是回家过年的笑意
提着早已备好的大包小包
给父母准备好的新年礼物就在包里
紧紧地盯着候车室电子屏幕
K7965 红色的数字镌刻在记忆里
尽管离发车时间不远
漫长的等待却仿佛是一个世纪
终于
哐当哐当的声音传入车站
那是车轮和铁轨交合的韵律
回家过年的渴望
总是在轮子固定的节奏里
望了一眼车站的电子钟
又看了一下掌中的手机
时间正好吻合
伴随一声清脆的汽笛
旅次 K7965 的列车已到站里
我似乎能感觉到它的呼吸
是的
我就要回家过年了
只为和年迈的父母团聚

温馨的家院

三个多小时的客车奔波
回到老家
已是下午两点
快步走进熟悉的小院
映入眼帘的
是喜庆火红的对联

父母早已蒸好了花糕
盆里已炸好喷香无比的肉丸
锅里翻滚着我最爱吃的韭菜水饺
老家永远是那么温暖
一路的疲惫荡然无存
曾经的工作压力早已消散

院里响起久违的鞭炮声
胡同里的嬉闹声源源不断
空气中弥漫着新年的气息
仿佛回到童年
轻轻点燃一支香烟
此时心中竟然感慨万千

回家过年是
盼望中的精神支柱
回家过年是
重温家乡亲情的体现

回家过年是
看望年迈父母坚定的信念……

剑的锋芒

人人都不想做弱者
像柔弱的流水
逢山绕路
遇船转弯

人人都想做强者
像一把宝剑
锋芒无比
直刺云天

生活中
幻想绝不是勇敢
举起一把侠义的剑
何其艰难

锋利的剑可以削铁如泥
铸成这把宝剑
需要无数次精选
需要无数次淬炼

空有勇敢的理想

却经不起挫折和困难
犹如没有锋芒的剑
不能寒光逼人　令敌方丧胆

做一个真正的强者
满满的自信和果敢的前行
像一把锋芒无比的宝剑
举起所向披靡　一往无前

烈焰焚情

灯光明净的夜晚
独自静坐在窗前
轻轻擦一根火柴
点燃手中的香烟

静静在月光下思念
慢慢吐出一个烟圈
掏出曾经写的情书
一丝忧伤掠过心间

没有寄出的信笺
像树叶一样悄然
耽搁了一个夏天
迟疑了一个秋天

纸页的边缘已经发黄
有两页曾被泪水浸染
洇开的字迹模糊不清
有几行实在难以分辨

过期的误会已无须解释

陈年的旧梦也无法留恋
思虑后把信笺轻轻点燃
焚烧中燃起刺眼的火焰

弹一下手中的烟灰
拉开阳台上的窗帘
一阵微风缓缓吹过
焚后残灰瞬间飘散……

拼搏中的安钢

安钢风光，
园林如画，
一片繁荣。
塑安钢精神，
全体职工；
不忘初心，
牢记使命。
环保生产，
企业辉煌，
桃红柳绿百鸟鸣。
观安钢，
如巨龙崛起，
赢得美名。

安钢如此兴盛，
引无数同行皆震惊。
忆峥嵘岁月，
一路不平；
党员干部，
奋勇拼争。
四万职工，

众志成城，
只为国家钢铁兴。
迎新中国，
七十年华诞，
普天同庆。

清晨之恋

曾经在那个
春雨绵绵的清晨
孤独的路灯
笼罩着湿冷的街面

曾经在那个
早晨将要诞生的时刻
望着泛白的天边
把玫瑰色的梦幻裱上温馨的花环

我们的爱情还有多远
在泥土的颤抖中
凝结的晨光
一粒粒挣脱露珠的衣衫

飞越南方的大雁
早已带来爱的消息
丝丝缕缕
像收在我心中一把折扇

那份胆怯的情感

刻入心中的爱恋
为你珍藏了整两年
酝酿了七百三十天

在昏暗的路灯下
终于向你倾诉着心的语言
在对爱恋充满憧憬的梦里
一颗心为你沉吟着痴情的诗篇……

秋日私语

秋日与夏天最后一次握手
轻轻说一句珍重
此时的秋日如此纯洁
如此平静

发黄的树叶缓缓落下
在夕阳中飘荡着旋舞的倩影
山上的枫叶已熟红了脸
晓喻着秋意正浓

收割后的田地上
留下农人忙碌的身影
那些曾被遗落的果实
感到秋天竟如此沉重

金黄的夕暮下
远处的村庄浮动
炊烟缕缕
划过辽远的秋空

高空淡云之下

独坐于秋水寒烟之中
微甜的深秋气息
在我心底泛起温情

倾心接触渐凉的秋日
留有秋水的心境
抛去一切世俗的繁杂
才能把秋日的私语读懂

人到中年

人到中年
容颜悄然老去
流年似水
实在情非得已

人到中年
已无花季
无名的惆怅
时常在心中泛起

人到中年
内心开始空虚
曾经热情奔放的岁月
早已变成残留的记忆

人到中年
我们还需继续努力
结局还未写好
仍要面对生活中的风雨

人到中年

不必为失去青春的唏嘘
那些深深浅浅的脚印
是人生宝贵的阅历

人到中年
像片片红叶飘逸
一颗饱经风霜的心
开始诠释生命的意义

人到中年
爱在心中依然未曾远离
拈一缕光阴的清香
用心灵的丰盈填充自己

人到中年
不再争名夺利
心态平和
困惑也渐渐消失在时光的岁月里

水晶之恋

一场风花雪月的相遇
把我们的心紧紧连在一起
无数的思念
像灿烂的一排编钟
阳光在轻轻地敲击
余音像丝绸缠绕着胸壁

情歌响起
一曲美妙的旋律
我们的爱情已确信无疑
想象爱的奇迹
像神话一样美丽
写在快乐平淡的日记里

甘苦与共
生死相依
爱情坚定不移
应是缘来缘去
你如同水晶
百媚姿容
像舞台上的戏剧

以晨曦铺开美丽
像霜里迟开的冬菊
以色彩凝聚魅力
忘不掉美好的记忆
你粲然一笑　显出爱的深意
等你　宁愿一身憔悴在风里

永通，辉煌铸就六十年

竹板一打响连天，
我走上台来表演，
满怀激情走上前，
锣鼓喧天震心弦。

光阴弹指一挥间，
永通建厂六十年，
六十周年搞联欢，
全体职工笑开颜。

如今永通不一般，
铸管产品大发展，
矗起发展新路标，
全国各地扎营盘。

产品质量是关键，
各个部门把好关，
铸管得个金杯奖，
研发之路不简单。

今天不把别的讲，

说说永通美名传，
荣获五一劳动奖，
雄鹰展翅翱翔天。

说是好，就是好，
全靠公司好领导，
转型升级走在前，
谱写改革新章篇。

链篦机，回转窑，
全国为数不多见，
成立国家实验室，
永通有了话语权。

大高炉，烧结机，
科技创新出经验，
职工个个精神爽，
撸起袖子加油干！

永通建厂六十年，
往事历历在眼前，
同行竞争压力大，
生产曾经很困难。

解围脱困讲奉献，
职工个个无怨言，
全厂职工人心齐，
团结一致渡难关。

永通职工不怕难，
立足岗位做贡献，
个个努力有方向，
多学知识不间断。

领导干部在一线，
身先士卒带头干，
多措并举抓落实，
公司收益成效显。

风风雨雨六十年，
职工生活大改善，
收入不知翻几番，
反正每年近五万。

今是永通发展年，
工程建设捷报传，
铸管二期项目上，
预计明年就投产。

全厂职工齐努力，
风正气顺干劲添，
上下一心谋发展，
辉煌铸就六十年，
六十年！

思念老屋

二十多年远离家乡
常常思念老屋的红砖瓦墙
思念全家人在老屋里欢快的笑声
思念母亲昏暗灯下为我缝补衣裳
老屋的确旧了
两扇油漆脱落的木门
吱呀吱呀地作响
老屋的确老了
房顶厚厚的青苔
见证老屋历经沧桑
我却忘不了老屋
即便住上宽敞明亮的楼房
忘不了老屋木门上的门神画
忘不了老屋前大槐树上的槐花香
昨夜又梦回老屋
和年迈的父母在老屋里拉家常
回忆梦中的情景
两行热泪盈出眼眶
轻轻点燃一支香烟
烟雾萦绕着思向远方
我心里默念

期盼着回老屋看看
我心里祈祷
祝福父母身体健康

吻　别

夜幕淡淡
月色正浓
彼此沉默良久
你终于抬起头

你说你已决定分手
往日的爱恋已不能挽留
我们各走各的路
永远不要再回首

天上的秋雁向南飞
脚下的河水向东流
此话即成永别
听完没完没了地把心伤透

萧瑟的秋风
凋谢了爱的花朵
迎风而叹的
是枝条依依的杨柳

灼热的激情

如今早已凉透
最后一次吻别
让我更加忧愁

结局已经写好
你又何必多说
爱到尽头
有如覆水难收……

故乡的月光

终于回到
朝思暮想的故乡
走近熟悉的小院
年迈的父母已站在大门旁

中秋的傍晚已有些微凉
枯黄的树叶在微风中轻轻飘荡
父亲夺过我沉重的背包
母亲把我拽进散发着饭香的厨房

中秋的月亮
令人陶醉的皎洁明亮
月光如水
洗去我往日远在他乡的忧伤

远在异地他乡
从未忘记对故乡月光的回望
无论身在何地
故乡的月光都照在我的心坎上

故乡的月光

静谧安详
故乡的月光
如丝如霜

故乡的月光
关注着我的成长
像是父母的慈爱
在心中缓缓流淌……

午后独坐

喜欢在冬日的午后
临窗独坐
静静地双手叩膝
舌尖含着丹田之气
颇像古寺的老僧
在打坐中参悟禅意

喜欢在冬日的午后
临窗独坐
聆听一首经典的歌曲
让思绪飞得飘逸
生活的劳累悄然而去
久违的轻松重又浮起

喜欢在冬日的午后
临窗独坐
复活曾经美好的记忆
在灿烂的冬阳里
微风轻轻吹过
仿佛闻到你熟悉的气息

喜欢在冬日的午后
临窗独坐
望着午后的阳光默默西移
嘴角牵出一丝无声的叹息
该来的来得潇洒
该去的终究归去……

相逢红颜

行驶在十里钢城
车旁突然掠过熟悉的身影
车窗外烟雨迷蒙
奔驰中听见尖锐的刹车声

与往昔的红颜擦肩而过
沉醉在这难得的相逢
一张笑靥温情的脸孔
双眸还是一如既往地清澈纯净

远处的丝弦响起了相思的曲调
从现实奔向绮丽的梦境
一阵大风吹过沉寂的街道
伸手把缭乱的华发抚平

车子启动又停止
停止又启动
神态安然握着方向盘
其实自己的手已变得冰冷

她轻轻转过熟悉的街角

只留下一个摇曳的背影
一丝忧伤在凝视中诞生
像天上瞬间划过的流星

大风吹过后的街道
依旧是安谧和宁静
回首刚刚发生的一切
竟是那样地如醉如梦……

隐秘的岁月

悠悠岁月　岁月悠悠
岁月看似简单
却在不经意间做细微动作
把我们涂抹成尘沙袭劫的容颜

岁月之中　人生如船
风暴注定时时刻刻向我们挑战
我们必须勇于面对　因为
目的地珍藏玫瑰般的梦幻

我们不能低头
特别是在困难和挫折面前
如果我们那样脆弱　就会
丧失我们原本应有的尊严

忍受痛苦　挑战困难
绝不能像枯树从根部腐烂
如果我们那样
生活的倒塌就只会在瞬间

岁月隐秘

绝不可能看见
我们只需做到
被缝隙中的时间召唤

失败与成功　泪水和笑颜
世间很多事
常被假象遮掩
哄骗我们的感官

雾里看花　蒙眬双眼
在不易觉察
匆匆岁月中
终点的灯塔已在我们眼前闪现

隐秘岁月
时刻处在被淹没的边缘
我们只需做到
努力奋斗　一成不变……

乡 路

魂牵梦绕的乡路
以农人的秉性
刻画弯弯曲曲的生活
在悠长的岁月中
拖动光阴之纤
从乡村的炊烟里艰难跋涉

站在乡路的边缘
渴望将流浪的脚步渐渐沉没
在青涩的期待和憧憬中
耕耘出一遍又一遍
父母喋喋不休的
深深的嘱咐和寄托

沿着乡路走下去
风景依旧的夜晚慢慢破壳
寻觅一生的愿望
烙下深深的脚印
斗士饱经磨难遗留下
沧桑不老的歌

让我在乡路的结构中蜕变吧
用新的意象
勇于去创新和开拓
策划春夏秋冬的内容
在遗留的岁月中
昂扬经久不衰的经典老歌

想你在冬季

冬天的最后一片树叶
在如歌的行板中逃逸
带着潮湿的心扉
带着梦中的迷离

夜　思念的温床
站在阳台　翻开记忆
冬天的夜晚
雪花漫卷着别样的旋律

洁白的月光花绽开次第
依偎着它们淡雅的清癯
恍惚间仿佛看到
你迷人的笑脸

料峭的夜里　听到
流星划破天空的沉寂
闪烁的灯下　听到
寒夜失眠的叹息

蹚过茫茫寒水

刨开泥土的记忆
去根部看你的昨日
发现花期早已归去

你的妩媚
像冬天里的寒风
飞扬的踪迹
已无法辨析

你的微笑
恍如隔世夙愿
如掠过的飞鸟　飘落
一片残缺的羽翼

相思为你
憔悴为你
痛苦为你
流泪为你

思念剥蚀我心
泪水浸染思绪
想你在冬季
心灵在凄迷……

月　亮

月亮在寂夜中高悬
白银一样的月光
冷冷地流淌在
深邃的山腰
闪烁的夜空和璀璨的都市
云间抽枝的
冷雪遍染苍黄的村庄

沉沉浮浮的冷月
在林涛间
宁静玄远　圆融无猜
秀丽山河　辉煌千万仞
片片清辉唱晚
数度苍颜吐露于月下
吻燃黑夜的眼睛
在山盟海誓中阑珊
月色笼不住的街上
我们行色匆匆　匆匆浏览
每一张擦肩而过的面孔
长影轻曳
一双望穿秋水的醉人深眸

大地郁葱之手掬一缕月光
蘸上鲜花初绽的爱恋
携一沓信札北去
方知爱情意蕴
摘一片月光给梦中伊人　此刻
中州名镇　水冶
月色正浓　有花朵
在静静地开放……

在水一方

岁月悠悠
缓缓流淌
站在阳台瞭望
扑面而来灿烂的阳光

寻觅过去的岁月
延伸几多渴望
回首那段尘缘
曾是我思念的忧伤

一首《在水一方》
三十多年经典的咏唱
盖过功过是非
掩过儿女情长

千丝万缕的柔情
荡开梦中的荷塘
而你依然
宛在水中央

一阵温馨和风

吹响壮丽的乐章
一个美好愿望
在心中恍惚开放

风景在水一方
诗意在水一方
你也依然
在水一方……

中　秋

中秋的夕阳消遁之后
明亮皎洁的月光
将柔爱的情操升起
扫净一地的喧嚣和忧郁
此时的心境
如大雨洗过大地的躯体

躺在客厅的沙发上
听邓丽君温柔地直抒胸臆
月有阴晴圆缺
此事古难全
老歌《但愿人长久》
多么经典

脉脉的月光下
余音在耳边缠绕不已
突然想到
很多职工兄弟中秋加班
不能回家和亲人团聚
他们正为公司的崛起而努力

他们埋头苦干　始终如一
用双手操作机器
如谱写最美妙的旋律
没有理由不把他们写进诗里
他们才是最可爱的人
我的职工好兄弟

走进清凉山

走进安阳清凉山
才发现
大山不再是朦胧的轮廓
竟是那样地逶迤连绵

山就在我的脚下
山就在我的身边
山就在我的心中
山就在我的眼前

伸手可触到大山的脊骨
昂首可望到大山的傲岸
山的鼻息沉重
奏出的乐章磅礴非凡

阳光擦亮了山的棱角
像一柄柄闪闪发光的倚天剑
黛青色的石头泛出犀利的光芒
把一个个刀光剑影的传说幻演

我在那一个个倔强的音符里寻觅

走进这浩瀚缥缈的山峦
山风肆虐怒吼
却无法阻隔我无畏的登攀

我数着大山一块块的脊骨
此时的阳光已照在沉默的地平线
豪情万种充溢着我袒露的心胸
还有让我心跳加快的雾岚

雄姿多彩的修定寺塔
使我拥有了坚实步伐的稳健
我稳稳地站在大山的胸膛
一只大鸟不停地在头顶盘旋

突然
琉璃砖花塔上呈现一道佛光
光环炫目耀眼
在浮光掠影中完成七彩的嬗变

我静静地站在山的边沿
双手合十
闭目静思
世俗的繁杂渐退渐远……

醉　月

中秋团圆夜
全家人围坐在桌前
曾经伤离别的沧桑
如今在酒杯里缠绵

空中的一轮明月
往日追求平衡的支点
轻轻举起手中的酒杯
心里流淌着难得的团圆

酒的香味溢出客厅
空中的明月也被熏醉了脸
接二连三的手机短信
此时已无心再去查看

酒杯的碰撞声清脆无比
年迈的父母也笑声连连
唯有他们花白的头发提醒着我
工作之余要常回家看看

银月之下

清风拂过眼帘
感应着彼此的心跳
欢聚时刻已被酒精点燃

明月今夜有
月中还有吴刚千年的酒宴
人醉月已醉
千言万语总在山盟海誓中阑珊

昨夜风起

狂风在午夜突然发作
如释放压抑已久的心情
风声呼啸沉重
像一生所有未能实现的旧梦

高压线发出呜呜声响
惊悸着我脆弱的心灵
我再也无法入睡
拉开窗帘凝视苍穹

屋内光线扭动
叶落再没有传来响声
刺满冰凌的月亮
浇铸成一只惆怅的音铃

轻轻点燃一支香烟
独守一片痴情的天空
听你发际的叮咚
舞你裙裾的图腾

香烟红红的火头

燃烧午夜的激情
带着梦的绮丽
去寻五彩缤纷的水晶

清晨　一切都好似没有发生
只有一颗为你跳动的心
伴着黎明的战栗
升起一轮火红的永恒

中秋夜色

秋夜深深
一轮明月独自长吟
月光皎洁
恰逢美好时辰

如水般的柔情
荡涤着异地游子心
清凉月色
留下回味年轻迹痕

月光覆盖的深夜
遍披时间的浮尘
丝绸一样华美的宁静
覆盖着游子惆怅的年轮

巡行太空那圆圆的明月
扫净白天一地的苦闷
采撷一束透明的月色
遥寄我远方思念的亲人……

灯下杂俎——散文卷

初恋的回声

世界真大，世界真小。几天前，在一家超市，巧遇小敏——我初恋的姑娘。看到她怀中两岁左右的小男孩，我才恍然想起，她结婚已经三年多了。

我和她认识是通过媒人介绍的，高考落榜不久，父亲就托媒人给我介绍了她。父亲是看到我死活不肯去复读才那样做的，考不上大学就结婚生子，在农村老家都是这样。她和我的命运差不多，都是因十几分的差距而名落孙山，应该说我们是同路人，以后的日子里，我们相处得很愉快。

交往期间，我很少给她买衣服和化妆品，不是不想买，而是手中没有钱。起初她并不介意，但后来我发现她开始对我不满。

那时我干什么都是以失败而告终。无数次的挫折，使我丧失了面对生活的勇气。

她失去了往日的温顺，找碴和我生气。情人节，当她问我为什么连一朵玫瑰花都不送她时，我第一次对她大吼了一顿："我没钱！谁有钱给你买，你就去找谁算了！"她听后先是一惊，接着就捂着脸哭着跑开了。

那以后，我们很长时间没有见面。母亲好像察觉到我们之间出了问题，就问我。望着年迈的母亲，我心乱如麻，不知该如何回答。我觉得，我和她之间的关系是到了画上句号的时候了。

　　一天晚上，我约她到海峡大酒店吃饭。她很吃惊，因为我从来没有这样大方过。

　　吃饭的时候，我心平气和地对她说："小敏，我们分手吧。"她听后脸色苍白，看起来就像一只惊慌失措的小鹿。

　　我轻轻地对她说："像你这样漂亮的女孩和我在一起过不上好生活，我心里也很难受，我看我们还是趁早分手吧，依你的条件，完全可以找一个比我更好的。"她不说话，只是低着头哭。

　　过了一会儿，我从口袋里掏出纸巾递给她："……我也知道你是一个挺不错的女孩，只可惜我没有这个福气……"不等我把话说完，她就夺过纸巾跑出了酒店。那一刻，我脑子里一片空白，仿佛进入了另一个世界。

　　第二个月，我收到了她的一封信，我没看，烧了。随后，我就听说她和邻村的一位男孩订了婚。而我也接了父亲的班，到了一家国营企业当员工。

　　几年过去了，没想到能在这里碰到她。她看到我，羞赧、爱恋、痛苦的表情在交替出现……镇静了片刻，她露出勉强的笑容，她问我当初是不是没有看她写给我的那封信。

　　我点点头。

　　她咬着下嘴唇沉默了一会儿，低声对我说，其实当初她找碴和我吵架是故意的，之所以那样做是想激起我的斗志，不想让我消沉下去。她说她当初不想那样做，可她又想不出其他的办法，她后来说的话我只听清了一句：这些事在那封信里写得很清楚。

　　我听后简直不敢相信，这样的事若经过作家们加工，绝对是上等的作品。

　　正当我想开口说话时，一位提着一篮子食品的男子在收费处喊她。

　　她很礼貌地与我告别，然后就转身向那男子走去。

　　在她转身的那一瞬间，我突然感到一阵巨大的酸楚涌上心头，是那种浸入百年陈醋般的酸，是那种万箭穿心般的痛……

变味的亲情

前些日子，回老家探亲，我去了一趟小学时期教过我的宋老师家。宋老师有五个女儿，现在都已出嫁。大女儿和三女儿师范毕业后，分配到了离家不到十五公里的一所学校教书；二女儿没有工作；四女儿和五女儿的工作很好很挣钱。可惜的是，五个女儿出嫁后都很少回娘家，她们对待父母的态度引起了我的思索。

二女儿因为姐姐妹妹都有工作，唯独自己是个庄稼人，就认为父母偏心，出嫁后，连个电话都很少往娘家打。

宋老师说，当初因为二女儿工作的事，自己确实花费了不少心思，但自己毕竟只是个小学教师，人际关系有限，所以二女儿的工作最终还是没有落实。没有把自己亲生女儿的工作安排好，自己心里其实也很愧疚。说起这些，宋老师老泪纵横。

大女儿和三女儿虽然有工作，但总认为作为教师挣的工资不够花，工作之余还要当家教，所以也很少回娘家。

四女儿和五女儿工资不低，但也以离娘家远为由，很少回娘家。

宋老师生活非常俭省，吃的菜是自己亲手种的，穿的衣服是过时的。被街坊邻居认为很抠门的宋老师，冰箱里却放满了女儿们喜欢吃的还不算便宜的各种各样的食品。

遗憾的是，那些女儿们喜欢吃的食品，很多时候都是放到快发霉，宋老师才很心疼地吃掉。

既然女儿们没空回娘家，干吗还经常买那么多昂贵的食品？也许，对于宋老师来说那是一种慰藉。

宋老师说他并没有因为这些就责怪自己的女儿，年轻人有自己的理想，有自己的生活方式，随她们去好了。再说他自己也是快进棺材的人了，就不再对女儿有什么过多的要求。

听完宋老师的话，我心里突然有一种难以形容的冲动，责备、痛心、伤感、不平，真的难以说清楚。

儿女，不管家里有多贫，不管父母有没有本事，也不管父母对自己的工作帮上帮不上忙，我们都没有理由去责怪他们。

作为儿女的也应该懂得，父母把自己养育成人不容易，决不能因为这样那样的理由，连回家看看也做不到。

作为儿女的更应该懂得，亲情永远都比金钱重要，永远都比金钱珍贵，决不能只顾挣钱而忽视了父母。

作为儿女，学会感恩，常回家看看养育自己的父母，这是我们每个人都应该做到的。

迟来的愧疚

高中时期的一个女同学最近要结婚了，她的婚礼，我当然要参加。

她是我高中文科班最漂亮的一位女生，虽然分科时她选择了文科，可她的数理化也是相当出色的，只是她更喜欢文科。

具有戏剧性的是，我之所以选择文科班，是我的数理化太差，不得已而为之。虽说现在我已考入了本企业的职工大学，可一沾到有关数理化的科目，我没有一门能顺利过关。

在高中文科班里，我的学习成绩在中下等。我比谁都清楚，就我这样，上大学的希望很小。可笑的是，虽然我的学习成绩不怎么样，但我却能诌出一些文章。高中时期，我曾写过一篇名为《父亲，我考》的文章，在聊城地区获得了一等奖。

其实那篇文章的内容并不怎么新颖，主要是写我不想上学而伤了父亲的心，暑假到水冶铁厂看到父亲为供我们姊妹上学工作挣钱的难处，突然有所省悟。然而就是这样一篇立意老掉牙的文章，却轰动了我们整个观城五中。拿到奖金的那一天，我并不怎么高兴。我知道，这只是昙花一现，考不上大学，什么都是句空话，只能回家过面朝黄土背朝天的生活。

一次数学课，数学老师讲三角函数。听着听着，我就趴在桌子上睡着了，连下课铃都没有听见。突然感觉到有人在敲我的课桌，我迷迷糊糊地抬起头睁开眼一看，是她！我连忙揉了揉眼睛，擦去嘴角上的口水。

"有……有事吗？"

她笑了，"都已经下课了。你是不是昨天晚上开夜车了？"她问道。

"没有，没有。就我这成绩，根本考不上大学，再努力也白搭。"我自暴自弃地说。

她望着我没有说话，停了一会儿，说："走吧，一块去打饭，都快十二点了，再迟食堂就要关门了。"

看我原地站着不动，她笑着说："怎么不走，是不是怕别人说闲话？""不是，怎么会。"我说着从课桌里拿出了快餐杯。

在食堂，她打了一份饭和我坐在了一起，"你那篇获奖文章里说你不愿意考大学，为什么不愿意考呢？"

我抬起头苦笑了一声，道出了内心的苦闷。

她表示愿意帮我复习数学。

"那……那会不会影响你的功课呢？"我有点不好意思地说。

她笑着摇了摇头说："怎么会，帮你复习的过程我自身也等于复习一遍。每天第二节晚自习我帮你复习一个小时怎么样？"看着我不说话，她拿筷子夹了一口菜说，"那我们就说定了。"

在她的帮助之下，我的数学成绩上升得很快。为此，我还受到了班主任的表扬。我第一次体会到了黎明前曙光的感觉。

然而，事情接着就来了。一天下课，一位家庭比较富裕的男同学当着我和她的面，油腔滑调地说："都说成功的男人身后有一个女人，我看这句话真是太对了。我说呢，一个乡巴佬写的文章怎么可能获得地区一等奖呢！学习成绩又上升得这么快，原来身后有一个漂亮的女人支持着啊！"

周围的同学都大笑起来。我攥紧了拳头，想给那小子一拳。然而她却在一边扯了扯我的衣角，我出乎意料地忍住了。

258

那几年，农村学校可不像城里那样开放，尤其是男女同学之间的关系更为敏感。名声对一个农家子弟来说是很重要的。好事不出门，坏事传千里，如果这些话传到我父母那里会怎样呢？我不能再让父母操心了，我愚蠢地决定断绝和她的来往。然而她并不在乎，第二节晚自习，她依然拿着复习资料来到我的课桌前说："今天我帮你复习……"

"不用你帮，你以为你是谁，走开！"她刚一开口就被我怼回去。

她拿着化学资料一下子呆在那里。最后，她像只受伤的小鹿，流着泪回到了自己的座位上。

从此，我们之间再也没有说过一句话。后来，她顺利地考上聊城大学中文系。听一个朋友说，她大学毕业后分配到了观城五中当教师。

如今，我已接了父亲的班来到了水冶钢铁公司。这么多年来，我一直为这件事感到内疚。所以，在她的婚礼上，我一定要郑重地对她说声迟来的"对不起"！

现在的她，能原谅我吗？

父亲的班次表

去总厂办事的路上堵了车。公交车司机下车看了看，然后说："看情况得二十多分钟。"接着就熄了火。车上的人开始抱怨。抱怨归抱怨，除了等没有任何办法。车上所有的人开始玩手机打发时间。

我靠在座椅上准备休息一会儿。才下夜班，还真有点累。再过一个多月就是父亲节，我考虑着是否回老家一趟。

算来已经好几个月没有回老家了，也很少主动打电话和父亲联系，这一段一直在和父亲闹情绪。我总觉得父亲对弟弟过于偏爱。弟弟在他工作的县城中心买了一套房，我知道，那套价格高得离谱的房，如果没有父亲的帮助，以弟弟的经济能力，根本不可能全款购买，可父亲却没有这样对待过我。

这一段都是父亲主动打电话和我联系，电话里还是那几句老掉牙的话：工作中要注意安全；把身体搞好；把家庭照顾好。而我则是敷衍了事：知道，知道。

虽然和父亲闹情绪，但长时间见不到他，心里总觉得少了一点东西。小时候父亲领着我在老家胡同里玩的情景一幕幕地在我眼前总也挥之不去，特别是父亲把我举得高高的，然后原地转圈，"飞起来啰！"

突然有种莫名的冲动，我掏出手机准备给父亲打一个电话。

按下父亲的电话号码，犹豫了一会儿才按下接通键。

"下夜班了？"电话那边传出父亲熟悉的声音。

我吓了一跳，半天没回过神。

"怎么不说话？"父亲又问。

我支支吾吾："……我……我……"

"知道。才下夜班吗？"

我还是没有回过神，我的确搞不明白，一百七十多公里之外的父亲是怎么知道我才下夜班的。

"爸……您……您怎么知道……我今天……下夜班？"

"噢，你是问这啊。我刚从地里回来，才进屋，接到你的电话望了一下墙上的挂历就知道你下夜班。"

我更加不明白了，怎么父亲一看挂历就知道我下夜班呢？

"爸……您看挂历……啥挂历……"

父亲在那边笑了一声，然后说："你今天怎么了，说话吞吞吐吐的。我就是在每月的日期上标上你上班的班次，这样就知道你哪天上啥班了，这是我自己做的一个班次表。"

原来是这样。

这次通话是父亲主动提出要挂断的，他说下夜班要休息好，有啥事以后再说。最后父亲说：有空回老家看看。

挂断电话后，心里突然有一种难以抑制的疼痛。

我开始想象，七十多岁的父亲是怎样蹒跚着找到老花镜戴上；是怎样在挂历上一点点地标注我上班的班次……

我开始想象，一个七十多岁的老人静静地站在他自制的班次表前，望着自制的班次表盼望着儿子回老家的情景……

泪水涌出，从我的心底……

怀 旧

　　我这个人向来比较怀旧，总喜欢一些旧的东西，步入中年更是如此。不说别的，就拿穿衣打扮来说，至今还穿着多年前的衣服，妻子不止一次地训斥我："都啥年代了，还穿着过时的旧衣服！"我不生气，笑嘻嘻地回应："新衣服穿在身上不自在，特别是出门在外，东也不敢坐，西也不敢靠，生怕把新衣服给弄脏了，不如旧衣服穿在身上随便。"

　　《世说新语》记载："桓车骑不好著新衣，浴后，妇故进新衣与，车骑大怒，催使持去。妇更持还，传语云：'衣不经新，何由而故？'桓公大笑，著之。"我就是这样，有衣服就行，咱一个普通老百姓没什么讲究，人到中年，怎样舒适怎样来，随遇而安比较好。

　　其实在我看来，旧的事物之所以值得留恋，是因为它带着岁月的痕迹，能唤起一些回忆。我清楚地记得，小学三年级开始使用钢笔，一向节俭的父亲竟然花了六块五给我买了一支永生牌钢笔。在那个纸币最大面值还是大团结的年代，六块五可是一笔不小的数目。从父亲手中接过那支钢笔起，我就一直把它带在身上，生怕把它弄丢了。它伴随着我读完小学，上完初中和高中，至今这支永生牌钢笔我仍保存完好，偶尔还拿出来用用。

　　的确，越旧越值得留恋，越旧越觉得有意义，越旧越感到难以割舍。自从参加工作就居住在职工宿舍楼，一住就是十五年，直到在生活区分到了一套两居室才搬了家。当时公司有规定，在生活区分到房的职工，职工楼退房实行自愿原则，也就是说，只要按时缴纳房费，不退房也可以。我是唯一不退房的职工，住了十几年，对职工楼也有了感情，尽管它已经非常破旧。搬到生活区后，职工宿舍留了一些书籍和生活用品，空闲之时，偶尔也到职工楼写点东西。直到公司搞公园式建设，两栋破旧的职工楼实在有损厂容，屹立了将近半个世纪的职工楼终于在爆破声中倒下了。以后，在相当一段时间里，我经常在梦中还原在职工楼的那些生活片段。

新事物有新事物的优点，旧事物有旧事物的内涵。想想看，农村的房屋虽然老旧，但却有"苔痕上阶绿，草色入帘青"之乐，有"树林阴翳，鸣声上下"之趣，这是居住在高楼大厦里感受不到，也是体会不到的。

老的东西固然陈旧，但相处的时间长了，往往有了感情，自然舍不得丢弃，一旦失去，总想把它找回来。

现在一些人开始收购老旧物件，什么老酒、旧币、烟盒、老式收音机，甚至连一些旧时的小儿连环画也高价收买。这些破旧东西之所以成了宝贝，大概还是人们想从这些旧东西上寻找过去的美好的回忆。

怀旧，是每个人的权利，别人无权干涉。但从社会的角度上说，我们却不应该总看过往。对旧的典章文物，我们可以喜欢赞叹，但更重要的是在这个日新月异的时代里与时俱进，不能老盘桓在美好的回忆中，要回到现实的地面上来，大胆地尝试新生活、体验新事物，不然我们就要落伍了。

飞越迷雾

早晨起来，拉开窗帘发现起雾了。

雾很大，以往起雾，还能隐隐约约地看到远处厂区的大高炉，这次什么都看不到。

本来想上街，下了楼才发现，奔腾翻滚的大雾吞没了生活区每一条路。眼前仿佛筑起了一道厚实的雾墙，挡住了声音，挡住了视线，挡住了眼前几乎所有的一切。人与人，车与车，在雾中咫尺天涯。

眼前唯一隐约可见的是闪烁的电动自行车灯光，若有若无，若现若隐，灯光随着车身的移动杂乱无力地晃动着。

我在雾中静静地站着，突然联想到好莱坞大片《迷雾惊魂》中的片段，瞬间竟有些惊恐起来。

昏暗之中，一幅画面隐隐约约扑面而来，像在黑沉沉的舞台上投射出一线微光，照亮了原来模模糊糊的场景。那是一个梦，一个在黑夜里纠缠我的梦。

第一次做这样的梦是参加工作的第一天晚上。

那天在车站，老父亲一再叮嘱我，第一次离家远行一定要注意好身体，在工作中千万要注意安全。我有点嫌他啰唆，但他依然喋喋不休，直到我说"知道了，您说过多少遍了！"，他这才住口。

客车开动了，苍老的父亲隔着车窗向我挥手道别，在他的身边还有一辆他刚买不久的电动三轮车。他说车站离家还有很长一段路程，买辆三轮以后我回老家接送方便。虽然因为参加工作的事我一直和他闹矛盾，但那一刻，我呆住了，心里涌动着奔下车拥抱他一下的冲动。

可我连车窗都没打开，甚至连一句"您回去吧"之类的话都没有说。

那天也起了雾，只不过雾很小，很薄，很稀。客车开出很远，我还能看到父亲的身影，他一直没有离开。

我在车上自然联想到了朱自清的《背影》，同时也有些自责，有些惭愧，我不该那样对他。

那天晚上，年迈的父亲在雾中送我去车站的情景在梦中反复重演。

多年后我听母亲说，我走后不久父亲就病了，因为我第一次出远门，父亲一直不放心我。而那时通信又不发达，父亲也无法联系我。那一段，父亲挂在嘴边的一句话就是"也不知道小文在水冶铁厂怎么样，适不适应"。

事实上，参加工作的一个多星期后，我收到父亲的一封信，信很短，还是一些工作中要注意安全，他和母亲都很好，不用挂念之类的话。

如今我已结婚生子，有一天我把儿子送到学校，再三交代，在学校要听老师的话，千万不能和小朋友打架。儿子听得不耐烦，说："爸爸，昨天晚上您都说过了。"

那一刻，我呆住了。

儿子在家向来调皮捣蛋，我一直不放心，生怕他在学校闹出什么乱子，我在校门外转悠了几乎一天。儿子近在眼前我都不放心，对于当年远离家乡的我，老父亲又何尝不担心呢？

儿子上学那天也起了一层薄薄的雾，在我看来那天的雾很特别：幽雅如白云，纯净如仙女，飘逸如丝巾。一丝丝，一缕缕，悠悠扬扬，飘飘洒洒……

春节拾零

一元复始，万象更新，盼望已久的春节来了。民国初年，我国改用阳历以后就把农历正月初一改称春节。其实在古代，人们把立春称为春节，把正月初一叫作元旦。也有称三元的，也就是说这一天为岁之元、日之元、月之元。

说到春节就不能不提守岁，民间有守岁的习惯。在除夕之夜，人们通宵不睡，以待天明，表达对逝去旧岁的留恋和对即将来临的新年的希冀。

除夕之夜也是全家团圆的一个机会，特别是对于在外求学和工作的人来说，春节回家，除夕之夜和家人围坐在一起，那将是一个多么美好幸福的夜晚。

拜年也是一个很重要的习俗，它是人们相互走访祝贺春节、辞旧迎新的一种形式。在城市一般通过贺年片、电话、短信拜年，如果方便的话，有时也登门道贺。最热闹的要数农村拜年。在我国大部分农村，正月初一天还未亮时，人们就开始以串门的形式拜年，晚辈见了长辈不但要说几句祝福的话，还要跪下来磕个头以图一年之中事事顺心、万事如意。

农村拜年也很讲究。比如先向自己的父母拜年，再向家族长辈拜年，然后才到关系不错的邻居家拜年，最后才去其他家族长辈家拜年。

至于贴春联和年画，早就成为春节固定仪式了。春联是对联的一种，大年三十祭灶之后渐次贴挂，千家万户焕然一新。年画多是神话传说中的人物，用以驱邪避害。听长辈讲，那些年前还不了债的人，早早地就贴上了春联和年画。讨债者看到已贴好的年画，一般会放宽期限以图吉利，如果这时再强行逼债就会引起街坊邻居的不满和公愤，因为春节是喜庆的日子，人们不愿看到争吵打骂。

春节放爆竹的习俗在我国民间源远流长，春节没有了爆竹的声响，那就失去了大半过年的气氛，没有了"爆竹声声辞旧岁"的那种感觉。爆竹原意为惊吓和驱逐恶鬼，后有了迎财神迎灶王的含义，并以此来讨个吉利作为爆发的象征。值得一提的是，在我国一些比较发达的城市，为了安全着想人们还发明了电气爆竹，虽说引发了不少争议，但也是社会发展的一个折射。

春节期间，人们还踊跃参加各种各样丰富多彩的文艺活动。这一切都说明，在我国不但人们的物质生活有了很大改善，精神生活也有了相应的提高。从这个意义上说，这也是和谐社会的一种体现。

和父母拉家常

异地工作，打电话是我和父母联系的重要方式。

算起来，家乡离工作岗位虽然只有一百多公里，但天天下班回家恐怕不现实。至于写信，一来速度慢，二来往返邮局确实麻烦。

给父母打电话，如果没什么事，只是闲聊的话，我通常选择在晚上八点以后。这个时候家里一般刚吃过晚饭，打通电话后，如果能听到戏曲频道的唱戏声，那母亲估计是坐在电视机前，听姥爷说，母亲自小就爱听戏。

如果父亲接电话，我首先会隐约地听到父亲说"把声音关到最小"，紧接着就听到父亲说"你吃过饭了没有"。接下来我们就拉拉家常，虽然是我主动打电话，但往往是父亲问这问那，我只是一味地回答：嗯，知道，中，行。

到了最后我才能插上一句"您要养好身体"。

给家里打电话，只要父亲在家，母亲一般很少接，只有父亲正在忙手里的活儿接不了，母亲才会接电话。按母亲的话说，别看我回老家探亲她喋喋不休地对我说上一大堆，可一接电话就不知该说啥，所以电话铃一响大都是父亲接电话。

父亲电话里说的大多都是一些小事，比如他刚刚买了几只小鸭，老家院里的那块菜地长得很不错等。父亲说完后总不忘添上一句"行，也没其他事，你那边没什么事吧？"得到我的肯定回答之后就会挂断电话。

如果天气不好，父亲给我打电话时，每一句话往往都重复几次，比如天气炎热时父亲会说天热多喝水，少喝可口可乐之类的碳酸饮料；天气寒冷的话，父亲会说要注意保暖，不过也不要因为天冷而待在屋里不出门等。

我和父母通电话时间最长莫过于中秋、春节而我又不能回老家过节时。这时，无论是父亲还是母亲，总会在电话里对我说上一大堆吃好喝好穿好之类的话，我在电话里很难插上嘴。

通过这一个微小的细节，我真正感受到了"儿行千里母担忧"这句话的分量。

打一个电话，在父母看来不仅仅是对我的一种挂念，对于我来说，给父母打一个电话也不仅仅是一声问候。

一个人一种生活方式，一个人一种生活习惯，有人吃过晚饭后喜欢散步，有人喜欢看电视，有人喜欢听音乐，而我则喜欢一个人躺在床上给远方的父母打电话。无论工作多累多忙，无论生活压力多大，其他的事情我可以推掉，但抽空给远方的父母打电话却从没间断过。

参加工作十多年来，生活中出现诸多令我喜悦、令我眷恋的事，比如考上安钢工大、发表文章、参加集团公司举办的万人长跑等。然而和父母通电话却是最值得我细细回味的事，它在我心中远远胜过其他一切。

梦醒时分

    人是要做梦的,《庄子·齐物论》云:"且有大觉,而后知此其大梦也。"说明梦是一种意象语言。然而也有"古之真人,其寝不梦"。从科学的角度说,这种理论有相当大的局限性。的确,做到真人的地步是很不容易的。其寝不梦,神定也,要物我两忘。我是普通人,要我不做梦,我真的办不到。

    小学三年级起,我常梦到自己的作文被当作范文在班上读。学生时代,谁的作文能被当作范文是一件很光荣的事。老师表扬不说,还能得到家长的奖励,母亲就曾对我说过,如果有一天我写的作文在班上当作范文读的话,我将会得到一只新文具盒。

    对我来说,这是一件大好的事,如果真能实现的话,姐姐给我的那个旧文具盒就可以丢掉了。

    说真的,姐姐给我的那个旧文具盒的确太旧了,她用了好几年不说,文具盒锈迹斑斑也不说,关键是文具盒上下盖扣不严,放在书包里,只要一跑,文具盒里的铅笔、橡皮、尺子全蹦出来了。

    正因如此,每到作文课,我都会加倍认真地听、努力地写。只是到了下一次作文课上,能当作范文在班上读的从来不是我的文章。失望、自责、悔恨堆积,只有到了晚上做梦才会梦到自己的作文被老师当范文在班上读,然后拿着母亲奖励的文具盒兴高采烈地飞跑。不过每一次醒来都觉得头晕眼花、浑身无力。这样的梦一直到我高中毕业才告结束。

高考落榜后就到了附近一家工地打工，仅仅干了一个星期，我就体会到当一个小工真不容易，比庄稼人下地干活还要难。庄稼人干活累了还可以休息一会儿，小工却不能。监工无时无刻不在一旁盯着你，累死累活不说，挣得还很少。没办法，考不上大学做苦力，怨不得别人。

干活累了，即便做的梦也是噩梦连连，醒来浑身像灌了铅一样。尽管如此，每天写日记的习惯却没有丢，还是坚持写了一些东西。

参加工作后的一次厂庆征文，厂里要求职工积极参与，领导说获奖者奖金兑现。本来是抱着无所谓的心态参加的，没想到自己交上去的征文得了一等奖，而且在厂区各个宣传栏展示。

那几天，常常做的一个梦就是拿着母亲奖励的文具盒飞跑，只不过梦醒后心旷神怡。

这个梦让我清醒地认识到，一分耕耘，一分收获。参加工作后从没放弃过写作，无论多苦多累，只要坚持，只要努力，成功总有一天会突如其来……

农村与城市

自小在农村长大，我对农村一人一事、一草一木都有很深的感情，难怪有人对我说：你写的文章乡土气息太浓。更多的人则对我提出一个忠告：你应该多写写城市里的事，农村有啥可写的！

繁华的大都市的确有很多东西值得一写。在城市，马路那么宽，楼房那么高，这是农村所不具备的；在城市，利用双休日，你可以领着爱人、孩子，当然也可以自己一个人去吃一顿肯德基，而在农村可能一辈子也吃不上；在城市，闲暇之余你可以逛逛商场，逛逛超市，或者在电影院看场电影，想过上这样的生活，在农村几乎不可能。

尽管相对来说农村比城市落后，然而农村却有着城市里所没有的东西。比如：清新的空气、天籁之音。生活在农村，早晨起来只会感受到鸟语花香，根本听不到工厂里的嘈杂声和汽车的鸣笛声。

在城市待久了，你会感到城里人活得很压抑，他们从早到晚都在忙：为生活忙，为工作忙，为孩子忙。他们一时一刻也停不下来，唯恐一停下来就会落在别人身后。在农村，农民就那么一亩三分地，忙完了也就清闲了，特别是到了冬天，除了晒晒太阳，就是串个门走个亲戚。农村人的生活简单、平静，和城里人的生活相比截然不同。在乡下，农民会为一亩地多收点粮食、多挣了几十块钱而高兴一年，要是在城市，多挣几十块钱对于一个城里人来说恐怕只能高兴一会儿。

在农村，吃饭睡觉是很重要的，一个农民之家，从做饭到吃完饭大概需要两个小时；而在城市，吃一顿快餐最多半个小时就足够了。城市里的人时间观念很强，在吃饭上浪费时间无疑就是浪费生命，这或许就是城市快餐店兴起的一个重要原因。

在农村，人们睡觉时往往什么也不想，心里静了，一觉睡到大天亮。一个农民只会关心庄稼的收成、粮食的好坏，再有就是孩子的学习成绩。而城里人想的事情太多，即使晚上睡觉也要想很多事：工作、学习、赚钱、出名等等，因此翻来覆去就是睡不着。现在医院里患抑郁症失眠症的大多是城里人，很少听说一个农民会患上失眠症。

生活在城市，人们普遍感到幸福越来越少，你今天买了一套二居室，他明天买了一套三居室，你就会感到自己心里少了一点什么，说白了就是自己的幸福少了一些；你今天买了一辆手动挡轿车，朋友却买了一辆自动挡轿车，你就会认为自己不如朋友幸福。即便只是你这个月工资长了一百，工友长了二百，你也会感到自己没有工友幸福。城里人的攀比心理严重，总认为幸福是建立在物质基础之上。

另外，城市里现在还存在不和谐的一面，那就是人与人之间缺乏信任。有这样一件事：一位出租车司机为了答谢乘客，决定让乘客免费乘车一天，然而令他想不到的是，一天下来竟没有一个人敢坐他的车。城里人的心眼确实比农民多，谁会相信天上掉馅饼？谁会相信那位出租车司机只是好意？在构建和谐社会的今天，对于迅速发展的城市化来说，这种不和谐的一面的确需要我们深思。

再说教育，农民的教育方式和城里人的教育方式绝对不一

样。农村十岁左右的孩子，洗衣、做饭、下地干活是很平常的
事；而在城市，十岁的孩子这么能干肯定会成为新闻。城市人，
衣服穿得便宜怕别人笑话，吃饭不够档次怕别人瞧不起，住房不
够宽敞又怕别人说闲话；农村人可不管这些，自己吃饱了穿暖了
就行。

　　不管什么事，城里人总是苛求完美，委曲求全的事一般很少
去做。正因为如此，他们总是感到很累。农村人无论什么事都是
随遇而安，能凑合着过就行了，所以他们生活得自在轻松。

　　尽管城里人总是感到生活很累，但客观地讲，城市里的生活
条件比农村强太多。一位农民工说得好：城市是城里人的城市不
是农民的城市，农村是农民的农村但也是城里人的农村。

　　这也许就是农村与城市最根本的区别。

父亲的菜园

父亲退休后在家里闲不住。去年，他拒绝了一家效益还不错的个体钢铁企业的聘请，自己一个人在老家后院开了一块地，种上了各种各样的菜，建成一个小菜园。

父亲的菜园里有豆角、黄瓜、西红柿、茄子、辣椒、南瓜，而葫芦和扁豆则是整整围满了菜园四周的篱笆。除此之外，父亲还从集市上买了几只小土鸡放到了菜园里，那几只小土鸡整天在菜园里啄来啄去，似乎有吃不完的美食。

至于菜园的管理，父亲坚持不打农药不施化肥的原则，并不是父亲追求什么绿色无公害食品，而是父亲觉得现在集市上卖的菜失去原有味道和打农药有关；另外一个原因就是照顾菜园里那几只小土鸡。

早晨起来，父亲第一件事就是到菜园里观察菜的生长情况。不但早晨，如果家里没有其他事的话，除了吃饭，父亲一整天都会在菜园里照顾着菜的生长。

一般情况下，给菜浇水和施肥的事父亲从不让别人插手。或许是父亲的精心照料，菜园里的菜长得非常好，西红柿又红又大，黄瓜爽脆无比，到了秋天，扁豆更是在菜园四周的篱笆上挂得满满的。

大姐回娘家时，父亲便很自豪地对她说："到后院摘点菜带走，绝对比集市上买的强得多。"

去邻居家串门时，父亲偶尔也会带点菜。当然，这个时候他就谦虚多了，"自家种的，尝尝怎么样。"

自从有了菜园后，父亲的身体也比以前强多了，都六十多岁的人了，一个人推着一车肥料往菜园里赶毫不费力。

有意思的是，为了管理菜园，父亲专门从集市上买了辆独轮小推车。小推车造型独特，轻巧灵便，并且价格也不贵，是父亲管理菜园的好帮手。

菜园同时也成了父亲休闲的好地方，有事没事父亲总爱拿着那有靠背的小马扎在菜园里坐坐。

那天母亲做好晚饭，让我去喊菜园里的父亲。走到后院，我远远地就看见父亲正坐在菜园的一头休息。被父亲刚刚整理过的菜园越发显得井井有条。夕阳的余晖落在父亲布满皱纹的脸上。那几只小土鸡正在相互追逐着，布谷鸟也在菜园旁的一棵槐树上咕咕地叫着，晚风吹动着菜园四周篱笆上挂满的扁豆角，发出丝丝缕缕轻微动人的脆响，那种情景真像是一幅画。

也就是那一刻，我真正爱上了父亲的菜园。

红颜知己

现实生活中，有这样一种女人。

和这种女人接触，刚开始你或许觉得她和其他女人没什么两样。可是随着时间的推移，你慢慢地就会发现，她善解人意，很会关心和体贴人。哪怕你的一个小小的动作，或者一个微不足道的眼神，她都能读懂。

和这种女人接触，你不必担心她会把你的一些不好的事情抖出去。这种女人，自身素质都是极高的。对于你的一些事情，哪些该说，哪些不该说，她都会把握得很好。所以不管是在你的同事面前，还是在你的朋友面前，她都会时时刻刻地维护你的尊严。

如果你已婚，在这种女人身上你还能找到妻子身上所没有的东西。当然，她和当今社会上的一些什么情人、二奶绝对不是同一个概念，你不必担心她会破坏你的家庭。这种女人，道德素质也是极高的，她绝对不会贪图一时的痛快而去破坏别人的家庭。

从另外一个方面说，以她自己道德标准，即便是不结婚，她也不会倒在一个有妇之夫的怀里。

另外，和这种女人接触，你不必担心她会像社会上的一些风尘女子一样，贪图你的钱财或者你的地位。即便是有一天你突然飞黄腾达、腰缠万贯了，她也不会阿谀奉承、趋炎附势。当然，她更不会在你失落的时候釜底抽薪、落井下石。和这种女人接触你会感到很轻松、很自然、很从容，没有一点压力感。

这种女人可以是未婚的，也可以是已婚的，婚姻状况不妨碍你们之间的交流。

你忙的时候，可能会把她忘得一干二净，但她并不会计较这些。

可有一天当你在工作上失意的时候，或者在生活中遇到不顺心的事的时候，当你很想找一个人诉说的时候，你又会很自然地想起她。这种女人在你的生活中究竟扮演着哪一个角色，或许连你自己都难以说清楚。

值得一提的是，和这种女人除了心灵上的沟通以外，你不要幻想着能与她有其他方面的接触。就像一个美丽的肥皂泡，看起来光彩迷人，可只要你轻轻一碰，它马上就会消失得无影无踪。

这种女人就是一首流行歌曲中所唱的红颜知己。

当然，拥有这样的红颜知己也并非是件容易的事。也难怪人们总是说，人生得一知己足矣。拥有这样的红颜知己，更是好比在茫茫大海中捞出含珠大蚌，在众多乱石中找出放光的珍宝。

在物欲横流的今天，能拥有这样的红颜知己，说明你们之间的友谊相当纯洁；能拥有这样的红颜知己，你在人生道路上会走得勇敢坚定，会充满阳光，会有更新的内容、更美的风景。能拥有这样的红颜知己，的确是一件幸福的事。

母亲的榆荚饭

老家院里长着一棵粗壮的大榆树，每年三四月份就长出诱人的芳香的榆荚，通常称为榆钱儿。这个时候，母亲就会做我们全家人都喜爱吃的榆荚饭。

做榆荚饭前，母亲先到大榆树下面看上好大一会儿，找出结荚最多并且已能承受一个成年人重量的树枝，然后才吩咐我小心地爬上去将榆荚。

母亲把将来的榆荚先放入清水中淘洗干净，然后捞入竹筐中把水控干。接着母亲把榆荚从竹筐倒入一个干净的瓷盆中，然后加入一定量的玉米面，这是做榆荚饭最关键的一步。榆荚和玉米面的比例要搭配得当，玉米面加得多，做出的饭就失去了榆荚原有的味道；玉米面加得少，榆荚之间又不能很好地黏合在一起，做出的饭吃起来没有嚼劲。加入玉米面后，要把榆荚和玉米面拌匀，要一边搅拌还要一边加少量凉开水，当榆荚之间能很好地黏合在一起时就可以放入锅中进行蒸制了。

蒸制的同时，母亲还会制作一小碗蒜汁和一小碗辣椒酱做调料。蒸好的榆荚饭香气扑鼻，盛入碗中，就可以依据个人口味加入蒜汁或辣椒酱。

其实榆荚饭不仅仅局限于这样一种做法，母亲做的榆荚水饺我们全家人也喜欢吃。

用榆荚做饺子馅，首先要把淘洗干净的榆荚放入开水中烫一下，烫的时间不宜过长，不然做成的水饺吃起来口感很差。烫好的榆荚捞出来放在纱布中裹好挤去水分，接着倒入瓷盆中，加入食盐、味精、香油、葱花、姜末、虾米，进行调制。

用榆荚当馅做成的水饺吃起来清香可口，别有风味，是市场上难以买到的稀罕食品。

此外，母亲还会把榆荚做成馒头充作主食。制作榆荚馒头的方法很简单，把淘洗干净的榆荚直接掺入白面中拌匀即可。需要注意的是，制作普通的馒头，和面时加入的是清水，而制作榆荚馒头，和面时加入的温开水中要放入少量食盐、味精、十三香、葱花、鸡精，这样做出的榆荚馒头吃起来更香，更有嚼头。

榆荚煎饼也是母亲三四月份常做的。

母亲把洗净的榆荚掺入面糊中，加入食盐、味精、葱花，搅拌均匀后在平底锅中摊成煎饼。煎饼烙到焦黄，再把切好的生葱丝和炒熟的土豆丝、胡萝卜丝用煎饼卷起来，实在是难得的早餐。榆荚煎饼吃起来油而不腻，外焦里脆，把它作为早餐，再配上一碗香喷喷的小米粥，绝不亚于城市里的什么咖啡面包。

母亲做的榆荚炒饭纯属一个偶然的创新。一天做晚饭，母亲准备把中午没吃完的大米饭用鸡蛋炒一下，不想发现竹筐中还有一点儿榆荚，由于舍不得扔掉，干脆把榆荚和大米混在一起炒了炒。

意想不到的是，榆荚炒饭看起来绿白分明、色泽鲜艳，吃起来爽滑可口、回味无穷。

榆荚饭的做法多种多样，每一种对我来说都是美味佳肴。然而母亲却告诉我，在二十世纪五六十年代，由于粮食匮乏，人们迫切盼望着三四月份榆荚的到来，它成了人们充饥果腹的食物。

现在生活水平提高了，各种各样的食品早已能满足人们的正常需求，吃榆荚饭只是换个口味，尝个鲜而已。尽管如此，我还是觉得母亲做的榆荚饭远远胜于其他食品，只是参加工作十多年来，异地他乡很难吃到母亲做的榆荚饭了……

秦皇堤

高中最后一年，我们班来了一位英语成绩特别好的女复读生，而这位复读生恰恰被安排在了我前面的课桌。她的到来，对于英语成绩不怎么好的我来说，无疑是一件天大的喜事。

渐渐熟悉后，我们成了好朋友。不管在英语上遇到什么样的难题，我总喜欢向她请教，而她也很乐意帮助我。那时候，农村学校里，男女学生来往是非常敏感的事情，可我们总是能保持适当的距离，从来没有让别人说过闲话。

一次课外活动，她问我："你们那里有没有什么好玩的地方？"我想了一下摇了摇头。

她听了很高兴地说："这就不如我们那里了，我们那里虽然偏僻落后，却有一段很有名的秦皇堤。""秦皇堤？""就是秦始皇下令修的堤坝呗，只可惜现在只剩下那一段了。"

我笑了："这怎么可能呢，秦始皇都是两千多年前的人了，就那么一段堤坝，每天风吹雨淋的，如果真是秦始皇那时修的，恐怕现在早就成为平地了。"

她望了我一眼，脸上没有了笑容："是啊，我当然也知道这只是个传说，可我听奶奶说，她很小的时候她父亲就告诉她，这段堤坝很早就有了，村里人一直把它看得很神圣，在上面游玩，从来不敢动任何东西，否则家里就会遭殃。前年有一个年轻人结婚盖房不听劝告，硬是用人力车拉了堤上几车土，结果第二年就生了一个长着兔子嘴的娃娃。你说这是不是迷信呢？"见我不回答，她接着又说，"那段堤坝也确实是个好玩的地方，上面长满了树，夏天在上面背书凉快得很，冬天在上面散步心情也很舒畅，偶尔还能遇到几只可爱的小动物。有时有了烦心事，我就喜欢站到上面大喊几声。"

我觉得她说得有点像电视剧里的某个情节。尽管这样，我心里还是有了想去秦皇堤看看的向往。高考前夕，我们俩约定，无论高考是否成功，都必须一块去一趟秦皇堤，爬到上面大喊几声，发泄十几年来的学习压力。

填报高考志愿后不久，比我低出十几分的她被聊城师范学院录取。我由于填报志愿失误，最后竟然连一个普通的大专院校都没能考上。

我也没有遵守当初的约定，去一趟秦皇堤。因为高考失利对于本来就有些自卑的我来说，是一个致命的打击。

高考后，我没有去复读而是去打工。后来回家听母亲说，我打工走后，一个女同学费了好大劲儿才找到我们家说是向我还钱的。

我这才记起，高考前夕她向我借了二十块钱的高考模拟试卷费，并且说等到一块儿去秦皇堤的时候还给我。对于还钱的事我早忘在了脑后。

四年时间转眼而过，在她毕业分配到我们镇上的一所初级中学后，我接了父亲的班来到安钢。后来就听说她和一个家庭条件很不错的人结了婚。据说她有些不情愿，但对方追得很紧，她所在的整个中学都知道了她和一个开着现代轿车的人有来往，当然也就没有其他男孩去追她了，农村和城市的恋爱观还是有区别的。

又是几年过去了，我利用业余时间拿到了本科毕业证，了却一桩心愿，本来打算好好地玩几天庆贺一下，顺便去一次秦皇堤，然而紧张的四班三运转使我不得不放弃这个愿望。闲暇时，我总想起韩晓唱的《我想去桂林》歌中的一段歌词：我想去桂林，可是有空的时候没有钱，有钱的时候却没有空……

　　说真的，这首歌唱出了很多现代人的无奈，我也有同样的感受：早就想去秦皇堤，可是有空的时候不敢去，敢去的时候却没有空。

挥手之间

一转眼，我在安钢工作已经十年有余了。其实父亲退养那年，在我和弟弟之间，到底让谁接班的问题上，父亲和母亲是有争议的。

母亲希望我早点成家，让弟弟去接班参加工作，这样她也没什么心事了。人老了，都希望安安稳稳地度过晚年。然而父亲不同意。他说虽然我高考落榜，但学习成绩远远比弟弟强，让我接班参加工作，以后考取安钢工大应该不成问题。初中未毕业的弟弟一来学习成绩较差，二来性格鲁莽，常常在学校打架闹事，让他接班去安分守己地当一名工人恐怕很难。母亲最终没有拗过父亲。

其实在这个问题上，我一直持无所谓态度，对于"铁饭碗"这个东西，我压根儿就不感兴趣。

确定好让我接班后，父亲紧接着就开始办理各种各样在我看来十分繁杂的手续。那时正值六月，火热的夏天，年过半百的父亲在烈日下往返于河南安阳与山东莘县之间。记得那天我正和母亲在离家不远的柏油路上晒麦子，一辆迎面而来的客车经过我和母亲身旁时，车窗里一张熟悉的面孔映入我的眼帘，是父亲！我还没来得及开口，他已经伸出手朝我和母亲挥了挥，"办完手续我马上就回来。"父亲尽管微笑着，他仍然掩饰不住满脸的憔悴。

望着远去的客车,我心里突然有一种难以抑制的伤感。为了能让我接班,父亲到了家门口都不能回家。而我又是怎样对待他的呀?高考落榜后不去复读和他争吵,和他生气,和他打冷战。

说心里话,父亲常年在水冶铁厂工作,很少能回家,我们很少沟通。我一直认为我们父子之间有隔阂,所以高考落榜后我坚持走自己的路,坚持不去复读。为了这,父亲伤心过、生气过,我甚至还见他落过泪……看到老泪纵横的他,我才意识到我不去复读是多么不应该。我心里也清楚,他一个人在水冶铁厂挣那点工资,把我们姊妹四个拉扯大是多么不容易……

那天,我蹲下身,紧紧地攥着刚刚晒好还有些发烫的麦子,泪水夺眶而出。

也就从那时起,父亲朝我挥手的情景时常浮现在我眼前,空闲时刻总会不知不觉想起。

接班后,我按照他的意愿报考了安钢工大。他也许还不知道,那年安钢工大所有的专业都属于理工类,这对于高中读文科的我是一个很大挑战。为了不辜负他对我的期望,我坚持下来并且顺利读完本科,这让他很是高兴。

工作之余,我坚持练习写作。学生时代我的作文成绩差一直是他的一块心病,如今,我的写作水平有了提高,特别是在《安钢报》发表的连载小说《依然是你》,得到了不少文友和读者的好评,让他高兴了相当一段时间。

我希望父亲脸上经常挂满笑容。真的,一想到那次他朝我挥手时憔悴的面孔,我就会感到心像是被人突然戳了一下。的确,都六十多岁的人了,能让他高高兴兴地过好每一天,在我心中胜过其他一切。

事实上,我也一直朝着这个目标奋斗着。

没事儿偷着乐

人们常说，人活一辈子不容易，吃好穿好玩好是头等大事。尽管这句话带有很大的片面性，但也从一个侧面道出了人生的一些意义。

的确，人活一辈子，从大的方面来说，是要为社会做点贡献的，从小的方面讲，就是要好好地享受生活，感受生活的快乐。

可眼下越来越多的人抱怨生活压力太大，生活中乱七八糟的事太多，整天被压得喘不过气来，别说什么享受生活，就连早点都不能坐下好好地吃上一回。

社会发展得太快，我们身上的压力自然也随之加大。但这是社会规律，它永远不会以我们个人的思想意志为转移，既然我们不能改变它，那么我们就要在这种生活环境中去适应它。感受生活的快乐，首先要把生活中一些痛苦的事缩小，把愉快的事放大。

有一句很老的话：人生不如意之事十有八九。既然如此，我们就不必苛求人生的完美。生活就是这样，它总是让你左手得到右手付出，今天得到明天付出。因此，我们遇到不开心的事就要少一点抱怨。

要想每天都过得快乐，心胸宽广是必不可少的。心胸狭窄的人往往什么事都斤斤计较，这样生活中总会有千般不如意，遇到吃亏的事就伤心怨恨，碰到困难的事就不能自拔。这样就会生活得很累，苦恼也是接二连三，快乐地生活自然也就成了一句空话。

享受生活，还要有良好的心态，不事事都盲目地去和别人攀比。

曾经有这样一个有趣的问卷调查：你是愿意让别人每年挣一千万你挣一百万呢，还是愿意让别人每年挣一万你挣十万呢？调查结果显示，竟然有很大一部分人选择了后者。也就是说，这部分人宁愿少挣钱也不愿比不上别人。难怪眼下很多人抱怨生活压力大，如果以这样的心态去生活，一定会陷入一种扭曲的价值观中，专注于攀比，自然体会不到生活的快乐。

快乐的生活还与正确地制定人生目标分不开，假如不能正确地认识自己，往往很容易把自己的人生目标制定得太高。

目标太高的结果是与自己的能力不匹配，很容易丧失信心，感到生活压力大，以至于产生一些不必要的烦恼。

另外，快乐的生活还要求我们有一颗感恩的心，认识到当今的社会是一个有爱心的社会、一个温暖的社会、一个和谐的社会，感谢家庭和社会给予自己的一切。

其实，生活中到处充满了温暖的阳光和美丽的风景，好好地享受生活，很有必要像电影中的一句台词：没事偷着乐。

年夜饭

在老家，自打记事起，年夜饭就是饺子。

北方人爱吃饺子，在乡下老家更是如此，不论贫穷富贵，都以饺子为美食。

据史料记载：元旦子时，盛馔同离，如食扁食，名角子，取其更岁交子之义。又说每届初一，无论贫富贵贱，皆以白面做饺食之，谓之煮饽饽，举国皆然，无不同也。富贵之家暗以金银小锞藏之饽饽中，以卜顺利，家人食得者则终岁大吉。

不同的是，老家饺子馅很有讲究，对于平民之家来说，除了过年，饺子馅都是以白菜、韭菜、白萝卜为主。当然，这是我小时候的事，如今生活好了，羊肉饺子、猪肉饺子、牛肉饺子随便吃。即便如此，现在老家平时大多数还是吃素饺子。

然而无论是过去还是现在，无论是平民还是富人，年夜饭这顿饺子必然是肉馅。上等的肉剁碎，放入炒好的大葱中，沁人心脾的肉香味瞬间在屋里弥漫开来。

平常吃的饺子没什么讲究，饺子大点小点，饺皮厚点薄点无所谓。年夜饭这顿饺子不同寻常，饺子的大小，皮的厚薄以及品相都有要求。这顿年夜饭饺子要动员全家老少，和面、擀皮、剁馅、包捏、煮捞、上贡，忙作一团。

年夜饺子煮熟后捞出的第一碗必须上供。用爷爷的话说，是天上的灶王爷让我们庄稼有了好收成，才能吃上香喷喷的饺子，所以第一碗应该让他先吃。这当然是迷信。初中时期，曾用学过的各种知识给爷爷讲过一些大道理，什么唯物主义无神论，什么好生活离不开新中国等。从没上过一天学的爷爷对于这些似懂非懂，一句话也不说，只是呵呵地笑。

大年夜用来煮饺子的锅是家里最大的一口，这种锅只有在过年过节才拿出来用。因为乡下农村吃饭，饭点时间不一，下地干活的、上学的，有吃饭早的，有吃饭迟的，所以用口小锅足可以了。过年了，全家人聚在一起，用小锅太费事，因此从腊月二十三起，就把大锅洗净用来煮肉、炸丸子、蒸花馍等。特别是煮饺子，添上满满的一锅水，水开后每次下的饺子量足足有十几碗。

饺子端上桌后，全家人围坐在桌前边吃边聊，聊一聊一年来庄稼的收成，聊一聊工作上的好坏，聊一聊学习上有哪些不足。

饺子，在今天看来是再普通不过的一种食品，作为年夜饭更是再简单不过。但对于我来说，大年夜这顿饺子散发出的温馨味道，是一家人团聚在一起最大限度释放的幸福。它折射出的是一种精神力量，是家庭安宁，是社会和谐……

老 屋

参加工作的第十五个年头，才分到一套二居室，但说心里话，对于分到的楼房，没有感到丝毫喜悦。

或许是在老家住习惯了老屋的缘故。

多年来工作在外，老屋已成为心中最温馨的港湾。尽管一年回老家不过几次，但只要靠近它，便意识到是真正的回家了。

老屋后原是一小块荒地，父亲退休后把它整理成了菜园。菜园虽小，但却被父亲种上了各种各样的瓜菜。夏天以黄瓜、西红柿、茄子、豆角为主。天冷的时候，父亲就用塑料布制成一个简易的菜棚，菜棚里多种香菜、蒜苗、小白菜。父亲种的菜从来不打农药，倒不是父亲追求什么绿色食品，而是一到夏天，父亲就会买上几只小笨鸡放到菜园里，不打农药是为了给它们一个安全的环境。老屋后的菜园也成了父亲退休后一个消遣的地方。

四月洋槐花开的时候，在老屋住上几天。早晨被老屋前槐树上的鸟儿叫醒。推开老屋咯咯吱吱的木门，屋外一方斜斜的阳光乘虚而入，在挤挤挨挨的扬尘中大大咧咧地从门槛躺到老屋正中。与此同时，一阵阵洋槐花的清香扑鼻而来。伸懒腰的那一刻，所有的忧愁，所有的不快，所有的世俗烦扰都被抛到九霄云外。

如今老屋的墙不再白了，老屋的壁也不再平了，条条裂痕赫然在目，在油漆斑驳中，被时光洗礼的红砖灰瓦已长满厚厚的青苔。

老屋的确老了，历经几十年的岁月洗礼，老屋疲乏得已像一位风雨中的老人，房顶东南角开始漏雨。本来母亲想打电话让我抽空回老家修补，但父亲坚决不让，母亲说是父亲搬着梯子爬上老屋房顶抹了一层水泥修补好的。我无法想象年迈的父亲怎样独自爬上老屋房顶。尽管平时想尽一切办法抽空回老家看看，但仍觉得愧对父母，愧对老屋。

老屋虽老，但屋内的物品大部分都已换成了新的，只有我学生时代的小方桌依然留着，小方桌榫卯结构，造型别致，是木匠出身的姥爷制作的。母亲说扔掉可惜，又卖不了几个钱，所以一直留到现在。有空回老屋住上几天，我依然会坐在小桌前写点东西。

对于我来说，老屋是记忆里挥之不去的色彩。在永通工作十多年来，从单身宿舍到分配的二居室，只有老屋才是心真正的家。它是逝去的光阴里珍藏的一杯陈酿。

难忘老屋，更难舍对父母的牵挂。

日暮时分，晚风吹拂，倦鸟归巢，想念老屋时内心便充斥着静谧……

祈　盼

　　父亲的一位同事，退休后在驻马店承包了一家炼铁厂，因为厂里的事太多实在忙不过来，就打电话让父亲过去帮着招呼一段时间。起初我持反对态度。父亲年纪大了，我不想让他再为任何事操心，让他在家安安心心地度过一个美好的晚年是我最大的心愿。

　　可父亲说这个同事在水冶铁厂和他是极好极好的伙伴，即便是不给一分钱他也应该过去帮忙。

　　既然如此，我只好答应父亲先过去干一段再说。

　　在那家炼铁厂，父亲主要是帮着照看烧结。第一年虽然平安无事，但我觉得事情不会这么简单，像这样固定资产达几个亿的炼铁厂，不可能一点状况都没有。

　　果然不出我所料，第二年的下半年，身体一向很好的父亲突然病了，本来就不胖的父亲得病后愈加瘦小。

　　望着病床上瘦弱的父亲，我感到我的心被什么东西一圈圈地拧紧。

　　为了能让父亲好起来，我第一次低三下四地拿着崭新的人民币一边往医生兜里塞一边哀求他尽快尽心救治父亲。

　　那位医生极力安抚我：你父亲的病不碍事，回家后好好休息就行了。

　　把父亲接回家后我仍是不放心，因为父亲得病的头一个月我做过一个关于他的噩梦。此后，我三天两头往驻马店那边打电话，虽然每次父亲都说工作很清闲没什么事，但每次挂断电话后我总觉得好像有什么事要发生。果然，一个月，确切地说做那个噩梦后的第二十八天父亲就病了。

　　向来不迷信的我，这回也害怕了，感觉父亲得病与我有关，于是每天早晨起来第一件事就是很庄严地在胸前划十字，祈祷上苍赶快让父亲的病好起来。

　　不但如此，我还特地到一个离家很远的个小庙里烧了很多香，并在香坛下压了二百块钱。

　　因为听村里一个老人说的，他的一个亲戚得病后就是到那个小庙里烧了几炷香并放了二十块钱，没多久病就好了。

　　看着得病后滴水不沾的父亲病情有起色后大口大口地吃饭，泪水不知不觉地就涌出我的眼眶。父亲健康对我来说是多么重要！

　　每天我都虔诚地祈求上苍让父亲福寿绵长！

请关爱老人

前几天，我乘长途车回老家探亲，当客车行驶到梅东路一个路口时，看到路旁一个老人不停地朝客车招手示意要坐车。

客车停稳后，售票员下车望了望老人的行李：煤气灶、被子、凉席、铁锅、洗脸盆、水壶……

"这么多东西，买票起码要加十块钱。"

"中！"老人思索了一下说。

在帮老人抬行李的时候，售票员摸着一个鼓鼓囊囊的化肥袋子说："这里面是啥？"

"是……是煤气罐。"老人吞吞吐吐。

售票员一听吓了一大跳："啥！煤气罐，不中不中，这个东西不让装车！"

老人一听，用哀求的语气说："同志，我也知道这东西不让带上车，所以才不敢在西站坐车而在路口等车，要不我再加十块钱中不中？"

"加钱也不行，这东西万一爆炸了怎么办?！"售票员坚定地说道。

"里面一丁点气都没了。同志，我等您的车都等了两个多小时了，我知道您老家是濮阳的，咱都是老乡，您就帮帮忙吧。"老人有些哽咽。

"……可是……"售票员有点为难。

"回家我还指望着用它做饭呢，您看我都这把年纪了，挣钱也不容易……"老人差一点掉了泪。

"……这……"

"您就行行好吧……"老人终于流泪了。

"罐里真的没气了？"售票员问。

"真的没气了！您看，阀门现在还开着呢，真的没一点气了。"老人摸着煤气罐阀门说。

"装上吧。"售票员终于答应了老人的要求。

老人上车后就坐在我旁边。客车上了京珠高速公路后，我问道："大爷，带这么多东西，怎么没人送送您呢？"不说不要紧，一说老人的眼圈又红了："唉，别提了，闺女正和我生气。"

从老人的口中得知，老人在梅东路租了一间房，给别人打工，专门制作铝合金窗户。他唯一的女儿在安阳市纱厂工作，女婿在安钢工作，女婿女儿在五生活区租房住。今年房价降了不少，所以想在安阳华强城买一套房，可手里的积蓄不够，又不愿意贷款，而老人偏偏又帮不上女儿什么忙。事实上，老人每月打工挣的钱只留下三百块生活费，剩余的都交给了女儿，尽管如此，女儿仍然埋怨老人没本事，没钱。

"唉，现在的子女真没法说。"我叹了一口气。

"也不能全怪她。如果当初让她上一个好大学分到安钢工作，或许会过得好一些。"老人仍然为女儿辩护，可见父女情深。

"大爷，您今年有……"

"噢，我今年五十二岁。"

望了望老人，我半晌说不出一句话。看着他花白的头发，我无论如何也想不到他竟然只有五十二岁。

最后老人说，因为他住的那间房是女儿帮他租的，如今女儿嫌房租贵，而他又挣得不多，所以女儿让他收拾一下回老家。

听了老人的叙述，气愤、感慨顿时涌上心头。如今一部分年轻人，动不动就说别人的父母多么有钱有本事，而自己的父母多么一般。也有相当一部分年轻人发出了父母不理解子女的呼声。

到底是父母不理解孩子，还是孩子不理解父母呢？人们常说可怜天下父母心，哪个父母不希望自己的孩子生活得好一些？拿这位老人来说，每月打工挣的钱只留下三百块，其余都给了女儿。我想，按照安钢附近的消费水平，老人的女儿应该明白父亲是多么不容易吧。

关爱父母根本不用找什么理由，它是子女义不容辞的责任，也是人的道德底线。年轻人要学会感恩，不管父母多么平凡，他们都对我们有养育之恩，作为下一代，我们必须尽到赡养父母的义务。

时间都去哪儿了

双休日的第一天，准备写篇稿件，刚写下题目，儿子就跑了过来："爸爸，今天咱们去公园喂大白鹅好吗？"

望着儿子，我犹豫了。

"都好久没有去喂过大白鹅了。"见我不说话，儿子接着央求。

的确，很久没有陪儿子一块去公园喂大白鹅了。多长时间呢？算来应该半年多了吧，上次是去年十一月份去的，而且还不是特意去的。

记得去年十一月份，我们一家三口去安阳牙科医院给儿子的牙涂氟，因为我们夫妻俩正好都休息，所以涂完氟顺便领儿子去了三角湖公园。在那里，儿子看着湖里的一群大白鹅格外兴奋，把手里仅有的一块面包全撕碎喂了鹅。之后，每逢周末儿子就提出想再去三角湖喂大鹅。然而半年多过去了，我却没有陪儿子再去过一次。

"有时间再去"，成了我应付儿子的口头禅。

半年多了，一直在忙；半年多了，一直没时间。

时间都去哪了？

用"忙"形容现今的生活好像再合适不过，谁都在忙，大人忙，小孩也忙。谁都不肯停下来抽出时间安慰一下欲壑难平的内心。

陈红的一首《常回家看看》之所以流行到现在，恐怕正是因为歌中那一句"找点时间，常回家看看"让人心酸。

时间都去哪了？

从某种意义上说，"忙"的确能促进社会进步。都在家坐着，社会也就不发展了。然而事情往往有它的两面性，生活中，我们为什么总是太忙呢？显然是因为欲望太多，太多的欲望占据了我们太多的时间，当然也引发了太多的烦恼、太多的怨气、太多的忧伤、太多的辛苦……

2019年演员高某猝死的消息传开，令多少人感到惋惜和震惊，为了拍戏终日奔波，为了录制节目身心交瘁，也难怪会发生意外。

人这一辈子忙忙碌碌追求的那些名利，最终不过是一场云烟。一首歌唱得好："柴米油盐半辈子，转眼就只剩下满脸皱纹。"

在迅速发展的社会，生活中必然有很多的压力。累了，就抽出时间休息一下，让浮躁的心得以舒展。别总是说太忙，别总是说没有时间。佛说：苦乐随缘，得失随缘。放下越多，得到越多。

竖炉心

进入七月，才猛然惊觉，今年又过去一半了，而我离开竖炉也一年有余了。到了新的岗位，尽管工作繁重又新奇，但却时时能想起那些在竖炉的日子。

安钢竖炉是安钢水冶铁厂20世纪70年代生产球团矿的设备。在那个激情燃烧的岁月，随着安钢的迅速发展，入炉原料的要求日益提高。而球团矿作为人造富矿之一，由于特有的冶金性能成为高炉炉料中不可缺少的重要组成部分，竖炉也就在那个时候应运而生。

竖炉最开始没有配备电除尘环保设备，各个岗位劳动强度大，环境恶劣。就是在这种条件下，几十年来，竖炉为安钢提供了大量的优质球团矿，保证了水铁高炉和安钢大高炉炉料的透气性，为安钢的发展做出了不可磨灭的贡献。

然而这种能耗大、污染严重的老设备被新事物代替是迟早的事。去年春节过后就不断有消息传出，竖炉要停产。只是这几年随着环保形势越来越严峻，竖炉一直在开开停停、停停开开的风雨飘摇之中，所以这次竖炉停产的消息并没有真正地动摇竖炉二百余名职工的心。直到公司下发了关于竖炉拆除的正式文件，我才接受现实，一个"拆"字，彻底说明竖炉真的要成为历史了。

文件下发后不久，竖炉二百余职工也开始陆陆续续分配到新

300

的岗位，当工友们三人一伙、五人一群地忙着抬拉更衣箱时，我呆呆地站在更衣室里，有点不知所措，只觉得脑子里一片空白。

自己已是四十多岁的人了，中年换岗位，又要从头再来，又要重新做起。

在新的岗位，无论遇到什么样的困难，我都会想起工作了二十多年的竖炉，想起竖炉人克服的一个个困难，在艰难困苦中创造出的一个又一个奇迹。

我常想：是什么样的精神和力量支撑着二百余名竖炉人？

曾记得在竖炉检修中，为了赶时间、赶进度，竖炉人不惧高温，跳进炉内部更换备件，就像当年铁人王进喜奋不顾身地跳进泥浆坑中。那种情景让我坚信，有了这种精神，还有什么困难不能克服呢？

曾记得当竖炉生产需要加班时，仅仅一个电话，无论白天还是黑夜，竖炉人一个个来到炉前集合，那感人的画面始终在我的脑海中挥之不去。

曾记得一个老职工在退休离开竖炉的当天下午，独自把竖炉认认真真地清扫了一遍。老职工弯腰扫地的一件小事诠释了什么是爱厂如家，为厂奉献一生。

我明白了。

是竖炉人始终不忘敢为人先、追求卓越的初心，始终不忘为安钢奉献一生的使命！正是有了这种精神，安钢竖炉烘床面积虽然只有八平方米，但生产出的球团矿无论是抗压，还是转鼓，均在全国同行中遥遥领先。

我爱安钢竖炉。无论到了什么样的岗位，我的竖炉心永远不会变。竖炉人锲而不舍、百折不挠的精神始终是我工作的前进动力。

离开竖炉一年来，总想为工作了二十多年的竖炉写点东西，这些拙劣的文字算是作一点留念吧。

青涩的期待

打记事儿起，我就特别想得到父亲的赞赏。父亲的赞赏不仅是对我的认可，还是我的巨大精神支柱。但我却很少得到他的赞赏。

在学业上，从小学到高中，每一次考试我都非常努力。我最怕听到别人对我说：好好考，千万不能辜负你父亲的期望。令我伤心的是，每一次的考试成绩总不能令他满意。那时候，我常常在作文中写道：如果别人问我最大的心愿是什么，我会毫不犹豫地答道，我想得到父亲的一次赞赏。

高考落榜后，我没去复读，想在事业上做出一番成绩以得到他的认可。但不幸的是，那时干什么都不成功，做什么都失败。每一次失败，朋友都会安慰我：别灰心，从头再来。说心里话，事业上的挫折我并没有感到伤心，我只是失去了一次得到父亲赞赏的机会。

接了他的班来到工厂后，情况变得更加糟糕。参加工作的第五年，有一次我回老家看望父亲，他有些轻蔑地对我说："怎么，还是一个小工人？"看到他那种表情，我无言以对。从那时起我就知道，以后我恐怕很难得到他的赞赏了。

静下心来想想，父亲把爱全都给了我，我却做不出一件令他满意的事，我真的惭愧。

　　不过，如果说老天给予每个人的一切都是很公平的话，我想那次的事情绝非偶然。那年的春节，二姐在回老家捎年货时，不经意地用几份安钢报包裹了一下从肉食店买的几样食品，而其中一份报纸上就有我的一篇文章。

　　父亲在收拾年货时不经意间看到了那篇文章。

　　这么多的不经意走在了一起，我觉得这绝对不止是巧合。从那以后，二姐每次回老家，父亲都特别嘱咐她找几份刊登着我文章的安钢报。

　　一年中秋节回老家，我发现父亲看我的眼神非常地温和。更让我想不到的是，晚上吃饭的时候，我竟然得到了他久违的赞赏！他拿着刊登着我文章的报纸，眼里露出一丝晶莹的泪光。

　　说真的，那突如其来的幸福让我激动不已。我还以为我这一辈子再也得不到他的赞赏了。想想自己的努力得到了他的认可，向来不在他面前落泪的我，终于忍不住转过身不停地抹泪。

　　他拿着那几份报纸嘿嘿地笑着说："都这么大了，哭啥，没出息，以后好好写。当然，到时候别忘了给我也找一份样报。"我听后忍着眼泪不住地朝他点头。

　　父亲那天晚上对我的赞赏，其实只有这两句话，但对于我来说已经足够了。

文 竹

　　文竹，按百度百科所说，原产于非洲南部和东部，如今分布于中国许多地区，又名云片松，刺天东，根部稍肉质，茎柔软丛生，细长，叶状枝，刚毛状，略具三棱，具有很高的欣赏价值。

　　养文竹还是十多年前，分配到永通公司第三年的事情，那时还住单身宿舍。一日，一个很要好的工友来到宿舍，说："屋里怎么连一盆花也没有？"我有点吃惊："养花干什么？上班就够累的了。"工友叹了一口气说："你这个年龄正该谈对象，如果有一天女朋友到你这里串门，看到你屋里空空如也，恐怕不好吧。女孩都喜欢花，有空的话买盆吧。"

　　听从工友的建议到花市转悠，然而看了很多种都不满意，就在失望要走的时候，一棵像微型迎客松一样的植物吸引了我。老板说："这是文竹。"我端起来打量了一下开玩笑地问："会开花么？""会的。"我笑了，把钱递给他。竹子开花，我还从来没见过。

　　买来文竹放到窗台，倒也为单调的宿舍平添几分雅韵。早起打开窗户，让丝丝清澈的绿流入眼帘，清风拂面，心情格外舒畅。难怪古人云："宁可食无肉，不可居无竹。"后又在寒山诗中读到"竹影扫尘阶无痕，宝鉴入月莲有光"这句禅诗。竹影是宝，何以扫尘，扫的是心头上的尘垢。人活于世，日日浸淫于尘器之间，必有诸多尘垢积于心胸，须得日日扫除。只不过诗中所说的竹定是禾本科植物，而非文竹。

后来谈一女友，到我宿舍玩的时候看到窗台的这盆文竹，抿嘴一笑，道："不错。"万万没想到一盆文竹居然深得女友芳心，于是对那盆文竹更加喜爱，上班无论多累，下班后总忘不了给它浇水施肥。

我和那位女友一共度过了不到半年的美好时光。记得那一年刚刚入秋，她说她可能要调到安钢总厂，征求我的意见。我不回答，也无法回答。我能说什么？但我能感觉到她在等我说"调吧，我和你一块儿调"。我是一个安于现状的人，而她心高气傲，这注定我们俩最终只能分手。只是分手后，我再也无心去照料那盆文竹，不但如此，工作上也是敷衍了事。

秋天还没过完，那盆文竹的叶已经有些发黄了。还是让它回归自然的好，我想。宿舍楼前有一大片空地，于是就找了一处很不错的地方，把文竹移植到了那里。

分手后的相当一段时间，都是躺在宿舍看书打发时间。不经意间在书中了解到文竹冬季不耐严寒，夏天也不能阳光直射，而且文竹不耐干旱。如此娇贵的植物还是不养为好。

不久，水冶钢铁公司铸管工程开工建设，宿舍楼前的那一大片空地也被搞得一片狼藉。早起打开窗户，望着窗外乱哄哄的工地，心里烦躁无比。

一日，突然就想到了那株文竹。等我急匆匆地跑下楼寻找的时候，工地依然还在施工，而那株文竹早已没了踪影。

我的班主任

在职工大学业余班学习的最后一年，我原来的班主任由于工作需要，被调入公司生产单位，新调来的班主任是一位姓杨的女老师。听同学们说，杨老师曾经在安钢技校任过教。

虽说杨老师是班主任，但她主要负责的是诸如交书费、补考费之类的事情，因此我们平时很少交流。

那一年，我老家里出了点事，对学习本来就不是很感兴趣的我，再也没有心思去上课了。所以期末考试，我的无机化学和冶金炉热工基础都没有及格。

当我知道已经有两门不及格的时候，我已经做好了退学的准备，因为学校明文规定，考试科目累计三门不及格自动退学。尽管那时金属学与热处理的考试成绩还没有公布，但我知道，及格的可能性非常小。更重要的是，我已经没有了心思再读下去。家里出事后，我突然感到曾经一直向往的大专文凭并不重要。

一天，我隐约地感到口袋里的手机好像响了，掏出手机才发现，已经有四个未接电话。

那四个电话都是杨老师打过来的。我想，既然杨老师能连续给我打四个电话，那么肯定有什么重要的事情。当我回电给她的时候，她问我为什么一个星期没有去学校上课。

犹豫了一下，我才在电话里支支吾吾地说出了原因。

她听后好像十分生气，对我说，都最后一年了怎么能不坚持下去呢！更何况金属学与热处理的考试成绩还没有出来，怎么能断定一定会不及格！最后杨老师说还是要去上课，等到成绩公布以后再说。

我最终还是继续去工大上课。不过说真的，我坚持去上课并不是对金属学与热处理这一门成绩抱有什么希望，而是看在杨老师连续给我打的四个电话的份上。参加工作后，还从来没有人能为我的事而连续给我打这么多的电话。

像这样的小事，在杨老师看来也许不算什么，或许她把这件事早已忘得一干二净，但我却一辈子也忘不了。

金属学与热处理的考试成绩公布了，令我感到意外的是我竟然及格了！这样看来，我还有继续留校学习的机会。看到成绩的那一刻，我在心里说的第一句话是：感谢杨老师！不善言辞的我给杨老师写了一封信，感谢她对我的关心和照顾。之后我又写了将近五千字的日记，并将那篇日记命名为《四个未接电话》。

其实生活中很多事都是这样，一些极小极小的善举，往往却能对他人产生意想不到的影响。比如在朋友伤心的时候说上一句安慰的话，在同事需要帮助的时候伸出温暖的手，在别人困难的时候献上一份爱心，甚至在拥挤的公交车上给孕妇让个座……这些不起眼的事，往往能使受助者多一份笑容，多一份快乐，多一份自信，多一份感动。

秋雨一直下

　　每次回老家探亲，父亲都会让我叫上二弟和大姐夫，一家人围坐在桌前高高兴兴地喝几盅。毕竟在安钢工作了十多年，每次回老家都不容易。这次回老家，从早晨雨就下个不停。九点刚过，雨明显小了，我赶紧去集市上买点熟食。当我提着买好的菜肴正要返回时，雨又下大了，我只好在菜市的遮雨棚下避雨。躲在遮雨棚下避雨的人不少，我掏出手机玩游戏打发时间。

　　一对青年男女骑着一辆大阳摩托也过来避雨，尽管他们都穿着雨衣，但裤腿已经被雨完全打湿了。

　　等到他们把摩托放好脱下雨衣，我愣住了：那个女子不是别人，是我曾经定过亲的未婚妻。老家农村有一个不成文的规矩，一个高中生考上大学就上，考不上大学就结婚生子。考大学之前定亲是必须的，换个角度说，即便不考大学，到了这个年龄也必须定亲。

　　尽管定了亲，但不经双方家人的同意，结婚前两个人不能随便见面。所以尽管我们定了亲，但高中三年里，我们见面的次数有限。

　　虽然农村现在变化很大，但在婚恋方面，和城市差别还是很大。当然，这对于我来说也有好的一面，读书期间，两个人如果来往密切的话肯定会影响学业。

每次相见她都会提出一些让我不知该如何回答的问题。比如：你如果考上大学，我们俩的事咋办？你说人活着是为了吃饭呢，还是吃饭是为了活着呢？对于她提出的问题，我往往是嘿嘿一笑，我不知道该如何回答。

每次见面，我们都会赠送对方一些小礼品，我会给她买一些化妆品之类的东西，她会送给我钢笔、笔记本之类的东西。从认识到分手，我送给她最贵重的礼物是一辆凤凰牌自行车，她送给我最贵重的是一套深蓝色西服。那个时候的每次见面，都是媒人安排好的。

高考落榜后，父亲让我去复读，我坚持不去。"不去结婚也行。"母亲说。我很吃惊："我才多大就结婚？"

"咱村这个年龄结婚的人多的是，先办婚礼到了年龄再领结婚证……"

"反正我现在不结婚！"我打断了母亲的话。

"这由不得你，过一段我就和媒人说说这事。"母亲有些生气，果然去找了媒人，而媒人也很快捎话过来："女方那边没意见，至于结婚日期可以商量商量。"

闻听此言，我借了四叔家的摩托车，怒气冲冲地去她家找她。那天她独自一人在家整理院子里的一小片菜地。

她其实是一个很不错的女孩，虽然不爱说话也不爱打扮，但身上却有淑女的端庄和朴实。我的突然到来显然让她有些不知所措。

"你……你咋来了……"她站在菜地里一动不动。

放好头盔，我怒气冲冲地说："你也是上过初中的人，我们才多大就结婚？"

她听后低下头，摆弄着手里的一把草："我也没说要结婚呀，是媒人找到我父母……"

"我可告诉你，我现在不想结婚！"我冷冷地扔下这一句话推起摩托就走。

婚最终没有结成，可母亲倒责怪起她来："等一段再说？等等等，等到什么时候，小姑娘看起来文文静静的，怎么说变卦就变卦呢？"对于我去找她的事，母亲根本不知道。

事后想想，这件事自己做得确实有些过分，但她却没有向我们双方父母做任何辩解。

安钢最后一批接班退养那一年，父亲决定让我接班，而我和她的事也成了家里的一块心病。如果我接了班到了安钢，她以后的工作、户口、子女上学都将成为棘手的问题，但这个时候提出分手肯定不妥。谁知，还没等我做出决定，就收到她写给我的最后也是最短的一封信："我是个想得开的人，没关系，你安心地去安钢工作，希望到了那里你能找到一个更合适的。"

紧接着，我忙着办理接班手续、体检、考试、三级安全教育，对于她，我没有过多的留念。

生活就是这样，有时候它逼迫你不得不放弃一些如财富、地位和爱情之类的东西。我知道，虽然是她主动提出分手，但这并非出自她本意，我听说她为此还大哭了一场。一想到这些，愧疚就像铁钳一样把我的心紧紧地攥着不放……

对往事的回忆，撩起了我平时深藏在心底的一丝感伤。

她脱下雨衣后显然也看到了我。我离她是那么近，我们的目光刚触碰到一起，我就迅速转移，像是做了亏心事。我们没有说话。

雨一直下，丝毫没有停歇的意思。好大一会儿她才对身边男人说："走吧，该做中午饭了。"

他回答得很干脆："行，反正都已经淋湿了。"灰色的大阳摩托渐渐消失在瓢泼大雨中。

那一刻，我拿着手机一动不动地站在遮雨棚下，只觉得心里空荡荡的，就像深冬里的田野，只有一阵阵寒风吹过……

往事如烟

算来已是九年前的事了，那一年是我工作十几年中最不如意的一年，工作上的不顺心，感情上的挫折，生活上的压力常常让我感到疲惫不堪。那时我还没有分到单位福利房的资格。说心里话，一人在单身宿舍不怕清冷、空虚和孤独，怕的是不知这种生活何时才能走到头。

下班后为了打发时间，我开始上街转悠。原来认为逛街浪费时间，没想到后来却成为消磨时间的最好办法。一次晚饭过后，到水冶广场闲逛，满大街的扎啤摊暗示着这里的夜生活才刚刚开始。夏天的傍晚总是让人期望，晚风轻拂而过，如水的凉风荡去了白天的浮躁。

走了一路，准备在路边扎啤摊喝点东西，刚坐下，一位老者就迎了过来："喝扎啤还是冰镇饮料？"

"扎啤吧。"我随口说道。

"再来半份小菜。"在他去接扎啤的时候我又补充了一句。

端上小菜时，老者亲切地问："小伙子，听口音，老家是濮阳那边的吧？"

我很吃惊："你怎么知道？"

他笑了笑告诉我，他也是濮阳的。这让我一下子感觉亲近了许多。在随后的谈话中，我了解到他曾是濮阳地区水泥厂的一名职工。企业破产后，他为了生计就一直在外打杂。我还了解到，他说的濮阳地区水泥厂就在我们水冶铁厂不远处，站在宿舍楼顶就能清楚地看到水泥厂立窑。

从那时起，只要有空我就到他那个扎啤摊吃饭，顺便和他聊聊天。在水冶镇十几万人口中碰到的老乡，成了最好或者最安全的倾诉对象。

他也慢慢掌握了我的习惯，只要我往那一坐，他便盛一杯扎啤，半份小菜，最后做一小砂锅面。他听了我生活中一些不如意的事，总是说："好好干吧，起码在你们水冶铁厂有生活保障。"

起初他这句话我并没有在意，因为很多人都这样对我说过。每当看到他腿脚不灵便地端菜、烤羊肉串，不停地忙前忙后时，我就想：一个下岗职工，都六十多岁了，为了生计依然拼命地努力。相比较而言，我生活中受到的那一点小小的挫折又算得了什么呢？

两个多月后，也就是那一年进入八月份后的第二天，当我又一次去他那个扎啤摊吃饭时，他不见了。代替他的是一位中年妇女，起初我以为他有事暂时来不了，但接连几天都不见他，于是就忍不住问扎啤摊老板。老板告诉我，他去温州打工了。

我吃惊地问道："他那么大年纪了，还去那么远的地方打工？"

扎啤摊老板一边收钱一边说道："没办法，在这儿干挣得太少，他小儿子快四十了，还没有结婚。在水冶，结婚、买楼房需要很大一笔钱，听说在温州打工挣得多，所以他就去了。可怜天下父母心啊，这么热的天……"

我脑子里乱糟糟的，扎啤摊老板后来说的话，我根本就没听清，那天要的一杯扎啤也只喝了几口。

当我怅然起身要走的时候，天空西边大片大片的乌云聚集起来，夕阳的余晖也收起了最后一道光芒……

香　烟

　　姥爷喜欢吸烟，从我记事起，他腰间就一直别着烟袋锅，从未离过身。尽管姥爷喜欢吸烟，但姥爷从来没有买过一支烟。他在我们老家自留地里种了不到四分地的烟叶。那几分地的烟叶，姥爷从不让我们插手帮忙，都是他一个人种植、浇水、拔草、收货、晒干、碾碎。

　　虽然姥爷喜欢吸烟，但四分地的烟叶，姥爷一年根本吸不完。所以，在新鲜的烟叶收下来后，姥爷还会拿到集市上卖。姥爷年纪大了，算起账来不是很利索，因此，在家事先让母亲把烟叶用小塑料袋装成若干小袋，称好算好，每袋也就三块钱。

　　在集市上买烟叶的也大部分是老人，而且大都是家庭条件不好的。每袋三元的烟叶，年轻人看都不看一眼。一天下来，姥爷能卖五袋就很不错了。记得有一次姥爷从集市上回到家高兴地说："今天不知咋了，买烟叶的一下多了起来，总共卖了八袋，挣了二十四块钱。除了中午吃了两个糖糕一个烧饼，喝了一碗胡辣汤花了三块，还剩二十多。"

　　在集市上忙了一天挣了二十多块钱，如此高兴，相比急功近利的年轻人，实在是天差地别。

　　从我上小学五年级起，姥爷不用烟袋锅吸烟了，开始裹烟吸。在胡同里坐着和一群老人晒太阳闲聊时，姥爷就裹烟。裹烟叶的材料就是我用过的学习本。姥爷把我用过的学习本每页撕成长十二厘米、宽五厘米的纸片装到口袋里。裹烟时，姥爷先从口袋里取出一张纸片，竖向对折一下，然后把烟袋从腰间摘下来，从里头捏出一小撮烟叶放到对折的纸片中间。接着左手拿住一端，右手旋转纸片，直到形成圆锥形。旋转到最后，纸片会留有一个小角，姥爷往往把这个小角用舌舔一下粘牢。这也是很关键的一步，不然，裹好烟叶的纸片会弹开，烟叶就会洒出来。在我看来，裹烟是个技术活，烟叶装得少，裹出来的香烟细不说，吸两口就没了；装太多，裹起来旋转时纸片会有空隙，也不行。

每隔一段时日，姥爷都会笑眯眯地问我："有写完的学习本没有？"当我把准备好的学习本递给他时，姥爷往往嘿嘿一笑，"又够我用一个多月的了。"望着他驼背的身影，一次，我说："姥爷，等我挣钱了给你买一条好烟。"

姥爷转过身来，愣了一下，忙不迭地说："好，好，出息了。"

到水冶铁厂工作的第一年春节，曾给姥爷捎回一百元一条的红旗渠香烟。在十多年前，一百元一条的精品红旗渠是安阳卷烟厂的高档产品。然而捎回老家后始终没见姥爷吸过一支。一次回老家，我忍不住问母亲："我给姥爷捎的那条香烟姥爷吸过没有？"

"没见他吸过，可能吸不惯买的香烟，在胡同里和老人们闲聊时都分给别人了。"母亲一边忙手中的活一边说。

于是我埋怨姥爷：吸过滤嘴的香烟比吸裹的烟强，吸裹的烟对身体危害极大才，没想到……

从此，我再也没有给姥爷买过香烟。

多年后，九十多岁的姥爷摔了一跤后就再也没有起来。处理姥爷的遗物时，我在姥爷的一个包袱里发现了崭新的毛巾包着不知什么东西，还用绳子缠了好几道。解开一看，里面赫然是那条红旗渠香烟。

我泪目了。

心香一炷吊故友

刘文喜，我知心的朋友，最亲密的工友，已去世很多年了。

刚参加工作时，刘文喜是我的上级，虽然他不太爱说话，一副冷冰冰的面孔，但对职工却是特别关心和照顾。他有空就教我一些工作上的知识。他对我说，现在的工作环境稍微差一点，劳动强度也大一些，刚参加工作或许还不能适应，但时间长了，习惯了，就好了。他说他也曾在我这个岗位很多年，有啥不明白的可以问他。他也常叮嘱我，刚参加工作，无论干什么活儿一定要在保证安全的前提下进行，有啥解决不了可以找他，千万不要一个人蛮干。

后来由于工作上的调动，刘文喜调到作业区，不再担任值班长一职。真正了解他还是十年后。他调到作业区后，作业区不断新增设备，区内人员也越来越多，加上当时又赶上厂里标准化建设，他一个人实在忙不过来，领导就通知我暂时去帮他一段。

然而我到了作业区后不但帮不上忙，反而没少给他添乱。但他并不生气，还不断地传授我一些设备和技术上的知识，直到一年后我才有能力帮他分忧解难。

在作业区，他把设备的维护和改造放在第一位。一个夏天的晚上，我和他在地摊上吃饭，他喝了点酒，感慨道："设备搞不好，工友们的劳动强度就会增大，这么热的天，看到他们汗流浃背地干活，心里过意不去啊。"他这句话让我联想到豫剧电影

《七品芝麻官》中主人公的一句经典台词：当官不为民做主，不如回家卖红薯。每天早上开完会，他都去工地和职工一块干活，只是干一会儿就会气喘呼呼地说："不行不行，歇一会儿。"后来才了解到他患上了高血压，不能长时间从事体力劳动。

人们常说，冬天是病人的门槛，刘文喜没能迈过这个门槛。我清楚地记得那年冬天，春节即将到来的时候，刘文喜病倒了。那一天早上，迟迟不见他上班，打电话也没人接。巧了，我的安全帽"砰"的一声掉在了地上，弯腰捡安全帽的时候，我隐约感到要发生什么不好的事。果然电话响了，传来一个不幸的消息：刘文喜正在县医院抢救！

其实他病倒前我就有了预感，头一天厂里进行标准化验收，他对我说："你负责整一下内环境，我负责把外环境整一下。"我知道外环境劳动强度大，就对他说："还是我去搞外环境吧。""不用不用，外环境不好搞，你把内环境整好就行了。"他坚持说。

当天下午，在机器的轰鸣声中，我接到了他的电话，他问我整得怎么样了，如果整好了就去帮他，他有点累，需要回家休息一下，而且他今天忘记了拿药。

他口袋里每天都装着降压药，有时我还会提醒他"今天吃药了没有"。他常对我开玩笑说，"忘了啥也不能忘了它"。我知道那天他很累，走的时候浑身都是油污，满脸都是灰尘。不幸的是，就是在这种状况下他竟然没有吃药。

直到今天我仍然有些自责，那天为什么没有多问他一句吃降压药的事。

刘文喜最终还是撒手人寰。噩耗传来，椎心泣血，我失去了一个很好的朋友。那天我一个人把自己关在屋里，反复听着《啊，朋友再见》这首老歌。

清明时节雨纷纷，雨淅沥沥沥地下着，而我的眼泪也点点滴滴、冷冷冰冰地让我忆起了曾经的往事……

心灵扫尘

人但凡到了一定的年龄，都有一种归属感和认命感，特别是在当今这个竞争日益激烈的社会。工作上的不顺心，以及生活中的各种压力总是让人感到很累很累。在心情不好时，我总是愿意独自一人上山转转。

在山中漫步，脚轻心轻，飘飘欲仙。也只有走到山中，才感到自己竟是那样渺小，恍若阳光下的一粒尘埃。

无人处，除了微风，还有那薄薄的虫鸣之声，唱着农人千年的梦歌，如曼陀铃柔曼独奏，融在山怀之中。

清泉淙淙地从石间流过。蹲下身，用双手捧起清凉的泉水喝上几口，感到沉寂已久的情感渐渐融化。

清甜的泉水在身体里弥散开来，像一双无言的大手轻轻地抚摸着我累累的伤痕。

我能清晰地感受到泉水在身体里流淌。这一刻，心里复又燃起了欢快的火苗，陶醉在久违的激情之中。

有时想想，我们匆匆奔波，苦苦跋涉，历尽风雨沧桑，去追寻所谓的幸福和快乐。但命运却常常被尘世的风沙侵袭，人在生死名利、恩怨纠葛、日间琐事中迷失了双眼。

据说军阀孙传芳部下有一位将军想放下屠刀，立地成佛。他恳求一位老和尚收他为徒，只是入佛门多年师傅所教的除了扫地还是扫地。天天如此，月月如此，年年如此。这位将军终于向老和尚表示不满。老和尚一边扫地一边心平气和地回答："扫地扫地扫心地，心地不扫空扫地，人人都把心地扫，世上无处不净地。"这位将军听后顿悟，默默地跟在老和尚身后扫起地来。

年轻人常常说活得太累，而老一辈也常常教育年轻人不要过于浮躁和急功近利。事实上也的确如此，静心打扫心中的灰尘，取一份安恬的真经，将这部真经诵出持久不衰的浩大潜能，此时自己心眼已开。

若能如此，则置喧嚣于身外，心灵得以安歇，烦忧方可远去……

四叔爱喝酒

　　在家乡，人人谁都知道四叔爱喝酒，特别是他不当村支书后。父亲说，四叔总爱找他或大伯、二伯喝几盅。

　　四叔曾经是村支书。父亲说，四叔当上村支书后也想把村里搞好，甚至建设一个新农村，但四叔的思想境界、文化程度以及管理能力注定了四叔成功的几率很小。四叔当村支书没几年，由于没有一点政绩而被其他人取代。

　　然而我却很佩服他——一个十几岁就入党曾经给济南军区某领导当过警卫的老党员。

　　我参加工作来到安钢的第三年，四叔在家乡办了一个养鸡场，但由于种种原因，养鸡场几乎赔了个精光。虽然很少回老家，但从父亲电话里，我了解到四叔这两年过得并不怎么样，由于鸡场赔钱，他的儿子和儿媳正在闹离婚。

　　前一段回老家探亲，在胡同里碰到了四叔。看到我，四叔先是呵呵一笑，随后说道："在安钢那边十多年，咋不见你吃胖呢？"我没有回答四叔提出的问题，而是用打火机点燃了刚刚递给他的那支香烟。给他点燃香烟时，我注意到，尽管四叔比父亲年轻近十岁，但头上的白发却和父亲一样多。

　　吸了几口香烟，四叔说："好多年没有和大侄一块儿坐坐了，我买两瓶酒，今天无论如何也要喝两盅。"四叔说完骑上电动车就要走，我丢下包急忙拽住了他的车后架："四叔，家里的酒多着呢，不用买。"四叔听后显得有些生气："咋，嫌你四叔买的酒不好喝？"没法再阻拦，我只好松了手。

喝酒本来想通知一下大伯和二伯，但父亲说改天吧，他们现在都在市里忙着呢。

四叔喝酒还是老样，几杯酒下肚，话就多了起来。他一边夹着花生米吃着一边叮嘱我："在安钢给人家正儿八经地干，别老惦记着家里的事。你想想，你高考落榜后在家做生意多挣钱，可为啥你父亲还要让你去接班呢？这不光是为了让你能有一个稳定的工作。"

四叔端起桌上的一杯酒一口喝了下去，咂咂嘴，"你大姐考上聊城大学那年，村里人真是羡慕得不得了，你父亲也是高兴得大醉一场，记得你父亲喝醉后说过这样一句话'要是没有我在安钢那点工资，这闺女上大学的费用可咋整呢！'"

说到这里，四叔又微微一笑："油田在咱这里发展壮大后，村里也跟着富了起来，有的人办起了炼油厂，有的人办起了化工厂，还有的人办起了什么绿色环保饭盒厂。咱现在的生活不比城里差，可你父亲这个时候偏偏让你二姐考什么安钢技校，我看是你父亲在安钢工作了三十年，对它有了很深的感情。"说完四叔嗞的一声又把酒杯里的酒喝了个精光。

父亲在一旁劝慰道："少喝点，少喝点。"

四叔没有理会父亲的话，抹了一下嘴望了望我："听说你在那边又读了厂里的什么大学？"

"安钢工大。"我解释。

"好，多学点东西有好处，你看我那养鸡场，现在赔得差不多了，肚里面没东西搞啥都不行。"四叔说完拿起一个鸡爪笑嘻嘻地对我说，"有机会去你们安钢看看，到那时你可得给我准备一瓶好酒。"说着又端起酒杯抿了一小口，"你还不知道吧，你能顺利参加工作还有我一份功劳呢。你接班那年，你父亲去莘县给你办理户口手续，谁知县里那个管这事的说啥也不给办，我一气之下去了济南，把莘县那个管这事的可吓得不轻，不但给办了手续，还管了咱一顿饭。"

对于这件事，我隐约听父亲说过，但是四叔去济南并没有找到他的老领导，而是拿着他和老领导的一张照片，找到了在省政府某个部门任职的老领导的大孙子。

四叔把"管了一顿饭"这句说得很重，我听着虽觉有些可笑，但心里却生出一丝苦涩。

看了一下四叔的酒杯，父亲示意我倒酒。当我拿起酒瓶刚要给四叔斟上，四叔却一把夺了过去，"我自己来，我自己来。"倒满酒后，四叔意味深长地说："唉，不当村支书后只有和你父亲、大伯、二伯一起喝了，曾经的那些亲戚已经很少再来了。"顿了顿又添了一句："人走茶凉，没办法。"

对于四叔说的人走茶凉理论，我持反对态度。父亲退休都十几年了，可他那些没有退休的同事对我却是百般地关心和照顾，这怎么能说人走茶凉呢？

四叔手里的那只鸡爪尽管已经啃得只剩下骨头，但他仍然有滋有味地嚼着："对了，四叔还有件事需要你帮忙。"我听后很吃惊，真不知道我还能帮四叔什么忙。

"你大侄子都快小学毕业了，但作文差得一塌糊涂，你写的东西都能上报纸肯定是好的，有时间给他辅导辅导。你堂哥和堂嫂偏偏这个时候闹离婚，我都这把年纪了，一点都不给我省心。"四叔说这话的时候声音有些发抖。"我，你父亲，还有你大伯、二伯弟兄四个，就数你父亲思想高。这也可能是你父亲受安钢那边的熏陶，把你们几个培育成才，不像我早早地就让你堂哥堂弟退了学。他们现在不争气，我这个当父亲的也有责任。"四叔说着眼圈竟然红了。

　　我知道，这个时候四叔已经醉了。他向来是个内向的人，像思想高、熏陶之类的词在他清醒的时候，是无论如何也不会说出口的。那天不但四叔喝醉了，我和父亲也被四叔以各种理由灌了个大醉。

　　醒来之后，四叔对我说的话大部分没了印象，只有两句话记忆犹新，一句是：有机会去你们安钢看看，到那时你可得给我准备一瓶好酒。另外一句就是：你在安钢也要奋斗一辈子才对。

　　其实，对后面这句话，我进安钢那天起就有了这个决心。

逝去的书信

　　书信作为信息传递、情感表达的主要手段，自古以来就是人们交流的一种十分重要的工具。据《史记》记载：汉武帝天汉元年，中郎将苏武出使匈奴，被长期拘留，关押在北海苦寒地带多年。后来，汉朝派使者要求匈奴释放苏武，但匈奴单于不让苏武回汉。与苏武一同出使匈奴的常惠秘密见到了汉使者，并设计让他对单于说，汉天子在上林苑打猎，射到一只鸿雁，雁足上系着一块帛书，上面说苏武在某个沼泽地带放羊，匈奴单于再也无法狡辩，只有让苏武回汉。鸿雁传书的典故，充分说明了书信在社会生活中曾一度扮演着举足轻重的角色。

　　参加工作后，每到双休日，我都会坐在桌前给老家的父母写信。

　　听母亲说，只要邮递员到我家门口喊："有人吗？信，安阳水冶的！"父亲便放下手中的活，不顾一切蹒跚着向大门外跑去。母亲还说，父亲拿到信后不急于拆开，而是吃过饭安闲时，戴上老花镜，躺在椅子上细细地看。

　　母亲识字极少，收到我的信后，回信的必然是父亲，而且信要比我的长得多。每到信开头都是叮嘱我在工作中要注意安全，生活中要注意身体之类的话，然后才说起一些具体事。

　　实事求是地说，给父母写信并不是在生活中和工作中有了事才写。我给父母写信没有任何特定仪式，有时晚上睡不着起来写，有时看着电视停下来写，甚至是吃着饭，放下碗筷就写。当然这时候写出的信大都零碎杂乱，没有双休日静下心来写的那样条理清楚。

和父亲一样，父亲写给我的信，我也是不急于拆开，而是喜欢在晚上躺在床上看。

父亲写给我的信，我至今仍然保留着。这些承载浓浓亲情的书信，带给我无穷遐想和温馨的书信，对我来说真的能"抵万金"。

空闲之时，我把父亲寄来的书信按时间顺序整理出来，大部分书信内容我都能背下来。比如：你在水冶铁厂要好好干，工作中一定要把安全放在第一位；我和你母亲身体都很好，你不用挂念；生活不用俭省，要把身体搞好；有空来老家不用拿东西，路上提着不方便，家里啥都有……

自从有了手机，算来已经十二年没给父亲写过信了。随着手机的功能不断更新，写信息、发微信以及视频聊天等，我和父亲的书信来往已成为一种遥远的回忆。

很多新事物，你不能一概而论地说它好或者不好，比如手机。

不可否认的是，随着现代化通信技术越来越发达，书信已成为过去式。那些寄托了我们亲情的书信，那些承载了我们梦想的书信，与我们渐行渐远。

难以想象，如果有一天我老得走不稳路了，我的儿子扶着我在阳台晒太阳，当我用颤抖的手拿着一沓书信对他说"这是你爷爷曾经写给我的信"时，我会是怎样地老泪纵横……

我相信

　　今年工作表现相当差劲，曾经的同学也好，朋友也好，绝大部分都比我混得好。当他们在高档的娱乐场所潇洒时，我还在为每月千把元的工资累死累活地苦干。

　　工作之余我常想：这是何苦呢？就这两个钱没必要这么拼命吧，还是得过且过，工作上差不多就行了，何况干得不如自己的还大有人在。

　　说起来难以启齿，去年五一假期就有老家朋友打电话说想去安阳文字博物馆，问我有没有空一块去转转。我一听吓得赶紧说算了吧，没啥好看的，都是甲骨文，啥也看不懂。说真的，我觉得自己早就不是和人家一个档次上的人了，我是想着给儿子攒两个钱上大学，可人家一辆奥迪抵得上我半辈子的收入。

　　家庭轿车早已不稀罕，没有买车的理由很多，比如市区限号不方便、停车不方便、油价太高、费用太高等。但我心里清楚，还是有车方便，且不说刮风下雨天出门，即便是大好的天气，当你在公交站焦急地等待公交车时，有车一族或许早到达目的地了。我从没有买车的打算，一辆车每年万把元的费用我无法接受。只是当我们一家三口去挤公交时总觉得对不起妻子，当初追她时，我可是出了豪言，说了大话的，现在想想总感到有些愧疚。

　　国庆放假的第二天，妻子问我要不要领儿子出去玩。我犹豫了片刻说别出远门了，去安阳万达商场转转吧。好玩的地方多的是，不出远门显然是为了省钱，这个骗不了她。

　　到了万达商场门口的一处儿童乐园，儿子闹着要划小皮船，二十元一张票，时间十分钟左右。收票的是一位中年妇女，她一手接过我递给她的票一边说划船的小朋友少，还可以多玩一会儿。她刚一说完我就问："老家不是安阳的吧？"

　　听我这么一说，她也乐了，聊了一会儿才知道她是濮阳市南乐县的，算是老乡，在这里给别人打工。通过聊天我了解到，这处儿童乐园每天上午九点开始营业，晚上十点左右才收摊，每天工作十几个小时，老板每天却只开一百元工资。

　　当她听说我在安钢上班时，很是羡慕："和你们比差远了，你们安钢工资稳定，退休又有养老金，啥愁也不用发。"

　　我听后苦笑了一下："就那么回事吧。"

　　她一边和我聊着，一边忙着收票，同时还得忙着把来玩的小朋友抱上船。在闲聊的工程中，我也了解到，其实她刚刚五十出头，但头发却都花白了。

　　一个五十多的妇女，为了生计，为了一百块钱的工资，每天要工作十几个小时。相比较而言，我应该知足了，还有什么理由不好好工作呢？

　　我相信，通过努力，我有能力把工作干好；我相信，通过深思熟虑，我有信心把心态调整好；我相信，通过拼搏进取，我能把每一天把握好。

　　事实上，国庆去安阳万达游玩那天，天气并不怎么好，直到中午十一点二十五分，阳光才慢悠悠地从空中洒下来。灿烂的阳光照射在万达商场一尘不染的玻璃窗上，反射出一道道完美的弧线……

幸　福

什么是幸福？有车，有房，有存款？还是每天山珍海味花天酒地？如今，给幸福下个定义还真不容易。

越来越多的人感到，现在生活得太不幸福了，特别是城里人。生活压力大，思想包袱重，每天都生活在匆忙的脚步中，不敢停下来哪怕一小会儿。为了生存，每天就像一只旋转的陀螺被不停地鞭打着，哪里还谈得上幸福。

生活不幸福，在很大程度上还是因我们的欲望太多。

在城里打拼了很多年，好不容易买了一套二居室，本来是一件幸福的事，可看到周围的人都住上了三居室，就觉得不如意；存了钱买了一辆家庭轿车，还没有体会到幸福的时候，别人又换上了高档豪华轿车，那接下来就是再存钱换车，否则就不幸福。说到底，我们是为谁而活着，是为别人还是自己？

攀比心理严重，注定很难体会到幸福。相比之下，在一些偏僻落后的农村，相当一部分农民却感到自己生活得很幸福。下地干完农活回到家，看到爱人做好的饭菜感到很幸福；一亩地多收了几十斤粮食，又是很幸福；庄稼需浇水时下了一场雨，还是很幸福；当知道国家对农民又有了新补贴后，那更是幸福得不得了。

看来，幸福说复杂也复杂，说简单也简单。

其实真正意义上的幸福，还取决于我们对社会的贡献。从大的方面来说，一个人的人生价值，不在于对社会的索取而在于对社会的贡献，只有这样才能体会到真正的幸福。

当然，这并不是要求我们每个人都做出非常大的成绩，都研究出惊人的科研成果，在自己的岗位上奉献着自己的一份力量，这本身就是对社会的一种贡献。

不断听人说，有些开着名车住着别墅的不一定幸福，过着衣食无忧生活的富豪也不一定幸福。其实生活得幸不幸福，关键的一个衡量标准，就是看对社会贡献和索取的比例。

从小的方面来说，一个人有一个人的生活方式，一个人有一个人的生活目标，当然也就有着对于幸福的不同理解。

有人这样问，什么是幸福？对于有钱有权的人来说，每天吃得香睡得着就是幸福；对于工薪族来说，上班的时候盼望着下班，下班的时候盼望着上班，这就是幸福。也有人说，幸福很简单，有一天牙疼得要命吃不下任何东西，第二天早晨起来竟然不疼了，这就是幸福。

还有人说，幸福就是傍晚你在站台上，焦急地等待着公交车的到来，正当你感到失望要离开的时候，突然，远远车灯一闪，车来了。

这些看起来很简单，甚至还很可笑的话，其实仔细品味一下还是蛮有道理的。

一块钱的尊严

入冬后，超市生菜价格高得离谱，唯有菜市场的生菜还勉强可以接受。一天早上在菜市场的最西头，发现一位卖菜的瘦老头，询问了一下价格，他卖的生菜竟然要比其他菜贩每斤便宜一块钱。瘦老头说，菜是自己种的，所以便宜，更重要的是自己的生菜品相比其他菜贩的差一些。瘦老头说自己年纪大了，在种菜管理上不怎么仔细，差不多就行了，自己种的菜，卖一点赚一点。

瘦老头说完，从一个破兜子里掏出一个花卷吃了起来。我一边挑生菜一边说："这么冷的天，就吃这个？那边就有卖早点的，抽空过去喝碗热乎乎的豆腐脑不好吗？"

"都习惯了，再说一碗豆腐脑抵得上我一斤生菜了。"瘦老头笑呵呵地说。

瘦老头的这句话让我不忍心再挑三拣四，随手抓了几棵生菜装进了塑料袋。

称菜时，我问："您这么大年纪了，在家歇着呗，还出来忙啥？"

"在家闲着也没啥事，再说小儿子刚在安阳市里贷款买了一套房，没办法，自己家庭条件不好，小儿子再过两年都四十岁了，刚说了一个对象。在安阳没有房，女方那边根本不同意。"

瘦老头一脸的无奈。他说安阳一套房的首付几乎花光了自己一辈子的积蓄，把我拿的生菜上完秤后，瘦老头又说："有空再来，咱自己种的菜，真的一点化肥都不上。"

付账时，九块钱的生菜我递给他二十元，他先是从口袋里掏出一张十元纸币，然后又从一个自己做的钱袋子里哗啦啦地找一块钱的硬币。瘦老头的钱袋子看起来有些年头了，黑乎乎的。

我掂起生菜放到自行车筐里，"算了，一块钱。"我骑出好几十米远，瘦老头竟然从后面跟了上来，他气喘吁吁地一把抓住我的自行车后架，然后递给我两枚五角钱的硬币："该多少就是多少，我不能多收你的钱！"

"您这是何必呢，不就是一块钱！"我接过那两枚硬币有些感动。

"不行，不行，谁挣钱都不容易，我虽然缺钱，可我卖了半辈子菜从来不沾别人一块钱的光。"

瘦老头的这句话彻底感动了我，在这个物欲横流的社会，有多少人能做到这些？瘦老头可能一贫如洗，可能舍不得在外面吃一顿早餐，但他从来没有放弃过自己，哪怕是一块钱的尊严。

突然有一天

　　今年春节本来是打算在老家住一星期的，然而由于种种原因，我只在老家待了一晚上就返厂了。这让父母很是失落，为了安慰父母，我承诺说天气转暖后再回老家。

　　事实上，到了四月中旬我才有了回老家的打算。父母希望我和妻子、儿子一块回老家，而我是四班三运转，妻子是常白班，算过来算过去只有等到五一放假最合适。于是，回老家的打算又拖到了五一假期。没想到五一期间妻子单位要搞什么评审，根本抽不出空，于是回老家的计划又往后拖。

　　转眼到了儿子放暑假，突然有一天躺在床一想：又大半年没回老家看望父母了。期间虽然和父母通了几次电话，但都没有透露回老家的意思。而父母也说他们身体都很好，老家也没什么事，没空就别来回跑了，这当然不是他们的心里话。

　　其实，不愿回老家还有一个原因，就是自己在外面混得不怎么样，特别是前两年在一次老家同学聚会上，一个当了镇委副书记的同学酒后对我说："兄弟，现在钢厂效益怎么样？实在不行就到我这来。"我当然知道这是酒后一句客气话，但却深深刺痛了我。

　　和去年夏天相比，今年的天气更加炎热。大暑还没到，气温已飙升到三十八九度。突然有一天，碰到一个工友，看到他一脸的憔悴，我开玩笑说："哥们，瘦了，是不是今年公司没有半年奖，舍不得吃了？"

聊了一会儿才知道，他父亲确诊癌症晚期，前前后后花了几十万不说，本来一个完整的家庭瞬间被搞得支离破碎。年迈的母亲得知老伴已是癌症晚期后经受不住打击，也病倒了。工友三天两头往医院跑。工友点了一支烟，猛吸两口说，以前没有好好孝敬父亲，一年到头也不回老家看看，现在晚了，看到病床上日子不多的父亲，肠子都悔青了。

我听后脑子一片空白。

八月二十多号接到儿子学校发的微信，通知说快开学了，幼儿园要进行一次卫生大扫除，哪些家长有空就来参加义务劳动。说心里话，对于这类微信我一向很反感：为啥学校总是让家长去干这干那！

处暑刚过，我对妻子说想领儿子回老家看看。妻子听后很是不理解，她说："还有半月多就中秋了，那时我们一块儿回去不好吗？""不拖了，我已经决定了，回老家住一天。"我把"一"字说得很重，也就是说不会误了儿子开学。

买到火车票的那一刻，我深深地舒了一口气，像是完成了一件前所未有的大事。我想，也许在今后漫漫的生活道路上，我还会了悟更多的生命中不可缺少的东西……

一生何求

双休日，和儿子在床上玩骑大马。正高兴之际，背上的儿子突然大叫："爸爸，你有白头发了！"

我心里一惊，但很快就释然了：都四十多岁的人了，已过了不惑之年，也该有了。

时间这个东西很奇怪，说快不快，说慢不慢。小时候在胡同里玩耍时从未想到不惑之年这个概念，只是一天又一天，一年又一年，不知不觉间自己已经是四十多岁的人了。

其实到了不惑之年，不需要人家提醒，在镜子面前一站心里就应该有数。眼神不明亮了，抬头纹也有了，脸上褶皱足以说明：人到中年，青春早已远走，那些曾经散发无穷魅力的时光，早已幻化成一缕虚无缥缈的云烟。

岁月的确不饶人！

到了这个年纪，大概有两件事不能不想，一是如何把子女培养成人，二是自己在事业上仍然一无所成。

其实到了不惑之年，再想做出点成绩、干点事业何其艰难，路上的绊脚石分分钟把自己磕碰得鼻青脸肿。

这个世界属于年轻人！

有时躺在床上想：自己活了半辈子，竟然没做出一件出色的事，实在有些羞愧。唯一感到欣慰的是我这个人还算勤恳，不偷懒耍滑，工作上能认真完成领导安排的任务；家中能做好妻子交代的家务；生活中还力所能及地给亲朋好友帮点小忙。

当然，这两年也经常有混得不错的朋友打电话："就别死端着那个铁饭碗不放了，在那儿耗着没啥意思，还是和我一起混吧。"

这些我当然考虑过，想想朋友一辆奥迪抵得上我半辈子的收入，心里也确实有破釜沉舟的念头，只是再三掂量，最终还是拒绝了朋友的好意。人到中年，不想再折腾了，也没那个精力。这个年纪只想过随遇而安的生活，做一些力所能及的事，享受自己所能享受的人生。

对于我来说，到了不惑之年，工作稳定，生活无忧，偶尔还能写点东西挣点稿费打个牙祭已经不错了。再加上父母健康，儿子聪明，妻子贤惠，能拥有这些，我也就别无所求了。

爷爷的老羊皮袄

爷爷去世很多年了。他老人家在世的时候，给我印象最深的就是他穿的那件老羊皮袄。

那件老羊皮袄有些年头了，皮毛上的硝已经脱落了。爷爷每次穿上它的时候，那件老羊皮袄就像牛皮纸似的哗哗啦啦直响。

那件老羊皮袄对爷爷来说很珍贵，破了补补，衩了缝缝，反正爷爷是舍不得扔掉。

爷爷的那件老羊皮袄虽然破破烂烂，但却有一段浪漫动人的故事。听说爷爷年轻的时候，喜欢上了邻村一个唱戏的女子，那个女子也很喜欢爷爷。可在那时候，一个女人家唱戏是一件很丢人的事情。所以太爷爷死活不同意这门亲事，那个唱戏的女子也不想让爷爷为难，主动断绝了和爷爷的来往。

在一个大雪纷飞的晚上，那个唱戏的女子抱着一件羊皮袄找到爷爷，流着泪对爷爷说："既然你爹不同意，我们还是散伙吧。我一个唱戏的真的配不上你，你也别和你爹闹下去了。你爹也是为了你的名声。天越来越冷，我给你做了一件羊皮袄，就算作个留念吧。来，你穿上看看合适不。"爷爷再也忍不住了，接过那件老羊皮袄就大哭起来。

爷爷的那件老羊皮袄的故事，村里没有几个人不知道的。

爷爷的那件老羊皮袄的确太破了。所以父亲从安阳给爷爷买了一件灰黑色的棉大衣让爷爷换上。父亲对爷爷说："爹，您这老羊皮袄实在不能再穿了，还是扔了吧，都啥年代了……"不等父亲说完，爷爷就说："扔了干啥，还能穿呢！"接着，爷爷指着父亲手中的棉大衣说："这大衣得好几十块吧？以后可不要这样乱花钱了。你在水冶铁厂挣个钱也不容易。还是省下钱让大孙女好好念书吧。"

以后，爷爷依旧穿着那件老羊皮袄。爷爷说："我这老羊皮袄好着呢，比啥袄都暖和。"

天气好的时候，爷爷还时常把那件老羊皮袄拿到外面晒晒，用刷子轻轻地刷去上面的灰尘。

有一天，天气很好。爷爷又把那件老羊皮袄拿到外面晒，谁知天说变就变，突然下起雨来。爷爷连忙往外跑，由于腿脚不灵便，爷爷摔倒了。本来爷爷的身体就不好，这下终于躺进了医院。在病床上。爷爷仍然惦记着他那件老皮袄。当父亲流着泪把叠得整整齐齐的老羊皮袄拿到爷爷病床前的时候，爷爷开心地笑了。

然而，爷爷再没能从病床上起来。

爷爷去世后，那件老羊皮袄随爷爷一起埋进了棺材……

伟大的母爱

她抱着啼哭不止的男婴心急火燎地找到了一个医疗队，应该说她是这场地震的幸运儿，遗憾的是，孩子在地震中受了伤。

这位年轻母亲望着医护人员像是看到了救星："医生同志，求您快救救我的孩子！"没有多想，医生迅速接过这个还不到两岁满身是血的男婴，马上在简易的医疗棚中开始救治。

女护士安慰在痛哭的年轻母亲："大姐，您放心，孩子一定会没事的。"而年轻母亲像鲁迅笔下的祥林嫂，不厌其烦地重复着："都怪我把孩子丢在屋里，一个人在外面洗衣服，当我感到地震时立即跑回屋里，抱起孩子冲出屋的时候，门框突然倒塌。虽然我把孩子死死地抱在怀里，可孩子还是受伤了……"年轻母亲一边说着一边不停地抹泪。

在病床前救治孩子的医生剥开男婴血淋淋的衣服，认真检查了一遍后惊奇地发现男婴的身上竟然没有一处伤痕！医生简直不敢相信自己的眼睛，再一次仔细地检查了一遍后，轻松甚至有些欣慰地说道："太好了，孩子没有受一点伤。"说完他深深地出了一口气。

坐在医疗棚外的年轻母亲听到医生的话，目瞪口呆地站了起来："医生同志，您会不会搞错了，孩子身上那么多血怎么会没有受一点伤呢？"是啊，既然孩子没有受伤，那孩子衣服上的血是从哪里来的呢？望着病床上没有任何伤痕的男婴和被鲜血染红的男婴的衣服，医生极力思考着血的来源。就在这时，一位细心的护士发现这位年轻母亲袖管里正在渗出鲜红的血液。

"大姐，您的胳膊……"直到这时候，年轻母亲才抬起微微隐痛的胳膊，"胳膊？胳膊怎么了？"护士走到年轻母亲的跟前，小心翼翼地捋起了这位年轻母亲的袖管。

一个大大的伤口展现在所有医护人员的面前，伤口还在不断流血。地震时，孩子被母亲死死地抱在怀里，是母亲用自己的胳膊像盾牌一样挡住了倒塌的门框。门框砸伤了年轻母亲的胳膊，而流出的血液染红了孩子身上的衣服，极度惊恐中的母亲误以为是孩子被砸伤了。

指着那位年轻母亲的胳膊上的伤口，医生对她说："这就是孩子身上沾满鲜血的原因。"年轻母亲看着自己的伤口倒是笑了："看到孩子满身的血简直把我吓坏了，我还以为门框把孩子砸伤了呢，现在我就放心了，只要孩子没事就行，我这点伤不碍事。"简单而朴实的话语，让在场所有的医护人员都流下了泪水。

说到母爱，的确不需要长篇大论地讲一些深刻的道理。

事事以孩子为先，哪怕是在生命受到威胁时想到的还是自己孩子的安危，这就是伟大的母爱。

找 零

去省城参加学位考试。一出火车站就有一位女子凑过来，"同志，要郑州地图吗？不贵，一元一张。"

我很礼貌地朝她摇了摇手。

她拿着地图很失望地又转向下一个旅客："同志，地图要吗？不贵，一元一张。"那位旅客甚至都没有看她一眼就拉着行李箱从她身边走开。她拿着一沓地图只好再寻找新的目标。那天郑州的天气不是很好，望着被冻得有些发抖又卖不出地图的她，我突然产生了一丝怜悯。

"大姊，来一张吧。"我从钱包里掏出了十块钱。她转过身吃惊又高兴地走过来，递给我一张地图说："同志，不贵，一张才一元。"我接过地图，她从一个用花格布做的提包里掏出了零钱："两块、三块、四块……九块，一共是九块钱，你数数对不对。"我把地图装好，又从她手里接过一把零钱，大致看了一下就装进了上衣口袋。

考试结束后，由于当天晚上还得上夜班，因此也就没有在省城多停留。吃过午饭，就准备买火车票返回单位。

票价是二十九元，当我从钱包里掏出二十元时，忽然想起上衣口袋还有买地图找回的九元钱没有花，因此就一把掏出来递给了售票员。

　　售票员数了数，然后从那些零钱当中拿出一块钱退给我："多一块钱。""多一块？怎么会多一块？"售票员又重新数了一遍说道："没错，三张一元纸币，六枚一元的硬币，一共是九块钱，正好。"我拿着退回的一块钱，心里默念：买地图时找回九块钱，怎么突然多出一块钱呢？我来的时候的上衣口袋里根本没有装一分钱，这样看来，肯定是卖地图的那位女子多找了我一块钱。

　　从郑州回来后，那张地图一直被我夹在课本里，从没有展开过。有时翻课本看到那张地图，突然就后悔：自己那时为什么不认真地数一下找回来的零钱呢？这样也不至于多要人家一块钱，那么冷的天，那女子挣一块钱也不容易。

　　自己从小到大从来没有占过别人的便宜，没想到这次例外了。尽管这次是那位女子的疏忽而不是我的错，可一想到多要了别人一块钱还是感到不安，怪不得那天考试时总感到眼皮在跳。

　　那以后，买东西遇到找零时，我都会认认真真地数一遍找回的零钱。当然，有时也会招来卖主的不满：不用数了，绝对不会少，几块钱数过来数过去哪像个男子汉，难道还怕我少找你一块钱不成！

　　其实他们哪里知道，我怕的不是他们少找我一块钱，而是怕他们多找给我。

中秋忆旧

又到中秋。这个中秋节是我和她分手后的第二个中秋节，按照分手时的约定，我们分手后依然可以做朋友，依然可以在中秋节的夜晚通一次电话。但我做不到，我觉得一切都过去了，为了彻底忘记她，分手不久我就更换了手机号码。

和她认识很具有戏剧性，她也爱好写作，她告诉我，我发表的文章她都一一收藏着。

我知道她是一个很重感情的女孩，我也从朋友那里了解到，她以前有过一段非常复杂的感情经历。她和她前男友分分合合谈了很长时间，最后还是因为工作和家庭上的问题分开了。

对于这段历史，她从没向我提起过，她只是对我说她以前谈过一次恋爱，但不是很成功，她还说有缘无分。有缘无分是最让人伤心的事情，不过两个人能不能走到一起，更重要的还是靠自己去努力争取。

我们俩在一起度过了一段美好的时光。然而，前年中秋节晚上，她突然告诉我，她前男友给她打电话想和她重归于好，她本来想拒绝，可发现真的不能忘记他，对于她来说，他早已走进了她梦的深处，心的深处，思想的深处，灵魂的深处。

我听后呆呆地望着她一句话也说不出来，只觉得喉头哽咽，心里有一种难以表达的痛。那种痛感从深深的地方冒出来，久久不能消去。

　　看到我痛苦的表情，她一声又一声地对我说对不起，我紧紧地咬着嘴唇，想说也许是我们两个没有缘分，没关系，祝你们生活得幸福之类的话，可始终没有说出口，我轻轻地走到窗前，泪水早已模糊了我的双眼。

　　·那天晚上，向来滴酒不沾的她喝了整整一瓶张裕干红，几杯酒下肚，她开导起我来，她说话时语无伦次，想到哪说到哪，零星杂乱，支离破碎。

　　她说从认识我那一天起，她就希望我能遇到一个比她更优秀的女孩子，因为她并不像我想象中的那样完美。她还说能做很好的朋友，未必就能做很好的妻子，她不想欺骗我，因为我对她的了解其实还很少，她并不值得我为她付出很多。说着说着她就趴在桌子上哭了起来。

　　那个中秋节，是我二十几年来过得最痛苦的一个中秋节。从那以后，我们再也没有联系过。随着时间的推移，她在我心中像暮色一样渐渐褪尽，最后变得一片浑然。其实忘记她也很容易，就像落在桌子上的薄薄一层灰尘，用抹布轻轻一擦就会消失。

　　时间过得真快，不知不觉我们已经分手两年了。我一个人来到厂区南大门，那是我们相识的地方，在朦朦的月色中，厂区的一切远远望去如梦如烟……

走出冬季

那年冬天，女友突然提出和我分手。更令我想不到的是，仅仅过了一个多月，她就交上了新男友。

每每看到她和男友成双成对地骑着摩托从我眼前驶过时，被抛弃的痛苦和受伤的自尊，就像那无情的车轮一阵阵从我心底碾过⋯⋯

记得那年的冬天，厂里单身宿舍楼刚刚送上暖气不久，就迎来了第一场雪。由于天气格外寒冷，雪落在地上结成一层冰。尽管路面很滑，但前女友的男友照样每天骑着摩托到单身宿舍找她。

为了避开他们，下了班我就一个人去街上转悠。

大街上，寒风像刀子一样从脸旁刮过。虽然知道宿舍里很温暖，可我却一直转悠到很晚才回宿舍，那个时候真不知道如何才能走出这个严寒的冬天，只觉得生活走到了尽头。在大街上转悠的时间长了，感冒也随之而来，开始头疼发热吃几片药就可以，可感冒的次数多了，药片似乎失去了作用。终于有一天感冒加重，头晕晕的，饭也吃不下，躺在床上怎么也睡不着。第二天我决定请假回老家休息两天。

坐在通往老家的客车上，我脑子里不断想着一本小说里难忘的一句话：他就像一只受伤的狐狸，总渴望躲在林子深处独自舔着伤口。

我的突然到来让父母很吃惊。发现我感冒，父亲连忙把屋里的暖气开到了极点，然后让我先躺在床上休息一会儿，而此时母亲直接下了厨房。大约过了二十多分钟，母亲端着一碗热气腾腾的糖姜汁走到我跟前："来，先把它喝了再睡。"

小时候，我们姐弟几个每有轻微的感冒时，母亲都会用这个土办法：把洗好的生姜切成薄片放在开水里煮，同时还要放上两大把红糖，熬成汁后让我们喝得满头大汗，之后就盖上厚厚的被子睡上一觉。虽然是土办法，但很多时候都起作用。

接过母亲熬的糖姜汁，我心里感到暖暖的。而这个时候，父亲正冒着寒风到离家很远的诊所去抓药。

事实上，和女友分手后我还和父母大吵了一架。父亲曾是厂里的中层干部，有一年公司领导为了照顾父亲分给他一套住房，但父亲说什么也不要。这件事是听父亲的一位同事说的。我责怪父亲当初没有要那套住房，因为和女友交往后不久她就提出过生活区住房问题。

喝过母亲熬的糖姜汁后，我蒙着头睡了一觉。我没有梦到和前女友那些美好的时光，梦到的全是在小时候在父母怀里的情景。父母的怀抱是那样的温暖和安逸，以至于醒来之后还有点恋恋不舍。

醒来后父母都在我身旁，父亲用手探探我的额头，"好点了没有？要不先把药喝了？"我摇摇头，"不用了，现在感觉好多了。"母亲关切地问："饿不饿，我刚做了你最喜欢吃的鸡蛋面叶汤。"都一天没有吃东西了，还真有点饿，本来要下床盛饭，但父亲坚决不让："你躺着吧，我和你母亲去。"

望着他们忙前忙后的身影，两行热泪静静滑出我的眼眶。

说真的，离家参加工作后，我才真正感觉到家竟然是那么温暖。

　　我终于明白，父母那绵延不绝的慈爱是我战胜困难的法宝。我也终于发现，重新振作起来，迈过这个坎儿才是我唯一的出路。那一刻，我紧紧地攥起了拳头，脑子里只闪现出两个字：加油！

　　返厂上班那一天，老家也下起了大雪，可它们刺目的白光已不能伤害我坚强的心。

　　生活就是这样，本身就存在着拐弯抹角和沟沟坎坎，但我深信，有了父母的关爱，通过努力，很快就能走出严寒的冬天……

新年，新挑战

时间过得真快，不知不觉间新的一年到来了，此时心中不免有一种复杂的情愫：又是一年过去了，又长了一岁，又要从头开始。

静静地坐下来回望过去，才发现，过去的一年，大部分时间是在忙碌和奔波中度过的。上班下班、接送孩子上学、没完没了的家务，以及生活中的小事杂事，还没有来得及喘息、思索和品味生活的细节时，一年就这样过去了。

辞旧迎新的日子里，我静思冥想，在记忆中久久徘徊，反复地审视自己的足迹：我做了些什么？我还能做什么？我有哪些不足？我该怎样前行？就像一位种田的农民，总要盘点一下过去一年的收成，算一算收获了多少小麦，多少玉米。无论丰收，薄收，还是歉收，总要做到心中有数。丰收了自然高兴，但歉收了也不能沮丧。要明白原因在哪里，来年该怎样去做，采取什么样的措施。这样想着，被现实掏空了的心灵，就又变得充实丰富起来。

新的一年到来，整理一下匆匆逝去的日子，审视自己的工作痕迹，欣慰地发现自己没有在平凡的工作中丧失斗志。虽然没有对永通公司做出大的贡献，但庆幸自己在工作中还算勤恳，不偷懒耍滑，始终立足自己的岗位，认真完成领导交代的任务。

新的一年到来，旧日的情怀与新生活的渴望相互交织。站在新年的端口，回首过去的日子，在一成不变四班三运转中保持从容平和的心态，最大限度地发挥积聚的生命热能，也算是对工作了十几年的永通尽了一分力。

新的一年，是旧年的自然延伸。四季周而复始，意味着仍会有雨雪风霜。人生也一样，在新的一年还会充满汗水和挫折，遇到困难和挑战。但不管怎样，它是新的起点。

新的一年，一个清醒的人总有生活目标，盘点过去一年收成的同时，还要抬头眺望新征程，还要朝向新的远方。不因为上一年取得了一点成绩就沾沾自喜，更不能因为上一年成绩平平而自暴自弃。

新的一年，脚下是一条崭新的起跑线，是时光里的一段新里程。前行的道路毫无疑问依然艰辛，但为了东方那轮冉冉升起的红日，还要燃起信心和希望，有所期许，有所筹划，有所准备，义无反顾地风雨兼程。

新的一年，安钢也会遇到各种各样的困难，但我始终坚信，在公司的正确领导下、在全体职工的共同努力下，这些困难没什么大不了。

小到具体个人，大到一个单位，甚至一个国家，在新的一年，需要站在更高的位置上，需要树立远大的目标，准备迎接新的挑战！

新年的钟声敲响了，新的挑战开始了。

我相信，我们都已准备好了。